"十七年"文学经典的影视改编研究

阮青 著

中国社会科学出版社

图书在版编目（CIP）数据

"十七年"文学经典的影视改编研究／阮青著. —北京：中国社会科学出版社，
2016. 3

ISBN 978-7-5161-7967-3

Ⅰ.①十… Ⅱ.①阮… Ⅲ.①电影改编—研究—中国—当代 Ⅳ.①I207.351

中国版本图书馆 CIP 数据核字（2016）第 074964 号

出 版 人 赵剑英
责任编辑 王 琪
责任校对 王 懿
责任印制 王 超

出 版 中国社会科学出版社
社 址 北京鼓楼西大街甲 158 号
邮 编 100720
网 址 http://www.csspw.cn
发 行 部 010-84083685
门 市 部 010-84029450
经 销 新华书店及其他书店

印刷装订 三河市君旺印务有限公司
版 次 2016 年 3 月第 1 版
印 次 2016 年 3 月第 1 次印刷

开 本 710×1000 1/16
印 张 14
插 页 2
字 数 210 千字
定 价 55.00 元

序

黄会林

　　任何时代、任何文化都有自己的经典。回顾世界历史，欧洲各国的启蒙思想者和哲学家如黑格尔、卢梭、康德、伏尔泰都秉承着尊重和维护希腊和犹太文化的传统，并赋予其"民族性"和"现代性"的时代精神，促使一大批文学及哲学经典的涌现。相较之下，美国在一定程度上虽缺乏文化遗产的积累，但同样重视经典的力量和作用。它所提倡的自由主义理念、法制、市场、科技等现代经典，都是西方文明的共同遗产。而中国，这一拥有数千年历史和文明的古国，其文化万年绵延，从未中断，成为全球文明中唯一的特例。中国传统文化中"仁者爱人"、"天人合一"、"知行合一"、"道法自然"等价值观，构建了中国文化之魂，以强烈的文化色彩、底板、主调，展现出民族的心理、个性、品格特色，即便是在当今社会，它们依然闪烁着灿烂的智慧之光。这些传统价值观及由此衍生出的大量文化经典，对世界的和平与发展，产生出不可估量的作用。为解决好人与人、人与自然、民族与民族、国家与国家、地域与地域之间的关系，提供了很多有价值的文化资源。同时，鸦片战争以来，中国经历了积贫积弱、浴血奋斗、由弱变强的漫长过程，在屡战屡败、屡败屡战的艰苦征战中激发出中华民族强大的文化定力和创造力。新中国成立以来催生出的新文化，不仅改变着中国乃至人类的历史和社会进程，也诞生出与之相应的文学艺术经典。

　　"十七年"文学经典不仅是"十七年"时期的优秀文化资源，也是"第三极文化"，即中国新文化的重要组成部分。"十七年"文学经典在长期的发展中，形成了明晰的时代风貌，留下了深刻的文化烙印。它确立的一整套话语体系，情感结构和文化生活方式，沉淀为全体国人的集体无意识，强烈而深远地影响着中国人的精神生活方式、理想存在方式和情感表达方式，并全程参与到中国革命史的建构及现代化的历史进程之中。而在新的历史语境下，"十七年"文学经典以影视改编这种新的文化生产方式重新走进大众的视线，显然与其原有创作方式既有联系，同时也凸显出巨大的差异。因此，选择对这一在20世纪循环往复、命运曲折、争论颇多的重要文化现象进行深入研究具有十分重要的意义。因为它已经不止于简单的影视改编问题，而更多地折射出当代中国社会转型时期文化的新变化和新风尚，展现了当代文化的律动与走向，甚至成为当下中国社会思想和艺术变迁的历史缩影。

统观全书，作者以"十七年"文学经典及其影视改编为研究对象，注重结合当下影视剧改编状况，对之进行了比较深入的学理论析，具有相当的创新性：其一，在历史性的自觉观照下，发掘经典的"原生性"特质；其二，注重科学研究的文本性，并在当年文学文本与当今影视剧改编文本之叙事差异中探求内在关系，进行整体性研究；其三，注重研究的现代性，从"十七年"文学经典与影视改编生产机制的比较出发，结合"第三极文化"理念，得出中国民族影视类型化探索是改编新方向的结论，具有较高的学术价值与现实意义。

目　录

绪　论

一　问题的提出

以《林海雪原》《青春之歌》《红旗谱》《铁道游击队》《平原游击队》《烈火金刚》《苦菜花》《野火春风斗古城》等为代表的"十七年"文学经典，是指在中华人民共和国成立后的十七年（1949—1966 年）间以毛泽东文艺思想为指导，以工农兵为服务对象，以新民主主义革命斗争历史和新中国成立初期的社会主义改造运动为题材，进行创作的一批长篇文学作品。其特点是发行量巨大，社会影响广泛，并具有强烈的意识形态性。

"十七年"文学经典在新中国成立初期的兴起，与当时特定的历史语境以及在此语境中全新的文学体制建构有着密切的联系，是那个独特的"红色"时代的必然产物。然而，新时期以来，随着中国社会的巨大转型，特别是在社会主义市场经济体制初步建立之后，思想、文化、哲学等意识形态逐渐呈现出多元化的生态格局，红色理性的"霸权"地位逐渐不复存在，曾经风靡一时的"十七年"文学经典也一度陷入"阅读沉寂"和研究逐渐边缘化的尴尬境地。

不过事情总是在慢慢起变化。最近三十年，特别是新世纪以来，这批曾经在全国范围引起较大反响的"十七年"文学经典，被接二连三地改编成同名影视剧作品，并被冠以"红色经典"的名号陆续亮相于各大荧幕。一时间，"十七年"文学经典的影视剧改编成为中国当代电视剧荧幕的一大文化景观。官方、媒体、学界、民间等社会各界对

"十七年"文学经典的影视改编,开始展开如火如荼的批评与讨论。在这期间,时代精神的变革、文化语境的变迁、审美趣味的变化以及大众消费逻辑的渗透,在这一独特的影视文化实践中都突出地表现出各自的特征,由其引发的广泛论争,更说明了改编后的"红色"影视剧与一般影视剧相比,在20世纪中国影视史和社会意识形态中具有非同寻常的地位和影响;也反映出当下"十七年"文学经典的改编,必然受其当代电视剧艺术生产赖以运转的特殊社会历史文化背景及语境之规约。主流意识形态话语的呈现、商品经济与大众娱乐消费心理的满足、经典再现的艺术怀旧以及传统文化的回归等,共同构成了当前"十七年"文学经典影视改编的多元价值诉求。从这个意义上说,"十七年"文学经典改编所引发的一系列复杂反应,足够证明它能够成为理论研究的对象。

的确,"十七年"文学经典的影视剧改编,在21世纪头十年间掀起一浪高过一浪的热潮,伴随着社会各界,包括官方警示、民间争议、学者热评、媒体炒作等,对它的评价也可谓毁誉参半,似乎确也激情燃烧般地作为世纪初独特的影视文化现象而存在。但时至今日,随着中国影视文化的迅猛发展,新的影视潮流、各种文化现象层出不穷,越来越夺人眼球。在这样的历史语境下,"十七年"文学经典的影视改编,虽然还偶有余音,但所受关注程度却大不如前。也许,在历经了鼎盛的繁华,加之一段时光的沉寂和岁月的过滤、打磨,此时,喧嚣渐趋平稳之后,我们有必要再次回首,重新捡拾起这一曾经深受瞩目的影视改编现象,对其重新进行检视和再度剖析,以期能够有进一步的理性反思及理论发现。

"十七年"的文化资源,是中国新文化不可或缺的重要组成部分。中国的文化不仅仅是指上下五千年的传统文化、鸦片战争以来的近代文化,也应该包含着新中国建立后绵延至今的新文化。所以,本书研究的方向和目的,并不止于单纯对"十七年"文学经典影视改编现象的剖析和研究,更期待能够从改编的角度进一步探讨如何对"十七年"的文化传统加以继承,如何对"十七年"的文化资源重新进行挖掘和加以利用。因为,从文学文本向影像文本的转换,不仅是两种不同文本在媒介形式上的变化,同时也是一种文化上的转型。而"十七年"文学经典的影视改编，从某种意义上说，是用现代的影像镜语来重释传统的中国文化，让中华民族深厚的革命文化传统，在影视这一新的现代媒介中得以复活与重生。另外，"十七年"文学经典从小说文本到电影文本再到电视剧文本的一再改编，说明"十七年"文学经典有被重新演绎的可能性；而其本身作为中国文化资源的一部分，也具有以不同形态存在的重要性。具体来说，"十七年"文学经典有着特殊的"原生性"特质，文本本身具有复杂性，又有着起伏不定的曲折命运，在新世纪社会转型的背景下，它便以影视剧这种新的媒介形式再度走红。所以，对"十七年"文学经典的影视改编进行研究，是考察中国影视及当代社会文化转型的一个重要视角。最后，从影视的研究方法来看，中西方研究的方向和方法有本质不同，中国影视理论的研究，必须扎根于本民族影视的现实发展；影视的理论与历史研究，必须与当下中国正在发生的鲜活的影视实践相联系，使学理研究具备现实意义。而"十七年"文学经典的当下影视改编问题，正是正在发展的中国影视亟待研究和解决的问题。

所以，本书主要以"十七年"文学经典及其影视改编剧为研究对象，研究重点从"十七年"文学经典的当下影视剧改编入手。一方面，还原历史语境，让"十七年"文学经典重返特定的历史场域，发掘其特殊的"原生性"特质，即在"十七年"的历史时空中，充分呈现"文本"与文学体制、作家创作、社会心理的关系，还原其文本的历史性；另一方面，立足于当下，在新世纪社会转型的背景下，探讨"十七年"文学经典影视改编热的原因，分析影视改编背后的生产机制、改编体现出的价值诉求、折射出的历史观念和审美趣味等，从"十七年"文学文本与影视剧文本的叙事差异入手，对"十七年"文学、电影及其后电视剧三种文本的内在关系进行整体研究和深入分析。由此可以得出以下结论：改编后的当代影视剧，赋予了"十七年"经典文本以新的叙事形态，显示了不同艺术媒介相对应的艺术思维与审美规律。这其中，有创新和变异，也有不足和局限。需要进一步指出的是，在"十七年"特殊的文学体制下，造就了作家主动将艺术自觉与政治标准两个维度交融汇合的创作心态，并最终完成了对"十七年"文学经典文本的叙事融合。而21世纪的影视剧改编，在消费主义和大众文化背景下的改编策略的影响下，却在某种程度上扩大了文本的叙事裂痕。总之，在"十七年"特殊语境与文学体制下被遮蔽和掩盖的部分，应当成为当下影视改编之突破点。"十七年"文学经典影视改编的过程，就是当代影视文化试图进行自身经典重建的过程，而植根于中国民族土壤的影视类型化探索正是改编的新方向。

二 检视及反思

如同"十七年"那段特殊形态的历史一样，反映旧民主主义革命、抗日战争、新民主主义革命和社会主义革命及建设的"十七年"文学经典，在今天已然成为一种特殊的文学形态，它的存在是不容忽视也是不可复制的。尤为重要的是，在历史时空中，它造就了中国民族革命和社会主义建设的典型书写，成为现代中国革命历史和革命文化传统的一个有机重要构成，毫无疑问地代表着一种不可争辩的权威性与神圣性。照此逻辑，对于它的任何一种意义上的"改编"，都有可能是对它所具有的权威性和神圣性的冒犯与亵渎。但是，从历史的观点来看，任何一种文化与传统，都需要后人继承与传播，作为一种特殊革命文化的"十七年"文学经典当然也不例外，并且这种继承与传播，不是对历史的机械延续与被动复制，因为其历史的延续和当代价值的实现，需要依赖的是后人的不断理解、阐释并给予新的评价。正如克罗奇曾经说过的"一切历史都是当代史，历史是由现代人书写的，它是国家政权对某一社会过程作出的某种规律性和必然性的合法解释"[1]。所以，当时过境迁以后，基于不同历史文化语境和价值标准的"当代"规约性语境对"十七年"革命历史和文化传统的理解、阐释和新的评价，必然会使原初构建的革命文化传统发生某种变异，并最终改变初始的革命历史叙述。由此，"十七年"文学经典其特有的神圣性和权威性必然会遭遇到前所未有的挑战和冲击，其参与构建的革命文化传统，也必然不能保持

---

① [意]克罗奇：《历史学的理论和历史》，转引自何兆武、陈启能《当代西方史学理论》，上海社会科学出版社2003年版，第138页。

它独有的原生性和纯粹性。特别是当历史语境发生变化后，当下对"十七年"文学经典的理解、阐释和全新的评价，必然发生天翻地覆的改变，尤其再加上"改编"的实现是依靠影视剧这种异质媒介来实现的，两种异质媒介所处的不同历史语境、文化生态及其相互转化，都将波及和影响到"十七年"文学经典思想及艺术的"原生性"。所以，无论以何种形式或艺术风格改编的"十七年"文学经典影视剧，必然遭遇历史的宿命和现实的尴尬。而当下围绕着"十七年"文学经典影视改编的诸多批评与争论，及研究中的众声喧哗，大半就与它这种"天然"的"原生性"矛盾有关。

所以，我们有必要对近十年来"十七年"文学经典影视改编问题的研究现状做一番梳理，并从中发掘出社会各界对这一改编现象的分歧所在。

总体来看，当前对"十七年"文学经典的影视改编研究，多为一些即时性的影视剧评论，并散见于各大报纸杂志，鲜有学界的专业研究；但是随着影视改编造成的强大社会影响力，学术领域的专家、学者也开始进行一些专题性的研究和综合性的理论探讨。研究主要集中在以下几个方面：

（1）针对"十七年"某一个具体的文学经典文本进行评论，做个案研究。这类评论和研究侧重于在"十七年"小说原著文本和改编后的影视剧文本之间进行对比分析，对改编的成败得失做出自己的判断和评价，并总结改编的经验和教训。这种研究主要偏重于关注改编后的影视剧文本是否"忠实"于原著的思想和艺术，而对于改编后的影视剧文本在思想和艺术上的创新则表现出较为审慎的态度。如熊文泉的《"红色经典"艺术生产的内在机理分析——以作品〈林海雪原〉的生成、改编为例》。

（2）以电视剧文本的接受方——观众的反应和意见入手进行评论和研究。这类研究主要从接受美学角度出发，分析观众对改编后电视剧文本的观赏效应，进而涉及"十七年"文学经典原著文本的思想和艺术在电视剧文本中的意义和作用。这类研究的目的不在于将小说文本与影视剧文本之间的异同做定性分析，而是更倾向于从"互文"的角度，把"十七年"文学经典文本与改编后的影视剧文本看作同质异构的变体。如戴清、宋永琴的《"红色经典"改编：从"英雄崇拜"到"消费怀旧"——电视剧〈林海雪原〉的叙事分析与文化审视》。

（3）从宏观上对影视改编小说作品中遇到的一些带普遍性的创作问题进行评论和研究。此种研究主要以某一部改编后的电视剧文本为例，着重探讨在改编过程中所涉及的一些带普遍性的创作问题，如改编者的思想及所用方法是什么，其艺术倾向如何，改编出现了何种偏差等。如彭文祥的《〈小兵张嘎〉：电视剧改编"红色经典"的新维度及叙事特色》。

（4）从文化及其转型的角度，分析"红色经典"得以再造的原因及目的。如刘康的《在全球化时代"再造红色经典"》。

此外，也有少数的评论和研究，其落脚点或是横向综述其类型和表现，或是纵向梳理其发展和演变过程。如，王春艳的《"红色经典"研究综述》，任志明的《"红色经典"影视改编与传播研究》。

但总的来说，从目前的研究状况来看，学界大多热衷于从宏观上对影视和文学的关系进行研究，成果颇丰，蔚为大观。但对"十七年"文学经典的电视剧改编的研究较少，且大多数散见于各类期刊、报纸，多为印象式、新闻性的报道，或单纯为影视批评类的文章；只有少数文章从学理层面上深入探究改编热潮形成的原因、生产机制等，鲜有专业化、系统性的深入研究。

综上所述，现有的对于"十七年"文学经典影视改编的研究存在很多问题：

（1）大多研究从影视批评的角度切入，对改编尤其是"十七年"文学经典的电视剧改编，所持的批评意见较多，肯定意见较少，特别是建设性的意见少；描述性的批评多，深入性、学理性的批评少；方法上采用传统影视社会学的批评方法多，但从影视艺术本体性入手，进行综合性影视文化批评的少。

（2）研究对象与客体的针对性不强。将"十七年"文学经典的影视改编问题混同于一般文学的改编问题，没有发现"十七年"文学经典文本内部的特殊性。

（3）对电影与文学的关系研究相对深入与透彻，但对电影与电视剧的媒介特性区分不够。

（4）研究视角单一，研究范围过窄，缺乏整体视角，鲜有对"十七年"文学、电影、电视剧三种文本内在关系进行整体研究和深入分析的成果。

所以，本书力图在已有评论和研究的基础上，对"十七年"文学经典的影视改编作一种整体综合研究。

具体来说，主要从以下部分进行论述：

绪论部分主要介绍本文的研究对象与研究方法、前人研究成果及本文的研究思路、主要创新之处等。

第一章回顾"十七年"文学经典的"经典化"过程，探讨"十七年"文学经典以影视改编的形式，得以在新世纪之初重新登上历史舞台所具备的"经典性"特质。

第二章还原"十七年"那一时期特殊的历史文化语境，发掘"十七年"文学经典的"原生性"特质，充分呈现文本与文学体制、作家创作、社会心理的关系。并进一步指出，正是由于"十七年"特殊的文学体制，造就了作家主动将艺术自觉与政治标准两个维度交融汇合的创作心态，并最终完成了对"十七年"文学经典文本的叙事融合。

第三章探讨"十七年"文学经典在新世纪形成影视改编热潮的原因。

第四章分析在当代社会转型的背景之下，"十七年"文学经典影视改编的生产机制。

第五章从宏观上对"十七年"文学经典的改编现状如叙事结构、人物设置、叙事视角和艺术风格诸方面作一番深入考察；微观上则选取代表"十七年"时期三种不同类型的文学经典《红旗谱》《林海雪原》与《青春之歌》作为改编的典型症候，从叙事的角度，分析其从文学文本到电影文本再到电视剧文本三种媒介的转换与这三种文本之间的异同。

第六章探讨视觉化时代，在大众化和消费主义文化语境中存在的改编误区。

第七章指出"十七年"文学经典影视改编剧，作为一种特殊的准类型化电视剧，在改编中体现出的"类型化"追求的成败得失，及在其影响之下直接催生出的新影视类型——"谍战剧"的出现及成功。

结语探讨"第三极文化"理论之于改编的意义，并进一步指出"十七年"文学经典影视改编的出路与新方向，正是对根植于本民族的影视类型化的不懈探索。

总之，虽然"十七年"文学经典自身存在历史的局限性，但因其参与了现代中国革命历史和革命文化传统的文本建构，包括现代中国人的精神意识的重建，所以，在它身上具有一种神圣而不可更易的"原生性"，这也是它与生俱来的历史特殊性。相对而言，一般意义上文学作品的改编，因其表现的历史和生活内容，与现代中国大众不构成直接的历史关系与价值关系，因而大众能够以"超然"的姿态去接受，甚至"创新"。虽然也常常出现意见分歧，但还不至于成为一种文化现象而引发社会各方的关注与重视。所以，"十七年"文学经典的影视改编具有其他文学改编不具备的历史特殊性，认清其这一特质对改编成败起着关键性的作用。

三　方法与期望

第一，从研究的历史性出发。将"十七年"文学经典放回到具体的历史文化语境中加以关照，分析"十七年"文学经典特殊的文学体制，厘清文本与文学体制、作家创作、社会心态之间的关系，还原经典的"原生性"特质。

第二，从研究的互文本性出发。"十七年"文学经典之所以能在革命语境中脱颖而出，并不断被改编，必然有其文本内部的原因。所以本书将通过文本细读的方法，去发现"十七年"文学经典之所以被视为中国文化经典的内部原因，考察"十七年"文学经典在影视改编中是如何将各种矛盾的叙事融合在一起，分析"十七年"文学经典电视剧改编的特点，比较"十七年"文学、电影及其后电视剧三种文本的内在联系与区别。

第三，从研究的现代性出发。"十七年"文学经典的影视剧改编作为当代一个重要的影视文化现象，它是具备现代性的，所以必须关注"十七年"文学经典在当代的种种表现，并且发掘"十七年"文学经典影视剧的生产机制，及其改编背后各种力量与权力的运作过程及结果，更深入地理解当代社会文化语境。

　　"十七年"文学经典作为一种可靠的、可供长期借鉴的文化资源，是"第三极文化"的重要组成部分，对中国文化建设具有非比寻常的重要价值。"十七年"文学经典的影视改编热潮是近年来非常重要的文化事件，对其进行的研究和批评必然涉及影视剧艺术的"内部"和"外部"，以及内与外相互关联的诸多方面，因而学界不能对此视而不见，更有必要对这一影视改编现象进行重新梳理与整合。"十七年"文学经典影视改编，作为当代影视文化进行自身经典重建的重要环节和过程，需要我们从中发现改编的规律和新方向，发掘出一条植根于中国民族土壤的影视类型化道路。

第一章　"经典化"过程中的"经典"

"十七年"文学经典以影视改编的形式，在新世纪之初重新登上历史舞台，在很大程度上得益于它潜在具备的"经典性"特质。黄子平说，因为"十七年"时期的文学作品"包含着无法消泯的异质性，使得'经典化'也成为永远需要'进行到底'的无尽过程。持续不断的清洗、修改、增饰，恰恰反证了讲述和阅读'革命历史'的另类可能性的（潜）存在"①。

可见，"十七年"文学经典的"经典化"之路，确实经历了一个漫长而又曲折的历史过程。虽然当代文学还在历时性中发展，"十七年"文学"经典"的历史地位也尚未真正确立；但这一处于特定革命历史阶段、饱受意识形态规约、具有特定题材与主题的文学作品，仍然在历史的长河中被流传下来。从绝对意义上说，只有那些永恒性流传的作品才被称为文学经典，但当人们在现阶段的历史条件下不能把握永恒、企及永远时，那些流传时间相对较长的作品，在当下的历史阶段，也可以被人们称之为经典。"十七年"文学经典在目前的历史语境下，正属于这种情况。所以，本书对它的关照，是一个相对动态的考察过程。因此，虽然身处当下的现代语境，仍然有必要反观历史，回过头来重新梳理"十七年"文学经典的"经典化"历程。从中不难看出，它的出现是一个历史事实，不论你承认与否，它已经成为中国文学史的一种经典存在。

---

① 黄子平：《〈"灰阑"中的叙述〉前言》，载《"灰阑"中的叙述》，上海文学出版社2001年版，第9页。

第一节 经典·文学经典·红色经典

何谓“经典”，应从两方面去理解。所谓“经典”的“经”最初的释义引申自《说文解字》，意为“织物的纵线”，与织物的横线“纬”相对应；经典的“典”在《说文解字》中训为“五帝之书”，意为“可以作为典范的重要书籍”。而对“经典”的直接解释，在《辞源》中训为“旧指作为典范的经书”，由此可见，经即是典，典即是经，“经”、“典”二字在意义上可以互释，都是指“可以作为典范的重要书籍”，如古代的孔孟儒学经书、各类宗教典籍等等。

“经典”与文学发生关系，在中国古代最早始于刘勰的《文心雕龙》。在《文心雕龙》中，刘勰将儒家经典视为“恒久之至道，不刊之鸿教”，称其为“象天地，效鬼神，参务序，制人纪”，能“洞性灵之奥区，极文章之骨髓”，所以“性灵熔匠，文章奥府”①。以上这段话，用今天的白话文解释，即刘勰认为儒家经典“在思想内容上既能陶冶人们的性情，在语言形式上也能熟练地掌握写作规律”，所以是“文学创作的宝库”。② 可以看出，文学的经典价值在儒家经书中得以彰显，文学可以成为经典。但是，文学在中国古代的一般意义所指还是“文章”，它始终不能与儒家经书共享“经典”的美誉，故始终未见有“文学经典”之说。

文学经典一说始于西方文学理论。经典（classic），在西方文艺理论中有着复杂多变的定义。《现代西方文学批评术语辞典》中，对文学经典的解释很具有代表性：“马修·阿诺德在《诗的研究》（The Study of Poetry）中说过，‘经典的真正和确切的含义是指最优秀的作品’。T. S. 艾略特在其《什么是经典》中则认为‘只有事后的认识和从历史角度来看’才能确定经典作品的地位。重视‘经典’一词的批评家很可能是一个艺术遗产的保护者：亚历山大里亚的学者们确立了古希腊文

---

① 刘勰：《文心雕龙·宗经》，上海古籍出版社1984年版。
② 赵仲邑：《文心雕龙译注》，漓江出版社1982年版，第33页。

学的古典地位，他们对古典抱住不放，并且整理出一整套精细的形式规则，然后他们竭力把这些规则当作自己研究的基础，因而也确立了他们自己作品的古典地位。罗马人继承了希腊修辞语的分类系统，并将他们的研究建立在这个基础之上，进一步巩固了希腊文学的古典地位。他们以萦萦于怀的自卑感摩仿希腊文学。对于我们来说，'古典作品'首先指希腊和罗马的作品：然而在今天'一部经典'很可能指地位得到公认的作品。"①

从上面这段话中，可以得到以下与"文学经典"相关的关键词："最优秀的作品"、"事后的认识"、"历史的角度"、"地位得到公认的作品"。实际上，这几个关键词已经组成了文学经典之所以成为经典的必要条件，即作品内在的优秀品质，历史性的超越视角，以及受众（批评家、学者、普通读者等）的评价。所以，一部文学作品要想成为文学经典，必须经受历史的检验和时间的淘汰，这一过程即被称之为"经典化"的过程。文学作品的"经典化"过程，是一个非静止的动态过程，正如"十七年"的文学作品逐渐被视为"经典"，最终又冠以"红色"的美称，经历了一个漫长而又曲折的历程。从一般意义上说，文学经典之所以成为经典并能长久地流传，根本取决于它的"经典性"。刘象愚先生将经典作品的"经典性"概括为"内涵的丰富性"、"实质的创造性"、"时空的跨越性"、"可读的无限性"②。下面就以上四个评判标准，来考察一下"十七年"文学经典是否具备"经典性"特质。

所谓"内涵的丰富性"，刘象愚解释为"经典应该包含涉及人类社会、文化、人生、自然和宇宙的一些重大的思想和观念，这些思想与观念的对话和争论能够促进人类文明的进步、社会的完善，参与人类文化传统的形成与积累，并极大地丰富和有益于人类生活"③。从这一意义上考察"十七年"文学经典，曾有学者指出"十七年"文学经典的缺

① ［英］罗杰·福勒编：《现代西方文学批评术语辞典》，春风文艺出版社1988年版，第112页。
② ［美］哈罗德·布鲁姆：《影响的焦虑·总序（二）》，徐文博译，江苏教育出版社2006年版，第6页。
③ 同上书，第7页。

陷之一就是内容的单纯与浅显，未能经过时间的检验和淘汰，所以"红色经典"这一概念本身对经典这个词是一种嘲讽和解构。① 其实单纯与复杂、浅显与艰深各自代表着独有的文学风格，本难分伯仲，在《文心雕龙》一书所概括的"八体"中就包含了"远奥"与"显附"两种。"远奥者，馥（复）采典文，经理玄宗者也"，"显附者，辞直义畅，切理厌心者也"。②

但从我国当代的文艺发展来看，自1978年以来，西学东渐，大量国外理论涌入学界，一时间崇尚艰奥复杂的审美风尚占据上风，而将中国传统小说提倡的情节化、通俗化、大众化踩到了脚下。叶朗在《中国小说美学》中高度赞同冯梦龙"天下之文心少而里耳多"之论，认为中国传统小说美学崇尚的是"小说在创作时要考虑如何引起读者最大的兴趣，要考虑如何能为广泛的群众所喜闻乐见"。叶朗认为"在中国古典小说的这种历史状况和美学传统下面，不但决不可能产生出象詹姆斯·乔伊斯的《芬内根们的苏醒》那种根本读不懂的作品，而且也不可能产生冈察洛夫《奥勃洛莫夫》那样的作品"③。从这段论述可以看出，叶朗十分肯定中国小说浅易、通俗的优良传统。而"十七年"文学经典高度继承了中国古典小说的这些特性，真正做到了文艺的大众化与通俗化，其中一些代表性作家赵树理、梁斌、曲波等的作品，完全可以作为一种比较浅易、雅俗共赏的经典存在。

如赵树理的小说，不论从语言、人物形象，还是叙事结构、情节设置都十分注重民族化和通俗化，他自称"文摊作家"，他的创作都是一些尽量能够让农民阶层看懂、爱看并适应其艺术欣赏习惯的作品。所以，在具体的操作上赵树理都是运用中国古代通俗小说经常使用的方法和手段来进行创作。在谈到创作经验时赵树理说："至于故事的结构，我也是尽量照顾群众的习惯：群众爱听故事，咱就增强故事性；爱听连贯的，咱就不要因为讲求剪裁而常把故事割断了。""我一开始写小说就是要它成为能说的。"④ 赵树理的小说不论短篇、中篇还是长篇，都

---

① 转引自陈思和《我不赞成"红色经典"这个提法》，《南方周末》2004年5月6日。
② 刘勰：《文心雕龙·体性》，上海古籍出版社1984年版。
③ 叶朗：《中国小说美学》，北京大学出版社1982年版，第277—278页。
④ 赵树理：《也算经验》，《赵树理选集·代序》，人民文学出版社1958年版，第16页。

十分注重故事性。通常一个大故事结构，是由几个小故事连缀而成，这些小故事不仅是大故事不可或缺的重要部分，同时又具有自己的独立性和完整性。如《小二黑结婚》中，故事一开始就用"米烂了"和"不宜栽种"两个故事来介绍三仙姑和二诸葛这两个人物，并引出男女主人公小二黑和小琴的爱情，再勾连出破坏他们感情的金旺兄弟。这样，矛盾冲突不断地在这三组人物之间展开，并通过之后的"斗争会"、"许亲"、"拿双"等情节铺垫，一步步将矛盾冲突推向故事的高潮。赵树理还善于在作品中运用古典小说的艺术手法来推动情节，如通过"留扣子"设置悬念、误会、巧合和大团圆结局，这些都是一般群众所喜闻乐见的创作手法。在故事的关键地方"留扣子"制造悬念，是传统古典小说的写法。《小二黑结婚》里，赵树理交代完"三仙姑"的来历，接着写道："三仙姑有什么本领能团结这伙青年呢？这秘密在她女儿小琴身上。"这里，读者会自然而然地被这个秘密所吸引，从而继续阅读下去。在《小二黑结婚》的篇尾，赵树理采用了大团圆的结束方法。大团圆结局反映出了中国的典型传统审美和民族文化心理。纵观我国古代的小说、传奇，无论是唐代俗讲、宋元话本、明清鼓词还是"五四"以后的民间文学，都一脉相承地传递着这种方法，皆多数采用大团圆的喜剧结尾。可以看出，赵树理的作品不仅具有深刻丰富的思想内涵，而且再现了我国从新民主主义革命到社会主义革命和建设时期农村的真实面貌和发展历程，可以说他的作品是深刻透视农村生活的一面镜子。在艺术创作上，赵树理个性化的娴熟驾驭北方农民语言，创造性地继承和发展了中国古典小说、传奇、宋元话本、民间文艺以及"五四"以来新小说的现实主义优秀传统，形成了独特的民族化、大众化的艺术风格。可以看出，以赵树理为代表的"十七年"文学，在毛泽东《在延安文艺座谈会上的讲话》精神指引下，自觉吸取中国古典美学的传统，真正做到了文艺的大众化和通俗化，使得文艺作品拥有了最为广泛的阅读受众。

"实质的创造性"是指作品具有高度的原创性，来源于生活和高于生活的本质。"十七年"文学经典的作者们大多数是革命和社会主义建设的亲历者，在作品中严格按照现实主义的创作方法，展现出的是"十七年"特定时期的历史与风貌。

如柳青作为"十七年"革命现实主义文学代表作家，观其一生的创作，始终非常重视深入生活对于作家创作所发挥的重要作用。可以说，在其创作之初，深入生活、还原生活的创作信条就旗帜鲜明地表现出来。在他描写工人和农民生活的早期作品中，虽然大多数艺术成就还不高，但可贵的是这些人物和故事都来自于作者自身切实的经历和体验。柳青在回忆和总结其早期创作特点和生活经历时曾这样说："有一个时期思想上发生了严重的停滞。我自以为我的阶级观点已经十分明确，因为表现在我的作品里的思想感情也已经'与工农兵大众的思想感情打成一片'。这种自满情绪使我大大地忽视了思想修养，而急于求成地要求创作。"之后，柳青对自我的思想意识又进行了自觉的调整，特别是《在延安文艺座谈会上的讲话》精神对他触动很大，他真诚地谈道："过去一直认为自己是'很革命'的，但实际在思想情感上与广大人民群众还是有很大的距离，至少是不彻底革命的。"[①] 可以看到，通过艰难思想斗争的柳青可以说是经受了一次思想洗礼，他开始有意识地克服自己的小资产阶级知识分子的思想情绪，转变立场，走与工农结合的创作道路。自此，他离开城市，来到陕北米脂一个偏僻的山村，一住就是三年。在此期间，通过扎实的农村生活体验，终于根据这段真实的经历写出了第一部长篇小说《种谷记》。柳青在谈其创作的时候深有体会地说："那些以为曾经结合过一时群众就够一辈子受用的想法，是危险的。""而我们有些文艺工作者包括我自己在内，常常或多或少地要表现自己，我们常常把我们自己有别于劳动人民的思想感情强加到我们所描写的人物身上，在作品中与劳动人民无关而为我们自己所喜爱的部分，描写人物性格与场面时总是不愿割弃，甚至有意识地加以重视。我的小说《种谷记》就有不少这样的痕迹，虽然把有别于劳动人民的思想感情强加到我的人物的情况较少，但是那种描写手法显露出我有一定程度的欣赏我的人物和他们的生活之嫌。"[②] 可以看出，柳青正是在不断的深入生活之中，及时调整作家的创作思想和情感，努力使自我的创作意识跟现实的生活质感相贴近，并在此基础上对生活进行再造和提

---

① 柳青：《毛泽东思想教导着我》，载《中国现当代文学研究资料·柳青专集》，福建人民出版社1981年版。

② 同上。

升。1947年，陕北战争爆发以后，柳青又主动放弃在大城市的舒适生活，重新回到陕北，始终工作、生活在条件艰苦的农村基层，终于根据其在陕北战争中收集的一个故事，经过艺术提炼和加工，完成了他的第二部小说《铜墙铁壁》。1952年5月，柳青携家带口毅然回到陕西省长安县皇甫村安家落户，且一住就是14年。就是以这种深切观察、体验、感受生活的独特方式，柳青终于写出了他一生最重要，也是最成功的、被誉为革命现实主义文学的代表作品——《创业史》。

从柳青的生活和创作过程可以看出，他将对生活的真实反映作为毕生孜孜以求的创作途径。他能够从城市回到农村，长期坚持在农村生活和创作，以普通劳动者的身份来观察、体验生活，这种对待生活的真诚和创作的热情是很值得肯定和令人钦佩的。因为，对于一个现实主义作家来说，生活是创作的源泉，作家无条件地深入生活、体验生活是其成功的基础。作家想要写出真实反映生活和有价值的作品就必须与群众同呼吸共命运。在这个问题上，柳青很睿智，他选择了一条适合自己个性、气质和特点的生活方式和创作方式。他曾说过："终身和群众在一起的决心更坚定了，过去有人怀疑我住在一个村子里的做法，现在许多人都走这条道路了。这是一条非常结实的路子……"① 1964年柳青在谈到这个问题时仍然坚信自己的选择是正确的："我的生活方式不是唯一正确的生活方式，作家的生活方式应当是多种多样的。但是我的生活方式也不是错误的生活方式，它是唯一适合我这个具体的人的生活方式。"② 柳青正是基于这种无条件对文学事业的献身精神和深入生活、体验生活、对生活再进行艺术加工的独特方式，使他最终创作出了《创业史》这样一部重要的反映农业合作化运动的作品，同时这也确立了柳青在当代文学史对这一题材的描写中不可替代和超越的地位。

"时空的跨越性"是指对于经典的评判，必须具备历史性的超越视角，作品的流传必须经历时间的考验。从绝对意义上讲，包括"十七年"文学在内的当代文学，并不具备产生经典的基本条件。原因有四：第一，当代文学离现在不过六十几年的时间，太近的时间与距离很难客

---

① 柳青：《毛泽东思想教导着我》，载《中国现当代文学研究资料·柳青专集》，福建人民出版社1981年版。

② 同上。

观看待和选择这段历史；第二，"无间"的距离造成当代生活和当代观念的同质性，难以形成"超越"的观念；第三，当代的审美风尚、文化旨趣极易对其造成影响，难以运用"普通"价值进行判断；第四，心理距离的超越性比时间距离更重要。现今许多研究者大多经历过"十七年"那个特殊的时代，是当年历史的亲历者，心理情感上的距离难以拉开。他们有的是那个时代的受益者，而有的则是那个时代的受害者。受益者感其恩，受害者必挟其怨。如在看待"样板戏"的问题上，巴金等人的态度和评价就与刘长瑜等人截然相反。著名作家巴金在《随想录》中写道："好些年不听'样板戏'，我好像也忘了它们。可是春节期间意外地听见人清唱'样板戏'，不止是一段两段，我有一种毛骨悚然的感觉。我接连做了几天的噩梦，这种梦在某一个时期我非常熟悉，它同'样板戏'似乎有密切的关系。对我来说这两者是连在一起的。我怕噩梦，因此我也怕'样板戏'。现在我才知道'样板戏'在我心上烙下的火印是抹不掉的。从烙印上产生了一个一个的噩梦。"① 作家邓友梅也说："京剧样板戏原作比较好，江青改编后带了帮派气味儿，'文革'时期我被折磨，一听高音喇叭放样板戏，就像用鞭子抽我，我不主张更多地演样板戏。"而当年在样板戏《红灯记》中饰演李铁梅的刘长瑜则说："样板戏《红灯记》凝聚着许多演员的心血，至今有不少人喜欢它……现在我演《春草闯堂》，演完了不唱一段《红灯记》就不让下台。"②

　　尽管如此，也应该看到，从相对意义上说，当代史也分不同的历史阶段，相对于后一段时间来说，前一段时间也是历史，也必然构成一个相对的关照距离。在此过程中，当代的意识与观念、审美与文化，也在不断地发生着改变，它与过去"十七年"的文学作品，足够形成一个稳定的阐释与对话的空间。因此，"十七年"文学作品也具备"经典化"的可能性。

　　"可读的无限性"是指作品能够令读者百读不厌，并且在这种反复的阅读中不断发现作品意义的阐释空间，在新的时代和历史情境下能够

---

① 巴金：《随想录》，生活·读书·新知三联书店1987年版，第808页。
② 冯英子：《是邓非刘话"样板"》，《团结报》1986年4月26日第3版。

催生出新的价值和意义。"十七年"文学经典在当下掀起的影视改编热潮，正说明了其具有"可读的无限性"，尤其那些具有传奇性、通俗化特质的文本，更能引发改编者的改编热情和观众的观影热情，因为作品的"趣味性"和"愉悦性"在受众的阅读期待中占据着非常重要的地位。

罗兰·巴特曾对同样是经典文本的"快乐的文本"和"极乐的文本"有着精辟的见解，他说："快乐的文本就是那种符合、满足、准许欣快的文本；是来自文化并和文化没有决裂的文本，和舒适和阅读实践相联系的文本。极乐文本是把一种失落感强加于人的文本，它使读者感到不舒服（可能达到某种厌烦的程度），扰乱读者历史的、文化的、心理的各种假定，破坏它的区位、价值观、记忆等等的一贯性，给读者和语言的关系造成危机。"① 可以看出，"快乐的文本"一般指传统的古典作品，读者在接受作品的过程中遵循的是既有的传统文化经验，能够比较轻松地进行无障碍的阅读，从而产生一种"快乐"的阅读感受，而这种"快乐"是一种消费性的愉悦，是读者的审美期待、文化背景、知识储备与文本精神的和谐共融；而"极乐的文本"一般指后现代的作品，读者在阅读过程中摈弃了固有的传统和套路，面对作品本身体现出障碍、解构、无逻辑、非连续等等特征，读者跟文本之间出现距离和鸿沟，从而导致阅读主体的疑惑和思考。不难看出，"十七年"文学经典很显然具备的应该是"快乐的文本"的经典特性。

可见，"文学经典秩序的确立，自然不是某一普通读者，或某一文学研究者的事情，它是在复杂的文化系统中进行的。在审立、确立的过程中，经过持续不断的冲突、争辩、渗透、调和逐步形成作为这种审定的标准和依据，构成一个时期的文学（文化）的'成规'"。②

由上述的论证可以看出，"十七年"文学经典已经大致具备了"经典性"的特征，也正是由于其"经典性"的存在，才使得它在历史语境发生巨大变化的当下，仍然被作为影视改编的资源发掘出来。在"十七年"文学经典漫长而又曲折的"经典化"之路中，学界、批评家

---

① ［英］霍克斯：《结构主义和符号学》，瞿铁鹏译，上海译文出版社1987年版，第118页。
② 洪子诚：《中国当代的"文学经典"问题》，《中国比较文学》2003年第3期。

乃至普通受众对这些作品的反复阐释和评价,一再的讨论和争鸣,乃至作者本身根据当时文艺政策所作的增删、调整、变化和修改等等,都不断强化和证明着其"经典性"的内涵和历史过程。尤其是文化全球化、多元化时代的今天,基于主流意识形态文化建设的需要,当代学术、文化、教育机构的学者、专家、影视从业人员等等社会各界,都在以各自的方式参与到对当代文化经典的建构当中。而借助影视这一新的传媒工具,对"十七年"文学经典进行改编,已经标志着"十七年"文学经典进入到了新一轮经典化的历史过程。下面,有必要重新回顾一下"十七年"文学经典走过的不平凡的经典之路。

第二节 曲折"经典"路

从经典传播效果的角度考察,"十七年"文学经典的"经典化"过程大致经历了三个主要阶段:

第一阶段为1949年中华人民共和国成立至"文革"结束之前,"十七年"文学经典作为国家意识形态的主体内容,在中国革命文化领导权的构建中得到了最为广泛而有力的传播,它确立了一整套独立的话语体系和文化生产方式,中国人的情感结构乃至生活方式、表达方式均受到了它的深刻影响。第二阶段为"文革"结束至20世纪80年代中期,由于对"文革"的彻底否定,改革开放与拨乱反正对极"左"政治的激烈批判,"十七年"文学经典一时无人问津,处于经典传播效果的最低谷。但尽管如此,其深层的"政治文化心理"作为一种惯性,对大众仍然产生着潜在的影响。第三阶段为20世纪90年代至今,在社会转型时期,面临全球化等新问题,中国原有的价值体系亟待重建,大众情感日趋怀旧,在商业环境滋养下的大众文化、消费文化蓬勃兴起,整个社会充满着躁动和喧嚣的气氛。在这样复杂而新鲜的文化背景之下,"十七年"文学经典逐渐重返文化现场,特别是世纪之交一浪高过一浪的"十七年"文学经典的影视剧改编热潮,使得"十七年"文学经典的传播效果一度迅速回热。于是,"十七年"文学经典的影视剧改编,成为全球化时代中国社会转型时期多元文化构建中备受瞩目的亮点。实际上，从以上对"十七年"文学经典在三个历史时期产生的不同传播效果和不同甚至相反的评价中，折射出的是不同历史时期不同的意识形态、社会思潮、文化氛围和文学观念。

自从"文革"结束到 20 世纪 80 年代中期以来，对左翼文学和"十七年"文学经典的研究一度陷入沉寂，这里面的原因是多方面的。由于对"文革"的批判和全面否定，乃至对极"左"政治的反感，导致"十七年"文学经典也不可避免地遭到了普遍怀疑与责难，越来越多的学者坚持从其负面影响方面给予强烈批评，于是，对"十七年"文学经典的反思和评价走向了另一个极端。具体表现为：

（1）20 世纪 70 年代后期以来，中国的文学观念发生了很大变化，对于文学作品的评价标准和以往大不相同甚至截然相反。大多数研究者提倡回到"五四"，重新阐释"五四"文化运动中包含的民主与科学精神，以此批判传统文化的劣根性。比如许多研究者愿意选择"五四"时期对传统文化批判较彻底的作家鲁迅进行研究，以至于有关鲁迅的研究成果颇丰，而对于密切关注现实的社会剖析派作家——茅盾，则明显态度冷淡，对于"十七年"文学的评价也普遍较低。当时的研究者认为这些作品政治教化色彩太浓，语言乏味，内容雷同，主题思想、人物形象类型单一，这种单纯为政治作注脚的文本，算不上可以传世的经典文学作品。

（2）新中国成立以来长期政治化、阶级斗争化的社会文化，使得诸如"革命"这样的词汇备受反感，甚至造成了民众乃至相当一部分研究者的逆反心理。

（3）在新的历史语境中，由于时代的变迁出现了"审美场"的转换，"十七年"文学经典所体现的审美理想与价值观念与当下读者的认知产生偏差。更为关键的是，当代文学研究的重点也发生了位移，当代文学与现代文学的研究位置发生置换，现代文学对当代文学构成学科优势，出现了现代文学高于当代文学，自由主义高于左翼文学的普遍优势心理。文学批评的偏向性引导也对"十七年"文学经典的传播产生不利影响。在学界，中文系大学生所使用的中国当代文学史教材十之八九对"十七年"文学经典的评价不高，这导致很多大学教师在课堂上对"十七年"文学作品的讲解也十分简单，甚至持一种贬斥的态度，选择略讲甚至不讲。而面对当下新书浩如瀚海，各种电子资源、网络信息迅捷而便利的局面，大学生们也对这段已经"过去"的遥远历史提不起兴趣，他们感兴趣的是更为时髦的文学现象，他们更愿意选择诸如"都市文学"、"五四新文学"、"新时期"文学、"比较文学"而不愿意选择"十七年"文学作为学位论文。在这种大气候下，谁若研究"左翼文学"或者"十七年"文学，就会被认为思想滞后和不识时务。

（4）文学研究的思路和方法也发生了很大的改变。20世纪90年代，学术界更注重新思维的发掘，在文学研究逐渐转向大文化研究后，开始大量引进当代西方的各种理论，对中国文学史进行重新挖掘和评价，因此导致了既有文学秩序的重新构建。此时的研究者普遍把西方文化作为判断的标准，而把中国的传统文化视为被审视、被批判的对象。许多人认为正是中国传统文化的弱点阻碍了中国现代化的进程，中国要赶上西方文化进程，必须将中国传统文化置于西方文化的价值杠杆下进行一番重新清理。在这样的背景下，"十七年"文学经典的备受冷落就成为一种必然。

另外，20世纪90年代以来，特别是中国改革开放以后，经济文化环境发生了重大变化，知识、文化乃至文学在现实生活中被边缘化而变得次要，"商品"、"利益"、"金钱"诸如此类物质层面的东西，在人们心目中的地位逐渐上升。随着新媒体的出现和发展，电影、电视、互联网、微博、微信这些大众通俗的传播媒体越来越受到人们的欢迎，碎片化、即时性的信息接收逐渐代替了大众对经典文化的渴望和向往。小说、诗歌等文学作品和作家、评论家乃至学者一起，慢慢由文化的中心走向了边缘。拥有精英意识的知识分子和其代表的经典文化，共同受到了前所未有的挑战。

在这样的文化困境下，中国的知识分子开始反思，他们逐步意识到20世纪80年代以来，普遍崇尚的以西方文化为标准追求的现代化所带来的负面效应。于是，知识分子精英阶层开始发生分化：一部分文人顺应此时的形势，放弃了精英立场和原有的启蒙代言人角色，开始为商业利益写作；而另一些人则进军影视业，从事更为通俗的商业剧本创作；但同时，也有研究者开始反思自我，调整心态，放弃了原来所遵循的西方文化价值立场，反思传统文化的价值所在，从浩如烟海的中国传统文学与美学文化中寻找资源与出路。如北京师范大学黄会林教授所倡导的"影视民族化"和"第三极文化"理论，就是最具价值和典型意义的代表。黄教授一直强调中国传统文化与美学之于现代文化与影视的重要意义，她倡导国人要珍视自身文化传统，守住民族文化本性，在多元文化的互动与对话中，返本寻根、守住本土，在多元文化的世界里确立自身的位置，创造不可替代的"第三极文化"。

然而，时间节点进入到了20世纪90年代，伴随学界重写文学史的浪潮，20世纪三四十年代的"左翼文学"以及新中国成立后的"十七年"文学开始逐渐受到重视，甚至有的学者还给予它们较高的评价。"十七年"文学经典在经历了某个历史阶段的沉寂与冷遇后，也重新回到人们的视线。或许正由于"十七年"文学经典作为中国革命文化传统的一部分，它所蕴含的民族性等诸多因素契合了历史节点的选择与追求，于是它开始了全新的复苏：文学研究和文学批评的正面引导在此时发挥了重要的作用，学术界在经历了一次学术思想的反思和觉醒后，也促使"十七年"文学经典的研究重获新生。以至于，我们可以看到在民间的书刊市场上，"十七年"文学经典的书籍重新出现出版繁荣的征兆。

1997年，人民文学出版社隆重推出了一套"十七年"时期革命历史题材的系列丛书，并将其冠名为"红色经典"。这一批长篇小说包括《林海雪原》《平原枪声》《吕梁英雄传》《红旗谱》《红岩》《红日》《青春之歌》《暴风骤雨》《保卫延安》《苦菜花》《野火春风斗古城》等。2004年，人民文学出版社在20世纪90年代"红色经典"系列作品的基础上，又编辑出版了"中国当代长篇小说藏本"丛书，主要收录1949—1965年之间的作品。2009年，为了庆祝中华人民共和国成立60周年，人民文学出版社又在前两次基础之上，遴选出包括"十七年"文学在内的优秀之作，汇集成"人民文学出版社·新中国60年长篇小说典藏"一次性推向市场。与此同时，其他出版商也争相效仿，竞相出版"十七年"文学经典，甚至连其图书的装帧也变得日趋考究起来，至此，"十七年"文学无人问津的阴霾渐渐退去。在这种情况下，随着大众文化、消费文化的兴起，在国家主流意识形态与商业性大众文化产业合力的作用下，"十七年"文学经典得以奇迹般的再造，并以影视改编这种新的文化生产方式重现中国文化舞台。从20世纪90年代开始，"十七年"文学经典被陆续改编成同名影视剧。进入新世纪以后，影视剧对"十七年"文学经典的改编渐成风气，以至形成一股创作热潮，如火如荼地持续了近五年之久；改编的成败优劣、利弊得失，引起了官方、学界、媒体、民间等社会各界的关注，也引发了最为广泛的讨论。

2004年4月9日，国家广电总局发布《关于认真对待"红色经典"改编电视剧有关问题的通知》，《通知》称"红色经典""作为革命现实主义的代表作，是以真实的历史为基础而创作的，是文艺作品中的瑰宝，影响和鼓舞了几代人"。同时指出，目前改编的症结在于"误读原著"、"误导观众"、"误解市场"，并列举十余部需"认真对待"的红色经典。2004年5月23日，中国文联、中国剧协、影协、视协共同举办了"红色经典"改编创作座谈会，各界专家、学者发表了对"红色经典"改编的看法，基调以批评为主。2004年5月25日，国家广电总局又向各省、自治区、直辖市广播影视局（厅），中央电视台，中国教育电视台，解放军总政宣传部艺术局，中直有关制作单位发出《关于"红色经典"改编电视剧审查管理的通知》，再次称"红色经典"为"曾在全国引起较大反响的革命历史题材文学名著"，不能随意改编。由此，"十七年"文学经典的影视改编问题，成为文艺界一个集中讨论的理论热点。虽然今日，"十七年"文学经典的影视改编渐趋退潮，但作为一种影视文化现象，它的影响始终存在。至今各大电视台仍然在持续不断地播放这些改编作品，最为典型的当属重庆卫视"省级第一红色频道"的打造，自2011年起，重庆卫视专门开辟出"红色经典剧场"，在黄金时间持续不断地播放"十七年"老电影和同名电视剧作品。而几乎每一部"十七年"文学经典改编剧的出现，都毫不例外地会受到人们的关注，毫不例外地会引起人们的极大兴趣和观赏热情，足见这些经典作品在人们心目中的位置和分量。2009年，是中华人民共和国成立60周年，2011年又举行了建党90周年的庆典和辛亥革命胜利100周年纪念，因此，无论是原创的红色影视剧目，还是影视改编剧目，都掀起了新一轮创作和播出高潮。那么，"红色经典"改编剧只是短暂的热潮还是可供长期创作的一种资源？接下来有必要在下面的章节中对这样一种创作和研究历程，加以重新梳理与审视。

小 结

本章回顾了"十七年"文学经典非凡、曲折的经典化之路。从文本"内涵的丰富性"、"实质的创造性"、"时空的跨越性"、"可读的无限性"四个方面对其进行考察，可以看出"十七年"文学经典已经大致具备了"经典性"的特征。也正是由于其"经典性"的存在，才使得它在历史语境发生巨大变化的今天，仍然被作为影视改编的资源发掘出来。历史步入当下，由于主流意识形态文化建设的需要，当代学术、文化、教育机构的学者专家等社会各界，都在以各自的方式参加到对当代文化的建构当中。而借助影视这一新的传播媒体和工具，对"十七年"文学经典进行改编，标志着"十七年"文学经典已经步入了新一轮的经典化历史进程之中。

第二章 历史语境还原: "十七年" 文学经典的 "原生性" 特质

　　"十七年"文学经典的影视改编，虽然是当下正在发生和发展着的影视文化现象，但作为影视改编资源的"十七年"经典文本，不可避免地带有红色文化的"原生性"特征，其文学文本的生成离不开"十七年"特定的历史文化和规约性语境，正如恩格斯所持的美学观点和历史观点，我们应该"回到历史深处去揭示它们的生产机制和意义结构，去暴露现存文本中被遗忘、被遮蔽、被涂饰的历史多元复杂性"①，必须让"十七年"文学经典重返其特定的历史现场，发掘其特殊的"原生性"特质，即在"十七年"特殊的历史时空中，充分呈现"文本"与文学体制、作家创作、社会心理的关系，还原其文本的历史性。

　　现在就让历史闪回到"激情燃烧"的 1949 年。

第一节 "十七年" 文学经典生产的体制化社会语境

　　历史进入 1949 年，一个全新的中华人民共和国在世界东方崛起。由于经历了长时间的战争与动荡，刚刚建立的新中国迸发出前所未有的民族自信心，国民的情绪也处于极度昂扬与亢奋中，展现出一派欣欣向荣的开国气象。随着政治、经济、文化等多种社会力量强有力地介入新

---

① 黄子平:《〈"灰阑"中的叙述〉前言》，载《"灰阑"中的叙述》，上海文艺出版社 2001 年版，第 3 页。

中国建设，作为上层建筑组成部分之一的文学也必须摆脱旧有习气，建立起一套全新的规范与格局。然而，新的文学秩序的形成与确立，是一个异常复杂的系统工程，在此过程中，作家的个人创作同意识形态政治，社会生活中的运动、批判和论争交错扭结在一起，并不断进行自我修正，以保证创作活动始终在国家意识形态机器所设定的框架内进行。由此，一种全新的文学体制才能得以建立，并以独特的方式渗透、参与大众的日常生活，潜移默化地影响人们的思维和行为方式。本节并不打算全面考察"十七年"文学体制的特征，因为这又属于另一个庞大的研究课题。本节仅从"十七年"文学经典的创作主体——作家与文学体制的关系入手，探讨"十七年"的文学制度形式是如何建构、运作的。因为正是在"十七年"这一特殊时期的文学体制下，才造就了作家主动将艺术自觉与政治标准两个维度交融汇合的创作心态，并最终完成了对"十七年"文学经典文本的叙事融合。

一 "十七年"文学体制的核心

"十七年"文学经典的独特性在于：一方面在文学作品创作、传播、接受的过程中，文学体制的力量始终规约和驾驭着作家的个人创作，作家的生存状态、写作方式、题材的选择、作品的发表出版及其传播和接收面的广泛性，都受到文学体制的制约；另一方面，作家也自觉地将艺术审美与制度要求相融合，创造出具有政治诗意的经典作品。

一般看来，虽然作家的文学创作是一种个人化的话语实践，但归根到底，这种看似个体化的劳动仍然不能脱离社会文化的大系统，不能无视特定的社会历史语境，作家的生存方式和创作活动与整个时代的文学体制有着深刻的关系。也就是说，特定时代的文学体制决定了这个时代总体性的创作格局、传播取向，甚至阅读趣味。

所谓"体制"，"指的是用某种方法确立的惯例"，"表示一个社会中任何有组织的机制"①。"文学体制是文学在某种社会制度中的运作惯

---

① ［英］雷蒙·威廉斯：《关键词：文化与社会的词汇》，刘建基译，生活·读书·新知三联书店 2005 年版，第 242 页。

例、话语规范与实现方式，是文学生产、传播、接受有组织的机制”①。某一历史时期文学体制的最终形成，是其所处时代固有的社会结构及历史范畴共同作用的产物，取决于多方面的因素，但是意识形态在其中发挥着决定性的作用。伊格尔顿认为：“文学生产的模式，必须在它与某一社会的一般生产模式及该社会的一般（非特殊性文学）意识形态的关系中来加以分析。”②

因此，从文学社会学的角度分析，文学不是一个纯粹的、自足的纯审美领域，它需要被放置到复杂的制度化网络中去认识。自然，文学创作的全过程，必然伴随着文学的社会化与体制化特征，而文学体制的建立，又与其特定的历史语境相关联。这一点在“十七年”文学经典上表现得尤其突出。所以，任何常规的、超验的、无功利的艺术观念都不适用于“十七年”文学经典。

“十七年”文学体制的形成及文学范式的最终确立是历史的必然，它与中国革命历史同步，经历了一个漫长的发展过程。新中国成立之初，百废俱兴，在迎来革命胜利的同时，近现代以来积贫积弱、屡遭战乱的老中国带给新生国家的是极度的贫困与破败，一切亟待重建。在这样的历史语境下，作为一个以工农为主体的贫困农业国，文学创作的目的和对象都发生了根本性的变化。所以，新中国成立之后，必然要建立新的文学体制与秩序，以服务和满足最广大的以工农兵为代表的劳动者的需要。

早在 1942 年，为了配合延安的整风运动，毛泽东发表了《在延安文艺座谈会上的讲话》。《讲话》总结了“五四”以来革命文艺运动的历史经验，从理论上系统阐述和确立了革命文艺的发展方向、文艺的创作、文艺的批评三个方面的问题。

《讲话》首先解答了“为什么人的问题，是一个根本的问题，原则

---

① ［英］雷蒙·威廉斯：《关键词：文化与社会的词汇》，刘建基译，生活·读书·新知三联书店 2005 年版，第 243 页。

② ［英］珍妮特·沃尔芙：《艺术的社会生产》，董文学、王葵译，华夏出版社 1990 年版，第 81 页。

的问题"①；明确提出文艺是为人民大众的——首先是为工农兵服务的方向；认为"作为观念形态的文艺作品，都是一定的社会生活在人类头脑中的反映的产物。革命的文艺，则是人民生活在革命作家头脑中的反映的产物……中国的革命的文学家艺术家，有出息的文学家艺术家，必须到群众中去，必须长期地无条件地全心全意地到工农兵群众中去，到火热的斗争中去，到唯一的最广大最丰富的源泉中去，观察、体验、研究、分析一切人，一切阶级，一切群众，一切生动的生活形式和斗争形式，一切文学和艺术的原始材料，然后才有可能进入创作过程"②。

其次，《讲话》还分析和解决了文艺的普及与提高、文艺工作者与人民群众、歌颂与暴露的具体操作层面上的问题，认为"在目前条件下，普及工作的任务更为迫切。轻视和忽视普及工作的态度是错误的"③。

此外，毛泽东还就文艺批评的作用做了分析，"文艺界的主要的斗争方法之一，是文艺批评"④，并指出"任何阶级社会中的任何阶级，总是以政治标准放在第一位，以艺术标准放在第二位的"⑤。

《讲话》规范了解放区文学的创作标准与政治标准，确立了解放区文学的叙事模式。

新中国成立后，第一次文代会（中华全国文学艺术工作者代表大会）在北京召开，国统区与解放区的文艺工作者胜利会师。周扬在代表解放区所做的题为"新的人民的文艺"的工作报告中，总结了在《讲话》指导下解放区文艺的辉煌成就，报告不仅本身严格贯彻了《讲话》精神，而且还将其精神视为新中国文艺批评的唯一标准。

这样，第一次文代会正式确立了以毛泽东《讲话》所规定的文艺方向为新中国文艺工作的新方向，解放区"新的人民的文艺"成为新中国文艺的基本模式。

---

① 毛泽东：《在延安文艺座谈会上的讲话》，载《毛泽东选集》第三卷，人民出版社1967年版，第814页。

② 同上书，第817页。

③ 同上书，第819页。

④ 同上书，第824页。

⑤ 同上书，第826页。

从以上历史事实可以看出，"十七年"文学体制就是，在毛泽东文艺思想的烛照下党对文化的绝对领导权。它明确了新中国的主流价值观念和基本行为规范，将工农兵大众作为文学表现和服务的对象。依据《讲话》奠定的基调，文学成为主流意识形态的有机组成部分，文学作品依照《讲话》的精神进行创作，作家也以真诚的心态自觉将艺术审美与既定的创作规范相融合，形成了一种中国式的、具有中国作风和气派的全新文学表达方式。

《讲话》中"文艺为政治服务"的主张对"十七年"文学艺术性的负面作用已成公论，此处不必多言。但《讲话》中也有不少超越特定历史时期的意义、具有普通价值的东西。如它关于文艺表现对象和服务对象的论述，至今仍是一个很有价值的理论问题。关于文艺的服务对象，"就是文艺作品给谁看的问题"[1]，毛泽东提倡的是文艺作品主要写给工农兵及其干部看，走文艺大众化的道路。这种提法与当时中国的历史语境与现实状况相契合，并且作为一种理论观点，完全与主张文学精英化、贵族化的观点具有平等存在的价值。

另一方面，凡具有一定的艺术魅力、能给读者以艺术感染力的作品，都不可能是全凭教条创作而无个人独特的直接生命体验，"十七年"文学经典中那些最能感染打动读者之处，正是表现作者直接生命体验的地方。在《讲话》中有不少观点是解放区作家和"十七年"作家们有强烈共鸣并自愿接受的。如，对于"五四"以来文学脱离大众的弊端，赵树理就谈过与毛泽东类似的看法。又如，欧阳山也谈到自己在创作中"为新文艺和大众读书能力不协调这一现实问题所苦"[2]，于是接受《讲话》的观点并在实践中体现为大众写作的精神，开始着手写适合大众阅读能力的小说。再如，梁斌出身农家，对农民及乡村生活充满了感情，《红旗谱》中的民间文化精神及民族风格，是作家个性及生命体验的自然流露。所以，他对于毛泽东提倡的关于文艺作品的"中国作风和中国气派"的观点是由衷赞成的。

---

① 毛泽东：《在延安文艺座谈会上的讲话》，载《毛泽东著作选读》下册，人民文学出版社1986年版，第525页。

② 欧阳山：《我写大众小说的经过——〈流血纪念章〉序》，《抗战文艺》1941年第7卷第1期。

总之，写工农兵大众的生活与斗争、塑造理想化的人物、体现乐观昂扬的精神，这是毛泽东文艺思想的要求，是文学体制的要求，也是作家的自觉追求，并共同构成了"十七年"文学经典的"原生性"特质。但是，要特别指出的是，"十七年"文学经典虽然接受文学体制的规范和引导，但它们产生的巨大影响，并不完全由于体制的关系，虽然体制是其得以风行和产生影响的外在原因。因为这些文本并不是像政治文本那样单纯依靠政府力量强制发行的，其本身的艺术魅力起到了更为决定性的作用。所以，作品本身的艺术感染力才是其成功的内在原因。同为"十七年"文学作品，有的产生的影响大，而有的产生的影响小，也主要在于其自身的艺术水准。有些自身不具备文学价值的作品，如《虹南作战史》之类，即使在当时，也没有在普通读者中产生真正的影响。另外，即使就文学体制、意识形态本身来说，得以实行也必然有其特定的、历史的和现实的社会心理作基础，某一时期广大读者群带有普遍性的审美心理，正是由这种特定的历史和现实的社会心理所决定的。

所以，"十七年"文学经典之所以被视为"经典"，并非仅仅取决于政治话语的"规训"，它们的形成有着文学自身发展的渊源和逻辑，也与作家的创作心态、观念及自觉的生命体验有关。

二 作家创作心态与生存方式

"十七年"文学体制确立以后，面对全新的文学范式和文学环境，作家的创作心态发生了巨大变化。对新生政权的拥护与热爱之情，使新中国的作家们真诚地将个人创作的艺术自觉和文学规范的要求二者合理融合，并以巧妙的切入方式，达到艺术性与政治性的平衡，将个人的话语和时代规定的主题有效地紧密联系。所以，虽然在体制和政策方面，国家主导并制定了新中国文学的基本方向——服务于工农兵大众。然而，"十七年"文学经典之所以在当时产生那么大的影响，并非完全是政治体制和意识形态导致的结果，而在很大程度上契合了当时普遍的社会文化心理，以及作家内心深处自觉而强烈的创作激情。

(一) 作家的创作心态与观念

对于经历了近一个世纪战乱动荡、深重苦难的劳苦大众来说，新生的中华人民共和国是生命的灯塔和前进的方向，代表着重生、光明和全新美好生活的开始。于是，他们以全身心的热情甚至生命，真诚地欢迎代表着人民利益的新生政权的诞生。新中国的作家们也与普通大众一样，怀抱着同样的激动心情，迎接着新生政权的到来。

刘绍棠曾经满怀激情地写道：

> 开国之初，中国人民从三座大山的压迫下解放出来，社会生产力从半封建半殖民地的桎梏下解放出来，举国上下，各个方面，都呈现出一片朝气蓬勃，蒸蒸日上，光明美好，前途似锦的兴旺景象。
>
> 人民不但在政治上和经济上得到了解放，而且思想上和精神上也得到了解放；社会生产力的解放和发展，也带来了文学艺术的解放和发展。于是，一大批青年作家应运而生；四九年到五六年的七年间，青年作家像雨后春笋一般，茁壮地出现和成长在解放了的新中国文苑上。①

浩然则明言：

> 新生活鼓舞我。刚刚从半封建、半殖民地牢笼里被解放出来的农民，是多么的兴高采烈、意气风发！对共产党是多么的感恩戴德！对革命运动是多么的虔诚拥护！对未来的日子是多么的充满信心！……为此，我有一股子强烈的自豪感，忍不住地想用艺术手法表达出来，向别人炫耀，留念给后人。……我把搞文学当成一种干革命工作的本领，我希望自己掌握这个本领，成为对革命事业，对改革社会、推动时代有所作为的人。②

可以看出，作家们这种真诚、严肃、精益求精的创作心态，不仅与"文艺为政治服务"的时代要求相契合，也完全是作家个人的生命体验和创作意志的体现。

---

① 刘绍棠：《乡土与创作》，吉林人民出版社1982年版，第45页。
② 转引自黄会林、王宜文《新中国"十七年电影"美学探论》，《当代电影》1999年第5期。

最能说明作家这种心态的莫过于为向文学体制靠拢而对作品所做的多次推敲、打磨和修改。其中，杨沫《青春之歌》的经典化过程最为典型。1959年初，一篇题为《略谈对林道静的描写中的缺点》（郭开）的评论文章引发了最初对《青春之歌》的争鸣与广泛讨论。杨沫的态度也很鲜明，她在日记中说："……看了郭开在《文艺报》上发表的批评《青》书的文章，……我才意识到了。改，坚决地改。"① 因为这是来自"工人阶级"的宝贵意见。在这之后，杨沫据此对《青春之歌》进行了修改，1960年的版本就是修改以后的再版本。修改的内容主要有："一、林道静的小资产阶级感情问题；二、林道静的工农结合问题；三、林道静入党后的作用问题。"② 在修改后的版本中增加了第八章的内容，为了弥补之前版本没有写林道静与"工农兵"结合的不足，在新版本中作者让她到深泽县地主宋贵堂家里，以当家庭教师为名，深入接触农民、长工的生活，并领导"工农"取得了"抢粮"运动的胜利；在增加的第三十一、三十二等章中，主要深化了林道静革命意识与觉悟的提高，安排她入党后，写她到北大领导了"一二·九"运动，显示她已经从一个向往革命的小资产阶级知识分子，逐步成长为一个成熟的布尔什维克党员。"文革"结束之后，《青春之歌》在1978年又出了重印本。为了这次重印，杨沫坚持以再版本为此次修改的底本再次修改了作品。她说："这本书在这次再版中，除了明显的政治方面的问题，和某些有损于书中英雄人物的描写作了个别修改外，其他方面的改动很小。"③

此外，《野火春风斗古城》也几易其稿。在1960年版的序中，李英儒写道："这次修改中，正面添加了一些情节，充实了一些描写，使地下斗争力量有了复线，避免了孤军作战；修订了某些不妥当的爱情纠葛，改变了某些偶然与巧合的情节。修改后的面貌如果说比原来有了进展，得感谢帮助与关心我的同志，是他们不厌其烦地从多方面发表评论文章，组织座谈，写信鼓励批评，从巨至细，提供了很多宝贵又中肯的

① 杨沫：《杨沫文集》第六卷，十月文艺出版社1994年版，第351页。
② 杨沫：《〈青春之歌〉再版后记》，载《青春之歌》，人民文学出版社1960年版。
③ 杨沫：《〈青春之歌〉重印后记》，载《青春之歌》，人民文学出版社1978年版。

意见。"①

在对《林海雪原》的讨论和争鸣过程中，作者曲波同样历经对作品的几番修改。原来的初稿中，由于对爱情描写得较简单，责任编辑龙世辉还建议曲波写得深入一些，增添了"少剑波雪乡萌情心"等两章；但当作品再版后，修改的主要手段就变成"删减"了。这次再版对不符合文艺规范要求的情节和人物都做了适度的修改：第三十三章中突出少剑波个人指挥作用的比喻被删，尤其对在讨论中涉及的少剑波与白茹之间的爱情描写做了大的改动；第八章"跨谷飞涧，奇袭虎狼窝"的末尾，白茹为少剑波的文武双全所动容，"第一次泛起了爱情的浪花"其中一段心理描写被删；第九章"白茹的心"删去五分之三将近四页的篇幅；第二十三章"少剑波雪乡萌情心"主要删去白茹偷看少剑波日记以及少剑波为白茹写的长诗共五页多篇幅；第二十六章"捉妖道"中删去白茹为少剑波理发的一个细节近一页半篇幅；第二十九章"调虎离山"中删去白茹朗诵高尔基诗句而少剑波当即抄下的情节，近两页篇幅。

《保卫延安》的作者更是在四年多的创作过程中九易其稿，反复地增添删削何止数百次。"十七年"时期的文学经典，如《红旗谱》《创业史》《铁道游击队》《苦菜花》等，几乎无一例外，在新的文学体制下，一方面为了适应文学规范的要求，另一方面也是为了作品精益求精的艺术考量，经历了数次修改、增删的过程。

可以看出，作家们的创作心态是真诚的，创作观念也是主动与文学体制的要求相契合。从艺术创作的规律来说，真诚的创作心态和进步的文学观念，是创作出经典作品的首要前提。

（二）作家的生存方式与稿酬制

新中国成立以后，作家的生存方式发生了根本性的变化，这直接影响了"十七年"文学经典的创作。所以，考察"十七年"作家的生存方式，包括经济待遇与稿酬获得情况，对深入认识作家的创作动因、价值取向，进而更准确体悟"十七年"文学经典的精神风貌与时代内涵

---

① 李英儒：《〈野火春风斗古城〉序》，载《野火春风斗古城》，人民文学出版社1960年版。

具有重要意义。

新中国成立初期，稿酬制度在建立当中依然沿袭的是解放区的供给制。"所谓供给制，就是按照工作和生活的最低需要，对部队和机关工作人员实行大体平均、免费供给生活必需品的一种分配制度。"① 供给制是一种军事共产主义性质的生活待遇，在集体主义的原则下，作家像战士们一样坚守文艺阵地，他们的精神劳作是没有稿费报酬的，只是根据资历分别吃大灶、中灶、小灶。而对于很多作家来说，能享受供给制既是一种待遇，也是一种身份的认同，他们在政治上有一种归属感。孙犁曾说："战士打仗，每天只是三钱油三钱盐，文人拿笔写点稿子，哪里还能给你什么稿费？"② "我们那时不是为了追求衣食，也不是为了追求荣华富贵才工作的。"③ 所以，作家的创作动因不是为了谋取经济利益，革命事业、民族国家的大义才是最高的价值追求，生命个体本身是微不足道的，"小我"只有融入国家、民族的"大我"之中才能获得意义的升华和自我价值的确认。这种重精神、轻物质的态度，在"十七年"作家中是一种普遍现象。赵树理情愿将《三里湾》交给稿酬较低的通俗读物出版社出版，而放弃稿酬较高的人民文学出版社，这种有意为之的举动折射出那一代作家对稿酬的典型观念，他们追求的是作品能真正普及到民间，而不是一己的金钱利益。赵树理说："我要是为了拿稿费，就不会在通俗读物出版社出版，我就会拿到人民文学出版社去。我的书是为人民大众，为基层干部写的，出版书也是为了让他们看，所以稿费多少我是不在话下的。"④

1955 年 7 月以后，随着供给制的最终废止，新的货币工资制开始实行。与此同时，专业作家制度兴起，作家也被纳入"单位"的体制之中，这是作家生存方式的深刻变化。他们在领取国家工资的同时，也可以凭写作获得稿费。而且随着稿酬制度的调整，稿酬的标准也逐渐提高。新稿酬制度定的标准很高，像杨沫的《青春之歌》、周立波的《山

---

① 袁伦渠主编：《中国劳动经济史》，北京经济学院出版社 2004 年版，第 208 页。
② 孙犁：《芸斋琐谈（一）·谈名》，《孙犁文集》续编二，百花文艺出版社 2002 年版，第 305 页。
③ 孙犁：《〈青春遗响〉序》，《孙犁文集》续编三，百花文艺出版社 2002 年版，第 261 页。
④ 王中青：《全心全意为群众服务——回忆作家赵树理》，《汾水》1978 年 10 月号。

乡巨变》、曲波的《林海雪原》、刘流的《烈火金刚》、李英儒的《野火春风斗古城》、冯志的《敌后武工队》都赶上了新的稿酬制度。那时书的品种较少，每本书的印量很大，往往一本书就可以拿到五六万或者七八万的稿酬。高稿酬提升了作家的生活质量，改善了创作条件。

所以，跟旧时代相比，1950年以后作家的工资待遇、收入和经济条件在一定程度上得到了提高。回顾历史，1919年至1949年间，能以稿费生活、称得上职业作家的，只有鲁迅、巴金等少数一批人。姚雪垠比较新中国成立前后作家们的生存状况时曾说："在30—40年代，有不少作家的生活并非很宽裕，有的还很拮据。另外，这种比较还应该从'横'的方面进行。也就是说，在一个特定的时期里，作家和社会其他阶层收入状况的比较。在解放后，作家的收入，生活水准，从总体上说，应该是属于'中上'以上的水平。"[1] 可以看出，作家们的经济地位、社会地位有明显提高，这与新中国成立后的文学体制化不无关系。文学体制既引导着作家的创作实践，也给他们提供了较为优厚的物质回报和精神嘉许。

社会历史的转型，物质条件和创作环境的改善，从旧时代走过来的作家感受最为真切。姚雪垠在回顾自己在1941年开始动念写《李自成》，但迟迟不能动笔的原因时说："现在三十岁左右的年轻人很难想象从抗日战争中期到全国解放这些年中，国民党统治区的生活情况。那时候除国民党的政治压迫和数不清的苛捐杂税之外，还有通货膨胀，物价天天飞涨，给一般人的日常生活带来极大的困难和忧虑。在抗战后期，我已经出版了几本小说，后来又在一个大学里教课，然而我的收入不足以养家糊口。我们进行任何较大的工作计划，除需要精神条件外，还必须有相应的物质条件作保证。在那些年头，我不得不为生活挣扎，正如龚定庵的诗中所说的：'著书多为稻粱谋'。我既没有余钱去收集历史资料（那时候在重庆和成都卖古旧书的铺子真多！），也没有余力去从事明末历史的专门研究和艺术构想。"[2] 姚雪垠还举了新中国成立

---

① 洪子诚：《问题与方法：中国当代文学史研究讲稿》，生活·读书·新知三联书店2002年版，第216页。

② 姚雪垠：《〈李自成〉创作余墨》，载《关于长篇历史小说〈李自成〉》，上海文艺出版社1979年版，第302页。

前他为了拿稿酬生活写作《春暖花开的时候》的例子，写完了一段，下一段该怎么写还没有决定；这一段才送去，又要写另一段了。所以，他后来觉得年轻时出版的那些书，成了自己的包袱了。可以看出，新中国成立以后，条件改善了，姚雪垠才有较多机会搜集资料，研究一些重要的历史问题，并在历史研究的基础上进行文学艺术构思，因而创作多卷本长篇历史小说《李自成》才有了可能。他说："我获得了新的艺术生命，同时也使我不再为最基本的生活担忧……我要写历史小说的宿愿只有到解放后的新中国才能实现。"[①] 姚雪垠所说的，是发自作家内心的肺腑之言。和平安宁的社会环境、相对稳定的物质生活，以及作家深刻的生命体验，是进行多卷本长篇小说创作的必要条件。所以，除《李自成》外，柳青的《创业史》、梁斌的《红旗谱》、杨沫的《青春之歌》、曲波的《林海雪原》等单卷、多卷本经典巨著均在"十七年"时期酝酿创作、获得出版，绝不是历史的偶然。

当然，作家创作环境和生存方式的改善，使得他们的创作观念也发生了深刻嬗变，从而具备某种超功利性的特征。在物质条件改善的情况下，不为金钱和利益写作，深深扎根于生活的土壤中，并自觉转换叙事模式，为工农兵服务，这已经成为那一代作家真诚的追求。虽然作家获得的稿酬比较高，但新中国成立初期，无偿捐献稿酬却成为许多作家共同的行为。周立波和丁玲将获得斯大林文艺奖的全部奖金都捐献出来，用于儿童福利事业；还有的作家提倡并实行不拿工资单靠稿酬维持生活，如巴金在新中国成立后从未拿过国家的工资，全靠辛苦劳动得来的稿酬生活。作家对金钱和利益的这种态度，既与其人生观念有关，也与他们对社会制度的认可有关。老舍曾明确指出："社会制度的不同，对作家的要求也就不同。资本主义国家的出版家，要求作家给他赚钱。社会主义国家要求作家为人民服务。"[②] 张天翼、周立波、艾芜也宣称："我们有共产主义思想的作家，是不会为稿费而写作的，一定能够在全国人民向共产主义社会大跃进中，一心一意创造更好更美更完善的共产

---

① 姚雪垠：《〈李自成〉创作余墨》，载《关于长篇历史小说〈李自成〉》，上海文艺出版社1979年版，第303页。

② 老舍：《勖青年作家——1957年10月7日在批判刘绍棠大会上的发言》，《人民日报》1957年10月17日第8版。

主义的文学。而一些工人农民的群众业余创作，也会在与金钱无关的情形下，蓬蓬勃勃地发展起来。"①

可见，在"十七年"时期，作家的创作心态与观念，生存方式与创作条件都发生了巨大变化。统一的文学体制虽然对作家的创作起着规范和引导的作用，但是，对新生政权的拥护与热爱之情，以及新中国给予作家前所未有的关爱，使得新中国的作家们真诚地将个人创作的艺术自觉和文学规范的要求二者合理融合。当然，"十七年"文学经典从来都不可能是艺术自觉的结果，在特殊的历史语境下，意识形态功能始终起着决定性的作用。所以，"十七年"的作家们必须将自己的才能和创作激情与时代的主题相融合，努力将自我的审美追求融入国家意识形态建构之中，以一种独特的方式，达到既能实现自我的审美追求，又能符合意识形态的政治功用。具体在文本创作中，体现为作家以一种巧妙的切入方式，以达到艺术性与政治性的平衡，将个人的话语和时代规定的主题有效地加以结合，并最终完成了对"十七年"文学经典文本的叙事融合，以探索出一种中国式的、具有中国作风和气派的全新文学表达方式。

第二节　"十七年"文学经典文本的叙事融合

"十七年"文学的体制和规范决定了，作家必须在一定的创作空间中完成既定的叙事；但是，意识形态对文学的限制和规范，并不能完全制约文学自身的艺术规律和作家深层的艺术自觉。"十七年"文学经典总是在满足政治要求的同时，努力体现自身的艺术个性。于是，在文本中仍然能够充分感受作家深层的艺术想象和审美规律。这种叙事融合主要体现在以下方面：

一　体制化语言与民间化语言的融合

"十七年"文学经典是在特定时代，体现党和国家政策，反映中国

① 张天翼、周立波、艾芜：《我们建议减低稿费报酬》，《人民日报》1958年9月29日第8版。

革命历史和社会主义建设的典范性作品,其所担负的社会功能决定了整部作品的主导性语言是"党的代言人"式的体制化语言。"党的代言人"如《林海雪原》中的代号203——少剑波,《青春之歌》中的卢嘉川、江华,《铁道游击队》中的李正,《野火春风斗古城》中的杨晓东等等。体制化语言对作品的主导性主要体现在两个方面:

一是作者以"上帝"的全知视角作全景式描述时语言方式的体制化。如在《林海雪原》的结尾章节"铁流"中,这样描述胜利后的场景:

> 冬去春来,大地万物俱苏,一切的一切充满了新的活力。
>
> 雄巍的长白山,一片碧绿,呈现着锦绣景色。恰似万宝库在闪闪放光。
>
> 整个的牡丹江市,沉浸在紧张愉快的劳动旋律中。
>
> 所有工厂的高大烟囱,冒出浓浓的烟雾,射向晴朗的高空。隆隆的马达声各处争鸣。
>
> 市郊的原野上,洋溢着一片山歌。农民、农妇们在辛勤播种。
>
> 火车发出巨大的吼声,往返如流地在滨绥图佳线上奔驰。
>
> 天空翱翔着年轻的练习机群,在疾升,在俯冲,在盘旋摆阵。
>
> 牡丹江水,汹涌澎湃,浪头滚滚,犹如万马奔腾,一泻千里。
>
> 牡丹江市南郊,海浪飞机场旁的碧绿草场上,集结着千军万马,歌声冲天彻野,战马咆哮嘶鸣。雄武威风的野战军,在待命出发。所有的指战员一个心,一个意志:"挺进!插到敌人的心脏去!毁灭蒋军主力!"
>
> 行列里有新任团长少剑波,和他的老战友前任团长现任团政治委员王景之,还有他小分队中的战友——新任侦察参谋杨子荣,新任英雄连连长刘勋苍,副连长董中松,新任侦察通讯连长栾超家,副连长孙达得,新任警卫连(夹皮沟工人连)连长李勇奇,副连长姜青山。
>
> 广场的周围,站满了汉、朝、蒙、鄂各族及士农工商各界欢送的人群,他们怀抱鲜花,手擎红旗,在欢送他们心爱的子弟兵。群众的行列里,有蘑菇老人爷爷,赶来看他的孙女小白鸽。

十点整,在大军的中央响起了清脆嘹亮的前进号声。强大的野战军雄威的行列,即将奔向西南,奔向中长路的四平前线。

少剑波在马上掏出日记本和钢笔,翻开日记本的新的一页,飞快地写着:

新的斗争开始了!……

二是人物本身的言谈举止的体制化。"党的代言人"毫无疑问代表着党,因此作家使用的语言基本上是对党的政策的转述,具有严肃、严谨的特点。如《林海雪原》中何政委的语言:

……作为人民的子弟兵,我们容忍了敌人,就是有害于群众。现在要下最大决心,迅速干净彻底地把他们消灭!保护土改,巩固后方,支援前线!

以及第一章中少剑波接受上级命令时的表述:

命令:窜据深山匪首,集股二百余人,昨夜(十二日)二十四时,突窜杉岚站,大肆烧杀。鞠县长所率的土改工作队,一并被围。你团立即派一个营及骑兵连,轻装急袭。先用骑兵切断匪徒窜山归路,以彻底消灭匪股,此令!

虽然体制化语言是"十七年"文学经典的主导性语言,但在大量的作品中,同样充满着民间化的语言方式。与体制性的语言相比,民间语言更为口语化,温和幽默,极富生活情趣和个性化色彩。如《林海雪原》中蘑菇老人对老爷岭和奶头山的描绘:

我蘑菇老人,生在老爷岭,长在老爷岭,吃着老爷岭,穿着老爷岭,我的两只脚踏遍了老爷岭。说句开心话,真是老爷岭的小兔都认识我。

老爷岭,老爷岭,三千八百顶,小顶无人到,大顶没鸟鸣。

奶头山,奶头山,坐落西北天。山腰一个洞,洞里住神仙,山

顶有个泉，泉有九个眼。喝了泉里水，变老把童还。……此山是神
山宝地，地势险要，俗话说得好：上了奶头山，魔法能翻天。入了
仙姑洞，气死孙大圣。

又如《林海雪原》中"夹皮沟姊妹车"一章中，老百姓常念的民
谣："獐狍猊鹿满山跑，开门就是乌拉草。人参当茶叶，貂皮多如
毛。………"

第二十章"逢险敌，舌战小炉匠"中李勇奇在小分队前进中讲述
山地经验时唱出的民谣："春怕荒火，夏怕激洪。秋怕毒虫，冬怕穿山
风！"以及最后他用四句歌谣，综括了山林遇险时抵抗的常识："春遇
荒火用火迎，夏遇激洪登石峰。秋遇虫灾烟火熏，冬遇雪龙奔山顶。"

第二十七章"青年猎手导跳绝壁岩"中刘勋苍带领小分队苦练滑
行技术时编唱的小调：

> 二十七八月黑头，
> 暴风送来雪朋友。
> 溜溜滑，滑溜溜，
> 雪板一闪飞山头。
> 捉拿国民党，土匪特务头。
> 无尽头！
> 赛不过小分队有劲头。
> 咱能撵瘫匪徒骑的千里马，
> 咱能追上匪徒射出的子弹头。
> 管他司令马，
> 管他专员侯，
> 都叫他在咱手里变成碎骨头。

以及小分队之后冒险行走绝壁崖时总结的技术要领："第一必须跳
三跳；第二必须贴三贴；第三到了沟底，要上那岸还必须爬三爬。这九
个动作合起来就是'跳三跳，贴三贴，爬三爬'。"一段在猎人当中流
传着的歌谣云："绝壁岩，考英豪，天生好汉的三关道。贴三贴，跳三

跳，力尽三爬更险要。如无包天的胆，不要嘴上噪。"

还有第二十八章"刺客和叛徒"中，对绥芬大甸子赞美、歌颂的民谣："绥芬甸！绥芬甸！世外极乐园。地旷人影稀，草密牛羊满。瑞雪千层被，春润土味甜。雨频田不涝，雨乏地不旱。土肥庄稼旺，十有九丰年。要是我说算，家家吃饱饭。"

可以看出，严肃的体制化语言与诙谐的民间化语言，在文本的语言层面形成了两套话语体系。一方面，体制化语言对作品的主导性是"十七年"特定历史时期文学体制对作品的客观要求；但另一方面，作者仍然选择了民间化的语言方式与其相融合、贯通。因为，"十七年"文学经典大多都是秉承"工农兵"方向，为人民大众所写的作品，按照作品本身的逻辑和生活的真实，人物必须采用工人、农民的民间化语言方式，才符合人物的身份。而《在延安文艺座谈会上的讲话》提倡写"工农兵"，虽然将"工"放在最前面，但当时的工人数量太少，"人民大众"中实际农民占了绝大多数。所以，写"工农兵"生活落实到创作中，实际是写农民的生活。

"农民形象在小说中得到重视，直至充分表现，开始于五四运动以后。"[①] 1949 年以前，鲁迅及其影响下的乡土小说虽然开始表现农民及其日常生活，但是，他们或者是从启蒙立场揭示其愚昧麻木，以及身上各种劣根性；或者是以人道主义态度对其不幸表示同情，都是居高临下地审视。而到了"十七年"时期，作家们真正开始为农民写作，"深入生活"成为他们创作的重要代码。柳青举家告别北京，回到他多年生活的陕西省长安县王曲区皇甫村安家落户，从 1952 年到 1966 年一住就是 14 年，过着和普通农民一样的生活，其间创作出了长篇小说《创业史》。而赵树理 1954 年完成的长篇小说《三里湾》，是以他在山西省平顺县川底村的生活经验写成的，1952 年初春，赵树理从北京重返太行山区，与川底村的农民朝夕相处七个多月，这为他写作《三里湾》提供了丰富的素材。再如周立波，他于 1955 年 10 月举家从北京迁回湖南益阳，在农村建立了长期的生活和创作根据地，在此期间他写出了长篇小说《山乡巨变》。

---

① 田仲济、孙昌熙主编：《中国现代小说史》，山东文艺出版社 1984 年版，第 260 页。

在同样是农村题材的小说《暴风骤雨》中，可以看到文本中充斥着众多极富当地生活色彩的词汇，明白无误地标志着作品内容的农民化、民间化色彩。如：

> 三二樽酒，就把杨老疙瘩灌的手脚飘飘，不知铁锹几个齿啦。
> 韩老七可狡猾哩，两条腿的数野鸡，四条腿的数狐狸，除了狐狸和野鸡，就数他了。

又如，在冲突激烈的杜善人的斗争会上，有人用生动的韵味十足的农民式语言对赵玉林的苦难做了一番描绘：

> 扛一年活，到年跟前，回到家里，啥啥没有，连炕席也没有一领，米还没有的淘。地主院套，可院子的猪肉香，鸡肉味，几把刀在菜墩上剁饺子馅子，剁得可街都听着。白面饺子白花花地漂满一大锅，都是吃的咱们穷人呀。可是你去贷点黄米吧，管院子的腿子，连奔带撵地喝道："去，去，年跟前，黄米哪有往外匀的呀？"那时候，咱们光知道哭鼻子，怨自己的命苦。再没存想他们倒欠咱们的血帐。

由此可见，在"十七年"文学经典中，由于长期的深入农村生活，以及对乡村生活的深刻体验，使得作家对农村生活及民间化语言方式喜爱有加、运用熟练，并完美地将其与体制化语言融合在一起，形成了独具特色的语言风格。

二 人物性格模式化与复杂性的融合

塑造出使读者印象深刻而又感觉真实可信的典型性格，是许多小说家创作追求的目标与作品成功的重要标志。现代主义、后现代主义作品淡化性格塑造，并不影响我们以之衡量现实主义作品的成败得失。"十七年"文学经典的作者从革命现实主义美学原则出发，普遍很重视对人物的塑造。新时期以后，尽管学界对其中某些理想化人物的刻画颇多微词，但不论是 20 世纪 80 年代还是 20 世纪 90 年代，乃至新世纪以后出版的中国当代文学史著作，对"十七年"文学经典在人物形象塑造上的成就，并未抹杀。

一般说来，"十七年"文学经典中对"中间"人物、普通群众的塑造，大多得到肯定，如《红旗谱》中的严志和、老驴头、老套子，《山乡巨变》中的亭面胡等等。因为这类人物的阶级地位和政治取向赋予了作家较为宽松的创作范围，便于发挥自己的创作个性。相比而言，那些被标注了绝对价值的人物类型："正面人物"（英雄人物）和"反面人物"，塑造得就相对趋于模式化。正面人物如卢嘉川、杨晓东、李正、贾湘农等，他们在小说中具有共同的性格内核：沉稳、果断、公正、严肃、工作得法而且具有很强的自我克制能力，这些形象符合主流观念对共产党员革命领导者的一般想象。反面人物如座山雕、一撮毛、冯兰池、王唢芝等，他们的性格内核呈现为：阴险、狡诈、丑恶、懦弱、卑鄙等。人物的阶级属性与其道德操守和容貌形象之间往往也被建立起一一对应的关系：正面人物道德完善、相貌英俊，反面人物道德败坏、相貌丑陋。可以看出，人物内核的一致性，造成了人物形象塑造的模式化倾向。

然而，这种情况并不是绝对的。一些作者在创作过程中，同样不失时机地将人性的复杂性，注入相对模式化的人物性格内核之中，使之血肉丰满、性格鲜明，如《红旗谱》中的朱老忠，《山乡巨变》中的李月辉，《青春之歌》中的林道静，《林海雪原》中的少剑波、杨子荣等等。这些人物，在个人品格上并未完全意识形态化，他们或是保留着鲜明的民间色彩、江湖气息的农民英雄，或是具有小资情调的正面主人公，抑或是存在缺点的、成长中的革命英雄，等等。这些人物形象均受到不同程度的好评。

如《林海雪原》中一向冷静、沉着、不苟言笑的少剑波，在对白茹产生了爱慕之情以后，语言和行动都发生了变化：

> "我想得太多了，第一次想这么多。"少剑波的感情突破了他的理智。
>
> "什么？"白茹意味深长地故意惊问一声。
>
> "没什么。"少剑波很不自然地羞红了脸，"我想让你帮我抄写

一下报告,这次的报告太多太长了。"

白茹看他那不自然的神情,这是他这位首长从来没有过的,尤其是对她自己。此刻她的内心感情已在激烈地开放。可是她又怎样表示呢?说句什么呢?按平常的军规当然应该答应一声"是"!可是她偏没这样,而是调皮地一笑,"那不怕同志们看见批评不严肃吗?或者引起……"

少剑波不好意思地低头一笑,他的脸涨红得接近了白茹的颜色。"同志们正在酣睡呢!"突然他想起报告还没有写好,让她抄什么呢?"噢!我忘了!你昨晚治疗了一夜,你还是得再睡觉,我的报告还没写好!你睡吧。"

可以看出,少剑波的这种人性深处的表现,体现出文本在人物塑造方面的巧妙之处,为了避免被政治赋予了绝对价值取向的人物的模式化呈现,作者刻意表现了革命者的爱情,在严肃、沉稳的党的干部形象上加入了富有人情味的一面。

所以,"十七年"文学经典中正面人物与反面人物的形象也并不是一以贯之的僵化与刻板。随着叙事中日常生活化细节的插入,人物形象也变得丰富而复杂了。"十七年"文学经典如果不是塑造了一批让人印象深刻的人物,当年也不会有那么大的读者面。虽然,在一些作品中,人物形象塑造有模式化、绝对化的缺陷,如对《李自成》的讽刺性评论:李自成太成熟、高夫人太高、红娘子太红、老神仙太神、老八队像老八路。但谁也不好否认,其中郝摇旗、牛金星、宋献策的性格很有特色,刘宗敏与张献忠绝不会被混同,崇祯皇帝的形象堪称经典,杨嗣昌、洪承畴没有被脸谱化。《艳阳天》中弯弯绕、马大炮的故事也曾经脍炙人口,韩百安形象的审美价值今天仍经得起考验,甚至连一号反面人物马之悦的形象,如果剥离其阶级外衣,也可看作今天仍然活生生的专事钩心斗角、结党营私的腐败干部。

三 阶级斗争宏大主题与日常生活化细节的融合

"十七年"文学经典在主题的设置上,一般离不开"敌我的二元对立"。早在 1925 年,毛泽东就明确提出:谁是我们的敌人?谁是我们的朋友?这个问题是革命的首要问题。① 敌我的二元对立不光是革命的首要问题,也是文学的首要问题。于是,在这一时期的作品中,敌我之间"阶级斗争"的宏大主题成为被表现的主要对象。但是,作家在对时代的宏大主题进行表现的同时,仍然将日常化的生活细节描写得熠熠生辉,使得"十七年"文学经典中始终贯穿着对日常化生活的描绘。

实际上,车尔尼雪夫斯基"美是生活"的名言并未过时。这么说不是因为他是"唯物主义"的,也并不意味着赞同他关于现实美高于艺术美的观点;而是因为,他在对"美是生活"做出判断后,进一步阐述的这段话:

> 任何事物,凡是我们在那里面看得见依照我们的理解应当如此的生活,那就是美的;任何东西,凡是显示出生活或使我们想起生活的,那就是美的……②

车尔尼雪夫斯基的见解对解释某些文学作品的艺术魅力具有某种启发作用。文艺作品使我们"想起生活",应该包含"使我们明白生活真谛"之意,但作品具有浓郁的生活气息,使人神往,无疑也是其文学价值和艺术魅力的重要体现。浪漫主义作品使我们"在那里面看得见依照我们的理解应当如此的生活",现实主义作品则"显示出生活或使我们想起生活"。浪漫主义作品是否能被后世读者接受,取决于作品表现的"应当如此的生活"与读者心目中"应当如此的生活"之间的距离:两者吻合或接近,便被接受,甚至欣赏;两者距离过大,甚至性质相反,则被拒绝。"十七年"文学经典中的一些理想化描写当时被接受,而如今被拒绝,与这种距离有关;"十七年"文学经典的某些作品,或者作品的某些部分被今天的读者和批评家肯定,更主要由于其"显示出生活或使我们想起生活",具有浓郁的生活气息。

人物性格的鲜明生动固然是作品生活气息的元素,但更重要的还有赖于,作品使人如临其境的社会自然环境、日常生活场景与细节描写。

---

① 毛泽东:《中国社会各阶层分析》,载《毛泽东选集》第一卷,人民出版社 1991 年版,第 1 页。

② 伍蠡甫主编:《西方文论选》下卷,上海译文出版社 1979 年版,第 409 页。

而日常生活真实性的获得,与作家直接的生命体验有着深刻的关联。

"十七年"时期的作家,除了来自国统区的"老作家"以外,来自解放区和新成长起来的一代"新作家"也逐渐成为文学创作的主体。他们大多数为"工农兵"出身,其生活背景和经验决定了作品的大众风格。如梁斌出身于农家,他的童年和青年时期都是在农村度过,参加革命以后,又主要在敌后农村作为剧社负责人长期从事文化宣传活动,整天跟农民亲密接触。所以,他的小说和散文中透露出浓浓的乡土气息和田园风光。这样的生活经历,使得他的小说不只是反映农村尖锐的革命斗争和阶级斗争,而且自然地将乡村的日常生活画卷和农民的心理、审美留驻于笔端。翻开他的《红旗谱》,就能感受到扑面而来的乡村生活气息。梁斌自己曾说:"我熟悉农民,熟悉农村生活,我爱农民,对农民有一种特殊的亲切之感。"① 他赞扬农民:"在他们之间存在着真正的爱情:父子之爱,夫妇之爱,母子之爱。在他们之间存在着伟大的友情,敦厚的友谊。我认为这些都是宝贵的东西,并不禁为之钦仰,深受感动。"② 《红旗谱》关注农村日常生活细节的艺术特性,早在"十七年"时期就有评论家进行了关注与评价。

"作者在反映这个历史年代的现实斗争生活的时候,固然写了农民的苦难,但也没有忘记写人民生活中的欢乐、美好、幸福、明亮的一面,虽然这些诗情画意是在巨大的丑恶的阴影下笼罩着的,是时刻受到反动势力摧残的,但是,作者仍然抓住一切机会来写,并且往往是有力的,诗意的描写。运涛和春兰、江涛和严萍的爱情,名贵的脯红靛颏的捕得,'宝地'上的耪地和说故事,大年夜的饺子和鞭炮,千里堤上的春风杨柳等等,就都是这样的描写。"③

所以,我们常常能够在阅读中碰到这样渗透着生活趣味的画面:

夜深了,村落上烟霭散尽,一个圆大的月亮,挂在树杈上。在

---

① 梁斌:《漫谈〈红旗谱〉的创作》,载《梁斌文集》第5卷,百花文艺出版社1986年版,第241页。
② 梁斌:《我怎样创作了〈红旗谱〉》,载《梁斌文集》第5卷,百花文艺出版社1986年版,第224页。
③ 冯健男:《论〈红旗谱〉》,《蜜蜂》1959年第8期。

乡村的夜暗里，长堤和乔杨，构成了一幅美丽的图案。还有的孩子们在门前小场上玩，吵吵嚷嚷，说说笑笑个不停。

　　日头落了，夕阳的红光映在她的身上，映着千里堤，映着千里堤上的白杨树。杨树上一大群老鸦，似有千千万万，来回上下左右飞舞，越飞越多，呱呱地叫个不停。

　　阅读《红旗谱》，能够感受到民国年间的社会风貌，了解当时冀中平原婚丧嫁娶、逢年过节的习俗，甚至看到锁井镇的街巷、通向大小严村的羊肠小道、千里堤和白洋淀的风光，听到风吹大杨树叶子哗啦啦的响声。另外，《三里湾》《山乡巨变》《三家巷》也以写日常生活或民间风俗见长。《林海雪原》《铁道游击队》《红岩》里非常独特的环境与生活方式、生活状态的描写也是其吸引读者的原因之一。

　　作品生活气息的获得，还由于其表现了浓郁而真挚的人伦情感。《红旗谱》最感人的，不是反"割头税"运动、二师学潮和高蠡暴动的场面，而是朱老忠的侠肝义胆，他与严志和、朱老朋等人的友情，与贵他娘的夫妻情；是涛他娘和老祥奶奶的婆媳情；是江涛与奶奶的祖孙情，与运涛的兄弟情，与春兰的爱情。甚至朱老星家的对丈夫独特的情爱表达，也饶有趣味。《青春之歌》最吸引青年读者之处，则在于对女主人公处理与三位男性情爱关系时真实、细腻、动人的心理描写。"文革"时期的文艺作品被新时期批评界指为普遍概念化、缺乏"人情味"；但是，这并不是说那时期的作品都不能以情动人——京剧《红灯记》就每每催人泪下：

　　1965年，《红灯记》在上海最大的、有三四千座位的大舞台剧场"连演四十天，场场爆满"。这部戏不但让"毛主席眼角上渗出了泪水"，也在演出中"使上千名观众热泪盈眶"。据扮演李奶奶的演员高玉倩回忆：1965年春节后，《红灯记》在广州、深圳演出，"反响相当强烈。许多香港人都跑过罗湖桥来看，掌声不断。每当李玉和唱到'新中国似朝阳光照人间……'时，观众们就激动地喊口号，鼓掌，还有哭的，那种高涨的爱国热情在内地都少见"①。

依我所见，这主要因为《红灯记》在样板戏中是少有的表现了感人的人伦情感的作品：尽管李玉和一家没有血缘关系，观众从感性层面上感受到的，却是他们一家三代之间体现出的一种类似血缘亲情又高于血缘亲情的"义"——将与自己没有血缘关系的幼儿含辛茹苦养大成人，这比普通的亲情之爱更动人！

类似的日常生活化细节和人伦情感的描绘，在"十七年"文学经典文本中非常多见。在阶级斗争的宏大叙事中，日常化生活细节始终固执而不失时机地穿插于体制化的叙事进程中，形成了强烈的艺术表现张力。

四 个人叙事与历史叙事的融合

美国新历史主义学者海登·怀特说："历史事件首先是真正发生过的，或是据信真正发生过的，但已不再可能被直接感知的事件。由于这种情况，为了将其作为思辨的对象来进行建构，它们必须被叙述，即用某种自然或技术语言来加以叙述。"这就是我们今天讲的"历史的文本"或者"文本的历史"②。历史叙事"从根本上说是文学操作，也就是说，是小说创造的运作"。二者的区别在于，"历史家所处理的是'事实'，而小说家所对待的则是'想象'的事件"③。殊途同归的是对"历史"和历史意义的追求与阐释，成为二者共同的指向。所以，从某种意义上说，小说家的创作与历史学家的研究具有相似性和同构性。新中国成立后产生的"十七年"文学经典作品，正是小说家们用文学的形式，对革命历史的回顾与书写。

然而，任何对历史的书写都必然涉及一个视角问题，其中既包括了作家的个人视角，也渗透着时代背景所框定的历史视角。而纵观"十七年"文学经典的创作，作者很好地将个人叙事与历史叙事融合起来。

---

① 封孝伦：《20世纪中国美学》，东北师范大学出版社1997年版，第295页。
② [美]海登·怀特：《评新历史主义》，转引自张京媛编《新历史主义与文学批评》，北京大学出版社1993年版，第100页。
③ [美]海登·怀特：《作为文学虚构的历史文本》，转引自张京媛编《新历史主义与文学批评》，北京大学出版社1993年版，第178页。

其中最具代表性的莫过于《青春之歌》。无论从何种意义上说，书写小资产阶级知识分子的《青春之歌》在当时的历史语境中都是一个"异类"。在"文艺为工农兵服务"的全新文学规范下，知识分子题材的创作在此时是不合时宜的。然而，这部小说却以几百万的销量一版再版，并且被列入"红色经典"行列，获得主流意识形态的首肯与承认。分析个中原因，正是由于《青春之歌》灵活而巧妙地处理了个人叙事与历史叙事之间的关系，才得以成就其"十七年"文学的"经典"地位。

在知识分子普遍要接受思想改造的特殊年代，这部描写知识分子的小说将林道静的个人成长史与知识分子思想改造的主流意识形态史巧妙地结合在一起，在对林道静的成长过程的表层叙述中，完成了对主流意识形态的深层体认。《青春之歌》成功地将个人叙事与历史叙事融合在一起的尝试，已经成为其文本特性。目前学界很多研究者均注意到了这点，其中李杨教授的观点很具代表性，"《青春之歌》中的每一位男性，都象征着中国社会所选择的不同道路，余永泽代表的是西方人道主义范畴，卢嘉川与江华代表的是马克思主义，卢嘉川、江华得到了林道静，象征着马克思主义拥有了中国"[1]。所以，从某种意义上说，林道静对"革命"和"爱情"的追求具有同构性，"爱人"与"党"也具有直接统一性。杨沫在小说中成功地将这种"革命叙事"与"爱情叙事"进行融合，小说中有这样的描述：

　　　　"生活像死水一样，除了吵嘴，就是把书读了一本又一本……卢兄，你说我该怎么办好呢？"她抬起头来，严肃地看着卢嘉川，嘴唇发着抖。"我总盼望你——盼望党来救我这快要沉溺的人……"

　　　　"然而，正当我危急万分、走投无路的时候，还是党——咱们伟大的母亲向我伸出了援助的手。朋友，我虽然焦虑、苦恼，然而，我又是多么幸福和高兴呵！是你（卢嘉川）——是党在迷途中指给我前进的方向；而当我在行进途中发生了危险，碰到了暗礁

────────────

① 李杨：《抗争宿命之路——"社会主义现实主义"（1942—1976）研究》，时代文艺出版社1993年版，第67页。

的时候，想不到党又来援救我了。"

"我常常在想，我能够有今天，我能够实现了我的理想——做一个共产主义的光荣战士，这都是谁给我的呢？是你（江华）——是党。"

可以看出，杨沫将"爱人"与"党"直接对应，十分巧妙地将林道静的个人感情与革命融会、重合，从非常个人化的角度，将林道静的"爱情叙事"与"革命叙事"矛盾地统一起来，完满地将个人的感情生活隐秘而潜在地纳入到革命历史的宏大叙事当中。

从以上论述可以清楚地看到，"十七年"文学经典文本在满足既定叙事成规的同时，作为文学自身的审美追求和艺术自觉也在滋长着。虽然它们表层遵循着统一的文学规范，但其文本内部都存在着深层的叙事张力。张力的一端连着政治标准，另一端连着艺术自觉，张力的相互作用最终形成了文本叙事层面的裂缝。但是，作家以巧妙的方式弥补了叙事的裂缝，使得"十七年"文学成为一个自足的实体。

小　结

本章通过对"十七年"特殊历史语境的还原，发掘出其"原生性"特质，充分呈现出"文本"与文学体制、作家创作、社会心理的关系，还原了文本的历史性。

在"十七年"特殊的文学体制下，作家的创作心态及观念、生存方式与创作条件都发生了巨大的变化，这一切造就了作家主动将艺术自觉与政治标准两个维度交融汇合的创作心态，并最终完成了对"十七年"文学经典文本的叙事融合。

第三章 "十七年"文学经典影视改编热的原因探寻

　　作为20世纪中国文学史无法忽视也绕不过去的重要存在，"十七年"文学经典，特别是代表了这一特定历史时期最高文学成就的"十七年"长篇小说，它的命运可谓大悲大喜、大起大落，荣辱兴衰达到了极致，已经成为中外文学史上极为独特的存在。新中国成立初期，一大批"十七年"文学经典问世后迅速在读者中走红，引发读者狂热的阅读激情，形成了广泛而强烈的社会轰动效应，并作为一种"集体无意识"潜移默化地影响着一代人的审美观和人生观。随着时代语境的变迁，尤其在"文革"结束后，这些作品却逐渐陷入无人问津的尴尬境地。直到近年来，随着影视剧改编的热潮，它才又再度引起了人们的广泛关注和思考。

　　其实，早在20世纪80年代，"十七年"文学经典，如《红岩》《铁道游击队》等作品就已经被改编成影视剧，搬上荧幕，成为这一类改编剧的创作滥觞。20世纪90年代，这股改编潮流仍然在影视界存在，出现了《青春之歌》《野火春风斗古城》《敌后武工队》等影视改编作品。但是90年代的时代氛围和审美趣味决定了大众对通俗文学和娱乐文化的认同与追求，这使得这些在文学体制下衍生的作品的生存状态总是处于不温不火之中，甚少获得观众瞩目。直到新世纪之后，一部由苏联小说《钢铁是怎样炼成的》改编成的同名电视剧作品被搬上荧幕，并掀起收视狂潮，一度广受好评。此时，在这种历史契机之下，大众对革命历史题材经典作品的关注与热情被瞬间点燃。至此，"十七年"文学经典的改编热潮正式出现，并随着事态的发展，引发各界的激烈讨论，甚至以"红色经典"的称谓为其冠名。国家广电总局的权威资料显示,从 2002 年 1 月至今,有超过 45 部红色经典电视剧被有关部门立项拍摄,总量已近千集。其中在 2002 年至 2009 年,立项数达到高峰。"'红色经典'立项剧目一览:《野火春风斗古城》《霓虹灯下的哨兵》《雷锋》《冰山上的来客》《北风吹》《烈火金刚》《红旗谱》《林海雪原》《苦菜花》《红色娘子军》《迎春花》《家春秋》《没有共产党就没有新中国》《少年英雄王二小》《红嫂》《三家巷》《双枪李向阳》《双枪老太婆》《地道战》《敌后武工队》《一江春水向东流》《阿庆嫂》《红灯记》《嘎子》《永不消逝的电波》《子夜》《战斗的青春》《刑场上的婚礼》《花儿为什么这样红》《闪闪的红星》《节振国》《沙家浜》《小兵张嘎》《这里的黎明静悄悄》《51 号兵站》《鸡毛信》《铁道游击队》《邱少云》《保密局的枪声》《杨靖宇》《牛虻》。"①

　　然而,在新的历史语境下,影视改编这种新的文化生产方式与历史上"十七年"文学经典的创作方式既有联系又有区别,所以对 20 世纪中国文学史上这一循环往复的重要现象进行深入研究是非常有意义的,因为其反映了当代中国社会转型中的某些新的时尚和趣味,展现了当代文化的律动与走向,甚至可以成为当下中国社会思想和艺术变迁的历史缩影。

　　所以,面对各界对"十七年"文学经典改编热潮的争鸣与批评,有必要对新世纪"十七年"文学经典及其影视剧改编再度走红的原因做一番深入探讨,以下主要从世纪之交的历史文化语境、国家主流话语、文化市场、文本艺术价值四个方面加以分析和阐述。

第一节　历史怀旧:世纪之交的文化语境

　　目前,有一种"怀旧说"认为"十七年"文学经典的阅读复燃及其影视剧改编热潮,缘于新旧世纪之交大众滋生出来的怀旧心理。"怀旧"作为世纪之交一种普遍的心理情结,它为"十七年"文学经典的影视改编生成了再度走红的历史语境。回顾已经过去的 20 世纪,那是

---

　　①　http:/news. xinhuanet. com/newmedia/2004-07/22content_ 1628941. htm.

一个经历了深刻社会变革的世纪，是一个充满了革命和动荡的世纪。当历史的车轮滚滚而过，回望过往，苍凉与悲壮、唏嘘与感伤、落寞与哀叹，使人五味杂陈；展望未来，人们对新世纪虽然充满了无限向往和憧憬，但不免对逝去的时光缅怀而留恋。于是，这一新的时代氛围造成了当下审美趣味、文化风尚逆转的现象：文化市场上象征特殊意义的"红色"物件重新流行，有着领袖元帅人物以及劳模英雄人物图像的各种饰物已经炒作到了很高的价位，出租车、长途客车上甚至普通居民的窗棂上都可以看到印有领袖头像的挂饰；一批老房子、老照片、老画报、老唱片等以"老"命名的文艺作品迅速涌现，旧画册、旧期刊、旧版书籍开始成为中老年人记忆的收藏；人们又重新穿回中山装、唐装甚至军装，形成新一轮的流行时尚；MTV、卡拉OK等新的大众娱乐形式也热衷红色革命题材，流行乐坛改编的歌曲《红太阳》新唱片获得了巨大的发行量，经过不同程度改编的革命题材的样板戏和歌舞剧被隆重推向市场，并获得观众青睐；中国媒体包括互联网也大量报道和评论"红色怀旧"的流行；一些地方政府在革命传统教育的名义下，为了搞活当地经济，也纷纷打造红色旅游的品牌。

可以看出，新旧世纪的交替造成了大众普遍的怀旧心理情结。所以，在这种文化心理之下形成的影视剧改编潮流，就不仅仅是一个孤立的现象，而是作为一种独特的"红色"文化表征，包含于世纪之交历史怀旧的语境之中。尤其对于那些经历了革命战争和社会主义建设历史的人而言，"十七年"文学经典及其影视改编剧是一个能够唤起"集体无意识"文化记忆的历史文本，可以让他们在现实的一瞬间闪回到激情燃烧的革命年代，那里有他们与共和国共同的成长往事与青春岁月。而"十七年"文学的影视改编作品作为一种文本具有所谓的互文本性，而这种互文本性或者文本间性附加在"十七年"文学经典作品上的历史感，也正是吸引那些人的重心。

20世纪90年代，社会出现重大变革，商品经济迅速取代计划经济，成为主要经济制度。随后，这场经济领域的变革，逐渐渗透到思想文化领域，于是，文化精神产品也逐步被商业化。虽然，物质条件的极大丰富改善了人们的生活，但经济体制变革所带来的一系列新的社会问题又轮次出现，如下岗、再就业、物价增长、住房紧张、医疗落后、养老困难等等民生问题，考验着大众的神经。加之在商业文化环境中物欲横流、精神滑坡、价值失范、人性迷失，理想主义和英雄主义逐渐淡出人们的视野，人们生活的"幸福指数"与计划经济时代的稳定与安宁相比，似乎有减无增。改革开放后，随着国门的打开，西方后现代文化思潮也日益颠覆着传统文化的地位。在物质利益追逐下催生的贪污腐败、贫富差距扩大等社会弊端的急剧增加，越发使普通大众对社会发展中的一些现象产生质疑和不满，更加诱发了人们对往昔岁月的怀念。这一系列的社会变革与"十七年"时期所倡导和坚守的革命信仰必定产生激烈的冲突，进而造成大众精神上的失落感。在众声喧哗、骚动不安的社会变革中，人们的精神家园何在？拿什么来拯救大众的精神与灵魂？于是，在这种拷问之下，"十七年"文学经典的回归自然而然成了一种众望所归的选择。"怀旧是一个时代消失之后的普遍社会情绪"①，在一定程度上说，"十七年"文学经典正是曾经在人们记忆中留下深刻烙印的社会主义革命时期的文化象征，重温"十七年"文学经典也是对被时间洗去血泪和苦难的激情燃烧岁月的缅怀。在日益商品化和市场化的今天，重新体验艰难困苦而斗志昂扬的革命时代，追求能够焕发出精神信仰的力量，寻找世纪之交的心灵慰藉，已经成为大众的一种普遍心理需求。在世纪之交的这种怀旧历史语境中，"十七年"文学经典及其影视改编剧作为一种曾铭刻在人们文化记忆中的作品，自然就成了人们怀旧情绪的心理依托。

然而，杰姆逊在分析好莱坞怀旧电影时认为："怀旧影片的特点就在于它们对过去有一种欣赏口味方面的选择，而这种选择是非历史的，这种影片需要的是消费关于过去某一阶段的形象，而并不能告诉我们历史是怎样发展的，不能交代出个来龙去脉，在这样的'怀旧'中，电影所带给人们的感觉就是我们已经失去了过去，我们只有些关于过去的形象，而不是过去本身。"② 当下"十七年"文学经典的影视改编似乎印证了这一说法。综观这些作品，都是在各方利益驱动下，不同程度地被改编者"改写"和"戏仿"，甚至"颠覆"与"解构"。由于历史观

---

① 焦垣生、胡友笋：《新时期以来红色经典"冷""热"原因探寻》，《湖南文理学院学报》2005年第2期。

② ［美］杰姆逊：《后现代主义与文化理论》，北京大学出版社1997年版，第226页。

念的变化，已经不可能完全按照原来的面貌"忠实"再现原作的故事、人物，乃至精神，因而，也不可能完全满足大众的这一怀旧心理；相反，倒是迎合了那些无旧可怀观众的猎奇心理。

实际而言，"十七年"文学经典的影视改编剧仍然属于大众文化的范畴，其改编的意义正如戴锦华所言："是人们在一个渐趋多元、中心离散的时代，对权威、信念的深情追忆，也是在实用主义、商业主义和消费主义即将大获全胜之前，对一个理想中的时代充满感伤的回首。"①

第二节　暗合：主流话语与民族文化复兴

克罗奇曾经说过："一切历史都是当代史，历史是由现代人书写的，它是国家政权对某一社会过程作出的某种规律性和必然性的合法解释。"② 回顾历史，不难看出，"十七年"文学经典不仅是正常意义上的文学作品，它同时也是"革命历史"本身，它的生成和中国革命政权的建立过程有着密切的关系，包括根据地、解放区乃至新中国建立，它的书写都与革命历史进程同步。从解放区代表小说《新儿女英雄传》、歌剧《白毛女》、秧歌剧《兄妹开荒》到"十七年"的《青春之歌》《林海雪原》《红旗谱》《野火春风斗古城》等长篇小说，从"文革"前的大型舞蹈史诗《东方红》到"文革"中的"革命样板戏"，在多变的政治形势下，这些作品虽然几经批判、修正，乃至被否定，但其深层的"政治文化心理"对大众的潜在影响仍然持续至今。"十七年"文学经典以特殊的形式参与了中国现代革命历史文本的建构，它的价值早已超越了文学的范畴，成为与革命历史"正典"书写相印证的历史文本。于是，出于对革命历史传统延续性和权威地位的考虑，主流意识形态从未放弃过对它们的传播与再造。从"十七年"文学经典的文本精神来看，"十七年"经典作品的创作者怀抱着对共产主义的无限向往和坚定的革命信念，作品本身表现出强烈的革命英雄主义、集体主义、爱

---

① 戴锦华：《隐形书写：90年代中国文化研究》，江苏人民出版社1999年版，第90页。

② ［意］克罗奇：《历史学的理论和历史》，转引自何兆武、陈启能《当代西方史学理论》，上海社会科学出版社2003年版，第138页。

国主义的思想品质。所以，从某种意义上讲，"十七年"文学经典是左翼审美文化传统在漫长的时间积累和反复的经验积累过程中的产物。而今天，中国人的骨髓深处其实早已融入了这一文化特质。在历史的传承中，对于普通大众来说，对革命的认识与理解与其说来自于"正典化"的党史与革命史，不如说更多地来自于这些革命历史题材的"十七年"文学经典，因为大众是把这些小说当作革命历史文本来阅读的，书中所描绘的革命历史，也就等同于革命的"正史"。因此将"十七年"文学经典搬上银幕能够获得主流话语巨大的政治支持，这一点是毋庸置疑的。当然，对"十七年"文学经典来说，作为国家掌握的合理文化资源，它的再造必须遵从意识形态的规定、国家政策法规的约束且符合主流舆论导向，并有意识地配合"仪式"化的国家庆典来加以表现。如"七一""八一""十一"等我党我军的重要纪念日，还包括领袖诞辰及抗战胜利等具有历史意义的纪念日。如，中宣部、文化部在纪念毛泽东诞辰100周年、中国共产党建党80周年以及世界反法西斯战争暨中国抗日战争胜利70周年等活动中，推出的一系列献礼作品；为庆祝中华人民共和国成立60周年，早在2009年4月，中宣部文艺局、国家广电总局还共同举办了"迎接新中国成立60周年第一批重点国产影片推介仪式"等等。

此外，各地电视台和电影院线也在此形势下热播了一大批反映中国革命历史题材的电视连续剧和影片，如《长征》《亮剑》《邓稼先》《建国大业》《建党大业》等。央视电影频道也按计划有步骤地重放一系列20世纪五六十年代深受欢迎的老电影，如《青春之歌》《地雷战》《小兵张嘎》《苦菜花》等，收视可观。出版界也在此时开始大量重印、再版各种革命题材的文学作品。可以看出，这些"建党、建国纪念日献礼作品"，"复述革命进程的革命历史、战争题材的影片"，"五个一工程作品"，"宣传党和国家的路线、方针、政策的主旋律作品"已经成为社会文化产品的重要内容，并占据着大众文化生活的重要位置，同时在社会转型期的新文化建设上发挥着感染、宣教的重要作用。于是，当蕴藉于民间的怀旧情绪与"十七年"文学经典擦出火花之后，共同的期待视野、丰厚的作品积累、良好的受众基础，再加上市场经济大众文化产业的积极介入，共同推动了"十七年"影视改编剧在新形势下的再度繁荣。

主流话语对"十七年"红色资源再利用的高度重视，除了意识形态上的考虑外，也是基于国家文化建设的需要，因为文化建设对国家政权建构而言，是必不可少的重要存在。在中华民族伟大复兴的建设目标中，影视文化艺术作为文化建设的一部分，自然也被纳入到当下民族文化建设的框架之中。然而，我们也应当看到，在新的历史语境之中，"十七年"一体化的政治文化模式逐渐瓦解，多元化和开放性成为中国当下的文化特征和趋势。

首先，改革开放以来，在西方的文化影响下，我们经历了众多思潮，民族主义、启蒙主义、表现主义、存在主义、结构主义、解构主义、女权主义、后现代主义、后殖民主义，纷至沓来，在短短的十几年时间你方唱罢我登场，走马灯似的完成了相互间的替代与更迭。"乱花渐欲迷人眼"，前一个方向还没有明确，新的概念又纷至沓来。思想、意识在急剧膨胀后又被瞬间抽空，意识领域的迷惑与莫名的恐慌交糅杂陈，现代人的大脑中已经充斥了太多的复杂因子。一方面，处于思维困惑中的大众开始寻求自我的救赎与解脱；另一方面，经济转型带来的急剧变化造成大众思想价值判断的混乱和行为模式的困惑，大众对消费主义时代信仰缺失、人心不古、道德淡化的现实也产生了不满。在中国社会科学院哲学研究所做的一项题为《转型时期的社会伦理与道德》的大型社会调查中，在对"有无信仰"一道题的选择中，"有信仰的"只占全部的28.1%，这一数字表明"信仰危机"不仅客观存在，而且还很严重。于是，大众为了解除信仰焦虑和精神困顿，产生了对英雄、崇高、理想的精神诉求。而"十七年"文学朴素而直接的政治信仰在某些层面上契合了这种要求，于是这种普遍的社会文化心理便成为"十七年"文学经典影视剧改编出现的重要背景。

其次，全球化给当代中国社会带来了空前复杂的多元文化因素，在"告别革命"的极端心态控制下，消费主义与娱乐文化盛行，对传统文化的秩序和深度造成巨大的消解。一时间，对"经典"的颠覆与解构成为潮流，经典文化普遍遭遇冷漠。经历了物资极度匮乏的年代，富裕起来的中国人开始表现出对物欲的热切追求，社会在长期历难中形成的民族凝聚力和向心力逐渐被消释，这一切导致了民族文化精神在很大程度上的缺失。于是，主流意识形态渴望在实现经济现代化的进程中，抵御西方文化思潮的过度蔓延，积极提倡弘扬民族文化的主旋律，以此巩固和稳定国家文化领导权。综观主流话语对"十七年"文学经典影视改编的关注，可以发现，在中国的现代化进程中出现的种种弊端与危机，导致大众对民族文化的认同感和需要感日益显现，特别是知识分子阶层开始逐渐放弃对西方文化价值立场的过分认同，转而反思传统文化的价值所在。就在"十七年"的艰苦环境和严峻的国际背景下，具有强烈责任感和使命感的作家，积极探索具有中国气派和民族特征的文学道路，创作出了相当数量的具有中国作风、立足中国现实的"十七年"经典之作。这一批作品表现了中国人民反剥削、反压迫、反迫害，求生存、求自由、求幸福的伟大革命斗争史，展示了中华民族英勇奋斗、自强不息的崇高民族精神，表现了炎黄子孙为了建立理想社会制度而敢于牺牲的高尚品质，这是一个民族站立起来的精神之本。所以对"十七年"文学经典中所蕴含的传统民族文化资源的重新发掘，对于国家、民族来说具有重要意义。因此，"十七年"文学经典"世纪末的再阐释不仅是一个媒介事件和消费层次的'狂欢'，也不是简单归于政治即可以说清楚的，这是中国的国情，也是 20 世纪中国文学的历史现实"①。更深一层说，现代中国文化与精神的重建至关重要。虽然，当下对物质欲望合理性的肯定及个体选择的充分尊重已逐渐为大众所认同，但整个社会共同追求的理想绝不能被放弃，中国的现代化不仅是经济秩序的完善和全球化的追求，更重要的是对中华民族精神信仰的守护和传统文化的思考和重建。黄会林教授也曾经就此指出："以中国美学的独特视点去研究中国影视艺术现象，既吸收世界电影艺术的精华，又坚持中国文化的民族特性，实现中国美学与西方美学在中国当代影视艺术实践中的融合。只有这样，我们才能创造出具有现代意识与民族风格的影视作品，建立影视艺术的'中国学派'。"② 因此树立以现代市场理性为基础、以科学民主为内涵的人文精神，重建当代文化经典，是新世纪中国文化建设的首要课题。国家对"十七年"文学经典影视剧改编的重视

---

① 侯洪、张斌：《"红色经典"：界说、改编及传播》，《当代电影》2004 年第 6 期。
② 黄会林：《中国影视美学民族化特质辨析》，北京师范大学出版社 2001 年版，第 18 页。

也正是出于实现民族文化精神复兴的需要，以力求坚持民族文化的正确发展方向，保持民族文化的健康发展。

第三节 合谋：主流文艺与商业市场

新世纪以来，"十七年"文学经典影视改编蔚然成风，不可否认的是，在其身后存在着庞大的市场化影子。消费需求永远是推动市场运作的动力支柱，"十七年"文学经典的影剧改编热是世纪之交文艺市场怀旧消费和崇尚消费催生的结果。

在文化市场多元化的状态中，最活跃最不容忽视的是商业文化。利益的驱动使文化市场在文化产品的制作配置运营中不断放低姿态，走向民间、走向大众。它既与五四新文化传统的大众化的启蒙立场保持着距离，也不同于20世纪五六十年代的大众化的工农兵立场；它解构着理想主义、英雄主义，不断躲避崇高，从而迎合了大众的世俗化倾向，尽量满足受众的好奇、猎艳、窥探、刺激的口味和心理，呈现出商业化的功利主义色彩。在对怀旧消费的利用上，我们看到了文艺市场化的两个明显的特征：既迎合观众口味，又制作时尚风潮。对于中老年人而言，"十七年"文学经典及其改编的影视剧作品作为一种历史性文本，能够唤起他们的文化记忆，围坐在电视机前的他们看到的不仅仅是一个又一个革命的影视画面，也是一幕又一幕重新在内心闪现的真实历史；对于青少年一代而言，由于"十七年"文学经典本身具有相当的"可读性"，它能够给大众带来某种娱乐效果，他们阅读或观赏"十七年"文学经典及其改编的影视剧作品，就像聆听传奇故事那样，充满着惊险与刺激。正是故事的传奇性满足了感官的愉悦，使他们获得心理的快感，迎合了他们寻求未知的好奇心理。同时，"十七年"文学经典中人物的成长、成熟又与青少年心理的期许相暗合。传统从这里走向了现代，传媒文化在这里扮演了一个中介的角色。青春文化心理经常体现出一种狂热迷乱的激情和幼稚的姿态，甚而对现成的社会文化秩序涌动着一种消解、反叛甚至毁弃的欲望，"十七年"文学经典中表现的"出走—革命—造反—打倒"曾经是战火和动乱中的青春流行色，其中的政治话语可能会使今天的青少年产生疏离感，但青春之歌的吟唱却会使他们中的一部分人找到精神的皈依；加上市场文化所谓的"人性化"的切割、细化、时尚化，"十七年"文学经典改编的影视剧便有了一种青春色彩。

市场的怀旧消费与主流文艺对崇高的呼唤也有密切关系。革命是影响 20 世纪中国文学发展的一个极其重要的因素，以往有些评论家把文学现状的不尽如人意归结于"文以载道"，反对文学宣传革命的功利作用。然而，20 世纪 90 年代以来，中国进入市场经济时代，社会精神趋于多元化，作家写作很少再受到意识形态的制约。按照以往那些评论家的观点，在这样的社会环境下文学就应该佳作迭出，但事实却并非如此，文坛充满了浮躁之气，作品大量产生，但大多昙花一现，历时性影响根本无法同"十七年"文学经典相比。综观 20 世纪末揭露权力运作秘密的官场小说，展览身体咀嚼感官知觉的欲望小说，沉入历史自我深思的历史小说，王朔的反崇高小说，池莉、方方、刘震云等人的新写实主义小说，苏童、叶兆言等为代表的新历史主义小说，林白、陈染等代表的私人体验小说，卫慧、棉棉的性爱小说以及快餐式的网络小说等等，从各方面努力迎合着部分现代人失落而又无止尽的味蕾刺激。至此，对世俗欲望的认同压倒了精英式启蒙的主题，宏大的革命抒情被现实的各种需求所取代，光辉耀眼的英雄形象退出舞台，平庸世俗的小人物唱起了主角，以前被视为写作禁区的性爱描写一晃成了文学作品中不可或缺的"味精"；平民主义的写作立场和以消解为特征的写作方式，成为后现代文化语境下文学发展的主导；新历史主义在解构历史的同时，也带来了文坛上的"戏说风"和"改写风"；文学名著、文学经典全都失去了昔日神圣的面纱，经受着后现代主义解构之笔的肆意涂改。在一系列"身体写作"、"欲望叙事"、"揭私揭秘"、"大话名著"、"轻松阅读"的极力贩卖和肆意发泄获得了短暂的快感之后，人们感到的是更大的落寞和空虚。

然而，在一个缺乏英雄的时代，并不意味着人们对英雄的向往和期待也丧失了。没有崇高，没有深刻的思想与意义，既无法支撑文艺的大厦，也无法满足大众心理的需要。一些作品放弃了理想、信仰和追求，过于认同市民生活方式，导致作家不能与笔下的人物拉开距离，文本的超越性严重不足。相反，那些具有浓烈英雄主义与乐观进取气息的"十七年"文学经典与之形成鲜明的对照。这些"十七年"文学作品具有史诗般的英雄主义风格，积极进取的精神和乐观主义情怀，表现出崇高的精神品质，能够激扬士气、催人奋发，给人以奋斗的力量和乐观的情怀。从作家本身来说，为劳苦大众鸣不平的心愿，变革现实的热情，对未来充满希望的光明感和理想主义，使"十七年"文学经典充满了人文精神和入世情怀。因此，它在意义的建构方面是有深度的，不像今天很多作品只是告诉大众生活是什么样的，但大众却无法得知符合人性的理想生活应该是什么样的。现代许多作家们以零度情感介入为荣，很多作品在反映生活的原生态和丰富性方面可圈可点，但艺术毕竟不等同于生活，艺术若缺乏提炼、缺乏人文关怀必然呈现出混乱和平面化的状态。相对于这些作家们对道德责任与历史承担的回避，"十七年"的作家们可以称得上是在积极写作。所以，20 世纪 90 年代一些知识分子发起了人文精神的大讨论，这使我不由想起法兰克福学派一些学者如阿多尔诺和霍克海默的观点，他们都反对文学沦为商品，坚持认为作家作为社会的良心，应该有批判精神，警惕文学艺术一味以营利为目的，在迎合取悦读者中落入庸俗。所以，今天重新认识和评价"十七年"文学经典及其改编的影视剧作品，也包含着对市场的反思。尽管"十七年"时期的作品为了适应普通大众的欣赏水平，在小说体式探索方面有停滞甚至倒退的现象，但是它通俗而不庸俗，作品里面有真善美，有光芒和希望，作家的感情是真挚的、深沉的，而这些是古今中外所有优秀作品都不可缺少的优秀素质。

　　市场是一个见风使舵的能手，它能敏锐地把握文艺和其他行业的风向标，善于投其所好，并且善于利用一切可以利用的机遇，进行自我发挥和创造，以求得最大利润。"十七年"文学经典中那些脍炙人口的故事和家喻户晓的英雄人物，对市场来说是具有某种潜价值资源的。正如某些学者所指出的，"不是所有的'十七年小说'都适合于改编，只有具备了大众娱乐基本元素的作品才有改编的可能"①。一方面"十七年"文学经典可以提供当代创作中稀缺的英雄情怀；另一方面，其"通俗

---

① 张贺：《"红色经典"改编为何难如人意》，《人民日报》2004 年 12 月 24 日第 7 版。

的故事结构、复杂的情感纠葛、紧张的戏剧冲突、被暗示的性关系"等这些被当时政治意识遮蔽和掩盖的因素，在市场的操纵下又构成了新的想象空间和卖点。为了摆脱以往人物"高、大、全"的形象，就把他变得"低、小、破"；为了丰富原作单薄的内容，就人为地编造一些情节。因此，大量娱乐因素的渗透使得"十七年"文学经典改编的影视剧与观众原来的阅读体验和审美感受相去甚远，原以为符合观众胃口的所谓"看点"竟变成了批评的"焦点"，这可能是改编者始料未及的。学者们认为：由于"十七年"文学经典作品"涉及历史观念，需要花大力气认真研究，但急功近利的商业心态使改编者难以在深度和厚度上下功夫。改编者可以轻松，但不可以轻佻，可以使人物下移，但不可以下作，可以使原来的作品由单一的红色变成杂色，但没有必要变成桃色"①。正是那些精明的文化商人，自以为洞察到了中老年人的怀旧情绪，摸准了青少年一代的审美口味，也看好了"十七年"文学经典内在的艺术质量，因而不遗余力地人为烹制出这道"十七年"文学经典影视剧改编热的世纪精神大餐。

在一定程度上，主流文艺是乐于借助市场这双上帝之手，扩大"十七年"文学经典这一主流文化资源的声势和影响的，在所能容忍的限度内，对市场操纵下的"十七年"文学经典影视改编剧保持了某种缄默，甚至是支持。正是在主流文艺与市场的合谋下，"十七年"文学经典经过商业化运作再度走红。显然，说"十七年"文学经典的再度走红，事实上是指"十七年"文学经典在影视圈内带来的改编热潮，它反映的也依然是视觉化读图时代文学市场对影视传媒力量的借用。

第四节　艺术价值：革命政治话语背后的文本呈现

时过境迁，在文学环境和读者接受心理已经发生很大变化的情况下，"十七年"文学经典何以再度风行？除去上述三个外部原因之外，还与其作品本身的文学价值和艺术魅力分不开，这与其政治性无关，而

---

① 张贺：《"红色经典"改编为何难如人意》，《人民日报》2004 年 12 月 24 日第 7 版。

是其内在的文化传统和民间艺术因素在起作用。

不可否认，过分强调国家意志大于个人意志，集体利益高于个人利益，终于导致"十七年"文学经典原著小说中有反人情、人性的一面，作品中个体的意义遭到否定，对作为"人"的现实和困境视而不见，典型人物"高大全"等。但这并不能成为完全否定"十七年"文学经典的理由，"十七年"文学的艺术创造性也是有目共睹、举世公认的，正如某评论者所说的"毕竟是艺术家戴着镣铐跳出来的舞蹈"。

客观地说，当时的社会背景是存在"十七年"文学经典生成的可能性和必然性的。

20世纪四五十年代之交，中国社会发生急剧的重大变革，而这种社会转折也影响、推动了中国文学的构成因素及它们之间关系的剧烈错动，不少文学史家称之为"转折"①。转折的表现在于：以延安文学作为主要构成的左翼文学自20世纪50年代起成为文学的主流；毛泽东文艺思想成为纲领性的指导思想；文学写作的题材、主题、风貌等形成了体系性的"规范"；作家的生存方式、写作方式，作品的出版、阅读和批评等文学活动方式也出现了重大变化，这在本书第二章已经有了详细的分析。复旦大学的陈思和以"一种战争文化形态"的形成来概括这一"转折"现象，是中鹄之论。② 的确，新时代伊始，气象一"新"，对一个有着深厚的"文以载道"文学传统，与文学、政治亲密接触的国度，文学的"转折"不可避免地以"大一统"的形态出现，文学题材的选择、创作理想的追求、表现手法的运用在这一时期有了惊人的一致。"十七年"文学经典正是在这样一种历史情境中应运而生。

首先，从创作主体来说，"十七年"作家绝大多数是中国革命的亲历者，他们都有着丰厚的生活积累和独特的生活体验。《红岩》的作者罗广斌、杨益言参加过中共地下党领导的解放前夕的反蒋斗争，并被投进白公馆、渣滓洞牢狱，是红岩下的幸存者，是吃人魔窟的见证人；《青春之歌》的作者杨沫出生于北平一个大学校长兼大地主家庭，为了逃脱封建家庭的包办婚姻，她离家独立谋生，在河北香河县当过小学教

---

① 洪子诚：《中国当代文学史》，北京大学出版社1999年版，第101页。
② 陈思和：《中国当代文学史教程》，复旦大学出版社2004年版，第62页。

师，还做过家庭教师、书店店员，在迷惘和求索中走向革命；《苦菜花》的作者冯德英从小就生活在作品中所描写的革命家庭，感同身受；《红旗谱》的作者梁斌亲历或耳闻了保定二师学潮和高蠡暴动，获得了第一手的革命材料；《林海雪原》的作者曲波担任过牡丹江军分区部队的团副政委，亲自率领一支小部队，转战于林海雪原，与许家父子、座山雕、谢文东等匪军周旋竞逐，写的几乎就是自己的剿匪经历；《红日》的作者吴强早在 1938 年就参加了新四军，长期在部队从事文艺和宣传工作；杜鹏程曾是陕北战争前线的随军记者；柳青举家落户长安县皇埔村 14 年；浩然是地道的农民作家，并曾是农业化合作运动的基层领导者。对这些作家而言，"文学写作与参加左翼革命活动，是同一事情的不同方面"①。因此，当战火熄灭，这些作家有了机会拿起笔从事文艺创作，自然会选择那些使他们记忆深刻的革命岁月进行叙述和描写，抒发他们对"历史"的认识和人生的体味，这是必要和必然的选择。我们在《红岩》中可以读到这样的话：

> 一次次战友的牺牲，一次次的加强着我的怒火，没有眼泪，唯有仇恨，只要活着，一定战斗。我决心用我的笔，把我亲眼看见的，美蒋特务的无数血腥罪行告诉人民，我愿作这黑暗时代的历史见证人，向全人类控诉！我要用我的笔，忠实地记述我看见的，无数共产党人，为革命，为人类理想，贡献了多么宝贵的生命！

"十七年"作家们出于亲历者的激情而写作，他们大多并没有渊博的学识，甚至也没有多大文学抱负，因此，在死打硬拼出他们的处女作以后，也没有多大可持续发展的空间，所以常被人们称为"一本书作家"。但是，这些作者仍然具有独特的优势，他们都是作品中描写的斗争的亲身经历者和战斗者，作品中的主要人物，也往往以现实中他们熟悉的人物作为原型，如《林海雪原》直接用其姓名的杨子荣、高波；《红岩》中可以与纪实作品《在烈火中永生》两相参照的英雄群像。加上在场者的切身感受和身份证明，从感性层面上先在地保证了这些作品

---

① 洪子诚：《中国当代文学史》，北京大学出版社 1999 年版，第 103 页。

的真实性乃至部分的纪实性，使他们的作品具有强烈的真实感以及浓烈
的时代气息。

　　强烈的社会责任感和历史使命感是"十七年"作家所普遍具有的
又一可贵品质。他们都是以极端的真诚和极大的热情为他们心悦诚服为
之奋斗的事业而写作，或者是描绘中国革命发展的波澜壮阔的历史画
卷，或者是为新生的社会主义制度呐喊、呼号。《保卫延安》的作者杜
鹏程曾经坦言自己创作时的内心情感："这粗略的稿纸上，每一页都浇
洒着我的眼泪！……我一定要把那忠诚质朴、视死如归的人民战士的令
人永远难忘的精神传达出来，使同时代人和后来者永远怀念他们，把他
们当作自己的楷模，这不仅是创作的需要，也是我内心波涛汹涌般的思
想感情的需要。"① 这是有代表性的、自觉的使命意识的燃烧，释放了
强烈的为历史、为时代、为正义而"立言"的激情和欲望，折射出的
是"十七年"作家最普遍的心理情感和创作动机。

　　其次，作品史诗式的宏大叙事和作家对艺术的精益求精的追求，也
是"十七年"文学经典成功的重要因素。执着的艺术信念和精益求精
的艺术意志是"十七年"作家实现史诗追求的重要保障，"十七年"文
学经典的生成，无一不是创作者几年甚至几十年以激情燃烧生命的结
果。"《红旗谱》从短篇到长篇中间锤炼了一二十年"②；"《三家巷》从
主题酝酿到创作完成历时长达 17 年"③；《红岩》经由报告会——长篇
报告文学——长篇小说，其问世不能不说是一种意志的磨炼；"《保卫
延安》的作者创作前就作了一二百万字的随军笔记，在四年多的创作
过程中又九易其稿，反复增添删削何止数百次，涂改过的稿纸可以拉一
马车"④ ……所谓"十年磨一剑"对"十七年"的许多作家来说已不
存在任何夸张意味。正是在这样的前提下，"十七年"文学经典的创作
者才得以实现了自己"史诗"追求的初衷，神圣的"史诗情结"终于
外化为"十七年"文坛的丰收景象。时至市场化体制建立的今日，这

---

　　① 杜鹏程：《保卫延安的写作及其他》，《延河》1979 年第 3 期。
　　② 梁斌：《漫谈〈红旗谱〉的创作》，载《作家谈创作》，花城出版社 1981 年版，第
535 页。
　　③ 欧阳山：《欧阳山谈〈三家巷〉》，《羊城晚报》1959 年 12 月第 4 版。
　　④ 杜鹏程：《保卫延安的写作及其他》，《延河》1979 年第 3 期。

种积极的时代良知和艺术使命意识，尤其是其执着的艺术信念和精品意识，可谓"十七年"作家留给文坛后来者最有价值的精神遗产。这种在强烈的社会责任感和历史使命感作用下的史诗意识和精品追求，是新时期作家或其他时代作家所不能比拟的。

最后，从"十七年"文学经典中，可以看出其对传统小说美学的倚重和对民间审美理想的充分尊重。与其反映和表现的巨大的史诗内容相适应，"十七年"文学经典以革命现实主义创作方法为基本手法，建构出构架宏大、线索明晰、均衡对称和首尾贯通的文学结构。于是，构成这一文学范式的不仅有 19 世纪欧洲批判现实主义的文学传统，更有中国小说的史传传统。这种史传传统体现在叙事模式上，注重对故事性、曲折性的追求，多采用全知全能的视角；总体结构上多采用编年体和纪传体形式；内在结构上，关注历史重大事件的重要特征。史传客观叙述的传统笔法在"十七年"文学经典中更是根深蒂固。

"十七年"文学经典从民间艺术中汲取养分，包括从传统白话小说及其他艺术门类中吸收有益成分，在推动文学的大众化方面取得了很大的成功。跌宕起伏的故事、扣人心弦的悬念、紧张的叙述、通俗的语言，使得这些作品引人入胜，具有非常强的可读性。它们在"十七年"时期深受欢迎，绝不是偶然的。一方面固然是紧密配合了当时的政治形势及其需要，为国家所肯定并大力推行，以至于在这样一个文化需求没有更多选择的情况下，大众只能读这些政治上被肯定的作品；但另一方面天文数字般的发行量也并不只是行政干预的结果，这与它们在艺术上的传统化、民间化、传奇化是分不开的。在"十七年"文学经典中，革命历史题材作品占了绝大多数，而且其中除了《红岩》《红日》《保卫延安》等少数几部"史诗"构建外，其他大多为通俗传奇小说，如《林海雪原》《铁道游击队》《敌后武工队》《烈火金刚》等小说，就大量借用了传统通俗小说的艺术方式：诸如小说以情节为中心的结构方式，类型化的人物塑造，花开三朵各表一枝以及大故事套小故事的叙事方式，情节与叙事节奏上的章回小说痕迹，使用大量巧合造成的传奇效果，全知全能的叙事视角等。它们在民族化、大众化的写作潮流中，极大地满足并暗合了积淀于读者意识层面与潜意识层面的传统审美习惯，给读者带来了强烈的阅读刺激和快感，所以在当时大受欢迎。于是，新的传奇置换了旧的传奇，革命英雄传奇小说取代了过去曾经十分流行的言情、武侠、侦探等通俗小说，同时这些作品也将各种通俗小说的功能集于一身，承担着娱乐、宣传和教育等多种职能。而这些革命英雄传奇小说的作者大都是在民族民间文化的熏陶下长大的，源于底层生活和传统艺术的自然启示，古典文学和民间传说的传奇性天然地融入到了他们的精神血脉之中。反映在作品中，如《野火春风斗古城》套用了旧的章回体小说体式；《林海雪原》明显带上了民间文化的趣味，大大强化了小说叙事的传奇性，穿插各种出人意料的故事，其中还包括一些神仙鬼怪的民间传说。在人物配置上，还受到了传统小说"五虎将"这一隐性模式的支配，如《铁道游击队》中的"老洪飞车搞机枪"，《烈火金刚》中的"萧飞买药"，《林海雪原》中的"杨子荣舌战小炉匠"，《敌后武工队》中的"活捉叭儿狗"等情节都极富民间文学的传奇色彩。

可以看出，传统文学和民间文学中的某些积极因素在"十七年"文学经典中获得了新的活力并得到了新的表达，就这一点而言，它对五四文学的某些偏颇是一种反驳和纠正。另外，"十七年"文学经典对现代理念，尤其是马克思主义的民族化转换、改造和普及无疑是相当成功的，这对于中国文学在全球化语境下更好地解决民族化、本土化问题仍具有深意。

以上较为详尽地分析了"十七年"文学经典在新世纪引发影视改编热潮的原因，但面对"十七年"文学经典及其影视剧改编的再度兴盛，也确有几分担心，它会不会像某些流行文化一样，是一种人为的造作和炒作？会不会沦为某种理念设计和包装的产物？这种担心首先来自于"十七年"文学经典及其影视剧改编在新世纪的再度流行，是源于一种深刻的反思还是仅仅止于老歌翻唱式的怀旧？如果"十七年"文学经典仅仅作为那个年代的一个空洞的能指符号，成为当下的流行元素和怀旧时尚的一个组成部分，在新一代受众心中只能是怪模怪样的另类时尚而已；又如果这种流行正像20世纪80年代崔健穿着绿军装唱《红旗下的蛋》，抑或是21世纪上演的《切·格瓦拉》，徒留形式的外表而内容则是对其的背叛和颠覆，那么这种流行将是对"十七年"文学经典的最大误读。当然，也不能只看到其负面效应，事实上，全球化的时代同样是一个制造神话和英雄的时代,全球化所昭示出的"地球村"式的大同世界在"十七年"文学作品中同样被描绘和期待过。这样,"十七年"文学经典在全球化时代的再次兴起就有其历史必然性。"十七年"文学经典中蕴含着的对美好生活的向往,坚守理想、信念的执着其实也是人类文学艺术的基本诉求。在此意义上,只要文学活着,"十七年"文学经典就不会被人遗忘。

小　结

本章主要从世纪之交的历史文化语境、主流话语、文化市场、文本艺术价值四个方面,探讨形成"十七年"文学经典新世纪影视改编热潮的原因。

"十七年"文学经典及其改编的影视剧作品在世纪初的再度走红,揭示出社会文化心理的变迁,也再次验证了文学艺术史发展中的某些有意味的重复:它无疑是对20世纪90年代文化世俗化、戏谑化和个人化的反动。不管作家、评论家还是读者显然都意识到,总需要一些神圣、崇高的东西,比如理想主义的豪情、关注现实的热情来激发我们生命的活力,这是文艺的要求同时也是人性的要求。今天对"十七年"文学经典及其影视剧改编的再度关注,亦是文化艺术呼唤刚健力度的内在要求和外在表现。

第四章　"十七年"文学经典影视改编的生产机制

　　"十七年"文学经典的影视剧改编，从一般意义上说，需要遵循基本的艺术创作规律和改编原则，但它与一般意义上的普通小说相比，又表现出巨大的区别和差异。因为，"十七年"文学经典在21世纪初的影视改编，从本质上说是一种文化生产。而在文化生产中，改编的过程牵涉众多的调节系统，各系统之间互相影响、相互制约，形成一种制衡关系，以保持各生产机制之间的协调和平衡。而一旦制衡关系被破坏，平衡状态被打破，就会出现改编中的种种矛盾和误区。回顾"十七年"文学经典的生成与当下"影视改编热"的形成，以及产生出的广泛"争鸣"与"热评"，可以发现，在"十七年"文学经典影视改编生产机制中，具有四种调节系统：国家权力、市场逐利、艺术自觉、大众趣味，它们在相互博弈、制衡中发挥着各自的作用。

第一节　调节系统之——国家权力的宏观调控

　　国家权力对"十七年"文学经典的影视改编具有极其重要的作用。在"十七年"时期，"它是以中国现代社会的政治、经济、军事、文化、思想等方面的全方位革命为叙述对象，与国家政权的意识形态话语保持原则上的一致"①。可以看出，国家权力把"十七年"文学经典作为革命历史本质叙述的合法对象，所以，"十七年"文学经典的核心价

---

① 侯洪、张斌：《"红色经典"：界说、改编及传播》，《当代电影》2004年第6期。

值必然是坚固而不可撼动的，不管是"十七年"时期，抑或是当下，国家权力必然会对其"正典"地位加以维护与捍卫。

那国家权力是如何维护与捍卫"十七年"文学经典的核心价值的呢？具体到当下影视作品的改编与生产体制中，可以看出，国家权力主要是通过管理审查机构和电视台实现其调控作用。也就是说，国家权力的调控是潜在而宏观地利用方针政策、法规文件、舆论导向等来实现其对文化的宏观把握。所谓管理审查，主要指国家宣传部及其领导下的广电总局，还包括其他行政部门，其发挥的主要作用是代表国家的文化引导，强调影视剧的政治价值与正面价值观。在政治和意识形态性质方面，管理者对影视剧的生产行为具有宏观把握的权力，因而电视剧的制作和生产具有中国特色——党管媒体。电视台虽然是传播媒介，但在国家宏观调控的特殊背景之下，它在改编剧制作和流通的环境中显得较为强势。管理审查机构以颁布文件和行政公文的方式规范影视剧的生产，几乎每年，相关的管理部门都会颁发不同的文件。井然有序的电视系统保证了这些政策性文件实施的有效性。

最近几年，对电视剧制作者有着巨大影响的行政公文莫过于对冠以"红色经典"称谓的革命历史题材影视剧改编的规范和限制。2007年初，管理部门颁布对电视剧播出具有较大影响的规定，要求"从2月份起的至少8个月时间内，所有上星频道（各卫视频道）在黄金时段一律播出主旋律电视剧"①。国家广电总局电视剧管理司副司长王卫平表示："在资本主义国家电视台都是私人的，愿意播什么播什么，只要不违反国家法律。在中国，电视是党和人民的宣传喉舌，这是它的主要使命，其次才是娱乐性。"为了肃清和规范在"十七年"文学经典的影视改编中出现的种种问题，2004年4月9日，国家广电总局发布了《关于认真对待"红色经典"改编电视剧有关问题的通知》，《通知》称："各省、自治区、直辖市广播电视局（厅）、中央电视台、中国教育电视台、解放军总政艺术局、中直有关单位：近期，一些电视剧制作单位将《林海雪原》《红色娘子军》《红岩》《小兵张嘎》《红日》《红

---

① 彭志强：《下月卫士黄金时段播主旋律，电视剧将"四审"》，《成都商报》2007年1月23日第9版。

旗谱》《烈火金刚》等'红色经典'改编为同名电视剧，有的电视剧播出引起了许多观众的议论，甚至不满和批评。一些观众认为，有的根据'红色经典'改编拍摄的电视剧存在着'误读原著、误会群众、误解市场'的问题。有的电视剧创作者在改编'红色经典'过程中，没有了解原著的核心精神，没有理解原著所表现的时代背景和社会本质，片面追求收视率和娱乐性，在主要人物身上编织过多情感纠葛，强化爱情戏；在人物造型上增加浪漫情调，在英雄人物身上挖掘多重性格，在反面人物的塑造上追求所谓的人性化和性格化，使电视剧与原著的核心精神和思想内涵相距甚远。同时，由于有的'红色经典'作品内容有限，电视剧创作者就人为地扩大作品容量，稀释作品内容，影响了作品的完整性、严肃性和经典性。'红色经典'作为革命现实主义的代表作，是以真实的历史为基础而创作的，是文艺作品中的瑰宝，影响和鼓舞了几代人。为此，各省级广播影视管理部门要加强对'红色经典'剧目的审查把关工作，要求有关影视制作单位在改编'红色经典'时，必须尊重原著的核心精神，尊重人民群众已经形成的认知定位和心理期待，绝不允许对'红色经典'进行低俗描写、杜撰亵渎，确保'红色经典'电视剧创作生产的健康发展。请各省级广播影视管理部门要切实负起责任，认真检查所属制作机构创作生产'红色经典'电视剧的情况，特别要严格把握好尊重原著精神，不许戏说调侃，切实保证此类剧目创作、生产、播出不出问题。如遇拿不准的剧目，报总局审查处理。"①

在接下来的 5 月 25 日，国家广电总局再次发出通知，指出，为切实加强对"红色经典"改编电视剧的审查管理，决定：全国所有电视剧制作机构制作的以"红色经典"改编的电视剧，"经省级审查机构初审后均报送国家广电总局电视剧审查委员会终审，并由国家广电总局电视剧审查委员会出具审查意见，颁发《电视剧发行许可证》"。要求各级管理部门"要增强政治意识、大局意识和责任意识，切实负起责任，认真检查所辖制作机构创作生产'红色经典'电视剧的情况，发现不妥，提早处理解决，避免给各方面造成不必要的损失"。"凡未经国家

---

① 国家广播电视总局：《关于认真对待"红色经典"改编电视剧有关问题的通知》，2004 年 4 月 9 日，国家新闻出版广电总局（http://www.people.com.cn/GB/14677/22114/33943/33945/2523858.htm）。

广电总局审查并取得总局颁发的《电视剧发行许可证》的‘红色经典’电视剧，一律不得播出。对于违规机构，一经查实，要予以严肃处理，并追究领导责任。"①

可以看出，"十七年"文学经典的改编也处于国家权力的宏观调控之下。在《通知》颁布之后的改编作品如《青春之歌》《红日》《保卫延安》等，都在《通知》所框定的范围中运作，在一定程度上贯彻了主流意识形态的要求。但这几部作品引发的社会关注度远不如之前的《林海雪原》等作品，观众收视的态度也日趋平淡。

第二节　调节系统之——市场逐利的本性

20世纪90年代以来，中国电视剧的产量一直居高不下，年产量都在6000集以上。据国家广电总局社会管理司统计，"1998年，国产电视剧的生产制作数量为682部9780集，约7335小时。1999年，国家广电总局授权中国电视艺术委员会汇编的该年度《全国电视剧题材规划》中，共收入118家持有电视剧生产甲种（长期）许可证和195家有电视剧生产乙种（临时）许可证的制作单位上报的规划剧目共989部15812集。当年全国共实际通过审查、投入发行（包括播出）的电视剧数量为371部6227集，约4670小时。到2000年，中国的电视剧产量则超过了20000集。而2001年的电视剧规划数量年初就达到了22000集。但是，中国电视剧的需要量可以说并没有得到完全满足，中国有3000余座电视台，中央、省、地、县四级电视台播出，而且四级往往分为有线电视台、无线电视台，许多电视台还同时拥有一个以上的频道。中国是世界上电视剧消费量最大的国家。按目前每台每天平均播出7小时计（这还远远没有充分利用频道资源），全国每天就要播出2万多小时的电视节目。一年全中国的节目需求量就是730多万小时。节目重播减去一半的时间，也仍然还有360多万小时。多数频道都播出电视

---

① 国家广播电视总局：《关于"红色经典"改编电视剧审查管理的通知》，2004年5月25日，国家新闻出版广电总局（http://www.sarft.gov.cn/articles/2007/09/10/20070910135304210333.html）。

剧,每天播出总量在 6000 集以上,但是电视剧全年产量却只有 6000 集左右,共计不到 6000 小时。有时一部电视剧竟能同时出现在若干家省级台的'卫视'上。在同样的城市和区域的多家电视台,观众将看到同样的电视剧。这说明电视剧资源仍然相当匮乏。由于电视节目制作能力的普遍不足,各台外购节目倾向加剧。据国外人士估计,中国每年进口节目 1 万到 2 万小时"①。中国电视剧消费量如此巨大,说明里面蕴含着巨大的市场与利益。

而细数"十七年"文学经典的影视改编,绝大多数都是在商业化利益的影响之下进行的。因为,市场经济的逐利性特征,已经完全渗入到这场改编热潮中。选择"十七年"文学经典进行改编,对于投资商和制片者来说意味着诸多利益与好处:首先,凭借观众对经典性作品的熟知度和期待感,可以减少投资风险,在宣传和推广上也可以较为节省费用,加之主旋律作品申请报批没有诸多限制,容易立项。所以,大面积改编背后,其实深藏着一整套市场化运作的经济理念。在目前的电视剧生产体制之下,政府部门虽然也有资金注入其中,但在电视剧的资本运作中,占绝大多数的还是社会团体和民间私人资本,对这些资本的拥有者来说,无论团体还是个人,都是以经济利益的最大化和高额商业利益为其追求的终极目标。电视剧《小兵张嘎》的制片人张森坦言:"翻拍的优势,在于借助名著影响力,片名本身就具有票房号召力和含金量……先前拍的《烈火金刚》《野火春风斗古城》版权费都在 7 万元左右,而此次《小兵张嘎》的版权费达 20 万元,整个剧本最终花销是 57 万元,算是较高成本了。不过,《小兵张嘎》最终卖了一个很好价钱。"② 某知名投资人在接受媒体采访时曾直截了当地说:"选择名著,投资风险小,因为它们已经积累了几代读者。读者的认知度高,参与度也就高。观众对名著改编是有期待感的,这就对制片商意味着在发行时可以节省较多的宣传费用。"③ "'红色经典'改编热背后,市场是一个

---

① 参见《中国广播电视年鉴》编辑部:《中国广播电视年鉴 1996》,北京广播学院出版社 1996 年版,第 319 页。

② 赵文:《翻拍经典何以愈演愈烈》,《北京日报》2004 年 7 月 6 日第 15 版。

③ 张策:《传统还是时尚? 红色经典作品大面积袭来》,2004 年 4 月 29 日(http://www. 21cb. icom/Article/20044/3864. html)。

不可忽视的因素，它直接影响到文学艺术场的运作。'红色经典'本身的'名望'可以使制片商节省大笔宣传推广开销，同时'红色经典'中按 20 世纪 50—70 年代英雄模式而创造的、遮蔽和掩盖其个性和情爱故事的英雄人物，又能构成新的想象空间和卖点。"① 可以看出，市场的逐利本性暴露出其改编的真实目的，即借助国家权力掌控的"十七年"文化资源，从影视改编剧中获得商业利益。改编者出于商业利益考虑，想获得尽可能多的收视率和社会关注度，必然人为制造"卖点"以追求市场利润的高回报，于是不惜牺牲原著的基本精神，应用"编织过多情感纠葛，强化爱情戏，增加浪漫情调"② 等商业化策略，大肆对情节进行增添，将所谓"人情"与"人性"的因素加诸在英雄身上，大力发展、编织其感情戏，甚至添加三角恋爱关系等。在改编后的《沙家浜》中，阿庆嫂被描写成"风流成性"的女人，而胡传魁则是充满豪侠正气的江湖好汉。在电视剧《林海雪原》中，杨子荣有了初恋情人槐花，而两人的私生子竟然成为座山雕的义子。《红色娘子军》中也将洪常青和吴琼花的感情加以放大和渲染，且声称要按照"青春偶像剧"的路子来进行拍摄。以上这些状况都是改编后最令人诟病和产生争议的地方，但也恰恰是投资商、制片者市场操作最为成功的地方。这样一来，市场逐利的目标与国家权力的期待背向而驰。一方面，国家权力意图在价值多元的当下，通过"十七年"文学经典的改编与再造来延续断裂的革命历史，重建革命文化遗产、打造主流文化市场；但另一方面，市场逐利的本性必然触动国家权力的敏感神经，最终导致了两者之间的紧张与矛盾。

第三节　调节系统之——艺术自觉的两面性

在改编这一艺术生产活动中，艺术自觉是通过影视剧的创作主体来实现的。影视剧的创作主体，即具体操作的编创人员，其构成较为复

---

① 王瑾：《红色经典改编热读解》，《文艺理论与批评》2007 年第 4 期。
② 雷达：《我对红色经典改编问题的看法》，《人民日报（海外版）》2004 年 6 月 8 日第 8 版。

杂，既包括了编剧、导演、演员，也包括了后期制作、宣传策划人员等等。编创人员以其拥有的文化资本及社会资本作用于影视改编作品，文化资本主要指创作者个人的文化素质、天赋才能及教育水平的高低，而社会资本则指的是他们所处的社会地位、个人成就及社会声誉等。

虽然从表层来看，国家权力似乎与市场联手，共同打造了"十七年"文学经典的影视改编热潮，但国家权力与市场逐利对改编——这一本质上的艺术生产活动的作用具有两面性。"十七年"文学经典的影视改编充分体现了其生产体制中国家权力、市场逐利、艺术自觉三足鼎立，相互冲突又相互统一的复杂关系。

一方面，在国家权力的调控政策下，艺术生产的审美主体——改编者会产生不同的解读。作者的艺术自觉和审美追求会与国家权力在艺术的美学本体内展开博弈，如同两条溪流，根据地形与山势，时而合并，时而分叉，呈现背离与聚合的矛盾关系。编创人员有可能遵循政治权力框定的政令、文件行事，同时约束和拒绝投资商和制片人过分追求商业利益、对影视改编作品的艺术性有所损害的制片方式；但同时也可能反其道而行之，由于编创人员自身的历史观、价值观的偏离，也会对"十七年"文学经典的改编做出个人化的理解与阐释，甚至，根据当下所流行的文化风尚与审美趣味，对"十七年"文学经典原著的人物、情节、题材、主题等等进行"艺术性"的创造与变更。而这种新的创造与变更，既有对原著有益的艺术再创作，还原了被"十七年"特殊政治时代所掩盖与遮蔽的真相与历史；但也有对原著的"误解"、"误读"与"误改"，如改编中出现的"人性论""娱乐化"、"消费历史"等问题。这也就是为什么国家广电总局在2004年两次发文，要求认真对待"红色经典"改编的电视剧，切实加强对它的审查管理。

另一方面，市场利益对艺术生产者的影响同样具有两面性，如果改编者能够遵循艺术生产的一般规律，秉承严肃的创作态度和正确的历史观念，作品必然彰显出创作主体艺术自律的审美意识；相反，如果改编者过分迁就投资商和制片人的利益，突出市场的消费主义审美需要时，创作主体的审美意志很可能退居"市场利益"之后，甚至完全缺席，最终导致艺术自律的退场，艺术蜕化成非艺术，体现在影视改编文本上最大的表征就是审美的欲望化、平民化、通俗化甚至是庸俗化。后者在

"十七年" 文学经典的影视改编作品中都是最惹人争议和遭人诟病的
地方。

第四节 调节系统之——大众的趣味选择

  大众趣味的具体表现就是观众对改编剧的收视、购买等文化生产中
的终端活动。由于"十七年"文学经典对于大众来说，其意义是作为
革命历史的"集体记忆"而存在，因此，受众对其必然怀抱某种审美
期待，从而在改编的生产体制的终端发挥其重要作用。对影视受众问题
有过深入研究的黄会林先生曾说过："中国电视剧的传播与生存，我以
为它的生命就在于它的'受众'；没有受众的喜爱，什么都不要再谈。
就像厂家生产出来的产品，自认为货色上佳，如果卖不出去，则无可言
说，其命运就是积压，就是库存，就是最后处理。因此，在这个意义上
可以说受众是我们电视剧传播的生命所在。"①
  所以，归根到底，"十七年"文学经典影视改编剧是拍给广大电视
观众看的，没有观众的收看与接受，改编剧的艺术价值与商业价值均无
法实现。于是，投资商、制片人，包括具体的编创者都必须重视大众的
审美品格和趣味选择。而综观当下的中国社会，其社会阶层结构与
"十七年"时期相比已经发生了巨大的变化。"十七年"时期简单的
"工农兵学商"五个层级的划分，如今已被大大扩展，有社会学家指
出，中国当下已形成十大社会阶层。② 而要全局地把握各个阶层观众的
收视、欣赏趣味并非一件易事。所以，对一部电视剧来说，目标观众的
确定显得尤为重要。具体来说，就是这些改编剧在开拍之前，必须明确
其受众主体是谁，即究竟拍给哪些观众看的问题。

---

  ① 黄会林：《受众：艺术创作的起始与归宿——关于电视剧传播与生存的思考》，《现代
传播》2003 年第 5 期。
  ② 中国的十大社会阶层包括："国家与社会管理者阶层，经理人员阶层，私营企业主阶
层，专业技术人员阶层，办事人员阶层，个体工商户阶层，商业服务人员阶层，产业工人阶
层，农业劳动者阶层，城乡无业、失业、半失业人员阶层。"——《华夏时报》2005 年 7 月
12 口第 11 版。

《苦菜花》的导演王冀邢明确表示,改编剧就是要拍给没看过老版本的观众看。他认为"现在的年轻人思维开放活跃,他们能够接受这些新的观念,也能对我们的作品有一个客观的认识和评价,所以'红色经典'改编剧就是要拍给年轻的观众而不是保守的老观众看的"。"艺术作品总是随着时代的发展而发展的,观众更不是一成不变。"① 他还认为原著在中老年观众中的"经典"地位无法撼动,虽然由于时代的原因,导致作品情节和人物形象简单化,更有被意识形态遮蔽和掩盖的地方,所以没能忠实于原著。但即使现在的影视改编是按照原著的精神进行回归的,仍会有中老年观众始终固执地甚至偏执地拒绝改编剧。所以,他将目标观众的定位放在没有看过老版本的年轻观众身上。

而与王冀邢的定位相反,《吕梁英雄传》的导演何群有这样的观点:"如果说有观众定位的话,就是那些对抗日战争这段历史有了解的人,因为他有情感倾注在这段历史中。没想到后来收视率还比较高,有点出乎我意料,但在拍摄中我也想过,这个戏还是会有人看的,最起码它真实吧。"②

而电视剧《林海雪原》的主创人员,在目标观众的确定上却存在模糊与分歧。"有人认为在改编时心中设想的目标观众是比较宽泛的,希望年轻人和四五十岁的观众都能够在片子中找到快乐。而另有人认为电视剧《林海雪原》的观众应该还是那些对原著有一定了解,对情节比较清楚的读者,利用中老年人对'红色经典'的情结争取一部分观众。另外,作为军事题材的电视剧,部队的战士也许是另一个重要的收视群,而对于其他年轻观众并没有寄予太大的希望。"③ 而该剧的导演李文岐则认为,"用平民化的方式来讲述一个英雄的故事,我想这是一个大众的欣赏口味,并不存在小众一说。据我了解,欣赏和肯定是大多数人,而存有异议的反而是一小部分人"。"这个戏引起了社会各界的争议,我认为这就是我这个戏最大的成功。这也说明,有很多人在关注

---

① 张忆军:《红色经典改编剧到底给谁看?》,《江南时报》2004年7月24日第7版。

② 梁明:《我对改编"红色经典"的想法——导演访谈录》,《当代电影》2007年第1期。

③ 刘江华:《重拍红色经典也有软肋 误读原著误会观众》,《北京青年报》2004年3月14日第9版。

这个作品, 而不是哪个年龄阶段的人特别关注。"① 可以看出, 目标观众这一概念在李文岐心中只是一个宽泛的概念, 这同时意味着, 他对《林海雪原》的观众定位是十分模糊的。

从以上编创人员的言论中, 可以看出, 他们对 "红色经典" 改编剧的观众定位可谓是各执一词甚至相互矛盾。由于目标受众定位的模糊和不确定, 产生了对青年和中老年两个层级的受众均想吸纳的过度期待, 于是, 目标观众的不确定便导致了创作中的 "平均倾向": "'红色经典' 想以怀旧情结吸引老观众, 但几乎所有的改编都加大了爱情戏以吸引年轻人。"② 编创者出于功利主义目的, 极力想满足各个阶层大众的审美趣味与需求, 但结果却不尽人意, 甚至事与愿违。

从检验电视剧质量高低的基本指标——收视率上, 我们可以窥知问题的一二。《林海雪原》播出后, 该剧 "除了在成都播出时创下 6.8% 的收视率, 位居本地区第一外, 在京、宁、杭、沈等城市的表现都遭遇 '滑铁卢', 尤其是南京, 平均收视率仅为 1.6%, 位居该地区第 14 位, 在杭州的收视率最高也未超过 4%。《北京晚报》做的问卷调查显示, 在北京地区播放该电视剧的时候, 从 20 岁到 60 岁的观众都表示了对该剧的不满"③。可以看出, 改编剧对于目标观众不明确的定位, 最终导致了创作上的尴尬与差之千里, 一方面编创人员想用怀旧情结吸引老观众, 另一方面又想通过改编或添加时尚元素 (如情感纠葛等) 来吸引年轻人的关注, 结果只能是让双方都不满意。中老年人发现, 改编后的影视剧已经不再是当年记忆中的模样了, "此英雄已非彼英雄", 因而失望地转台; 年轻观众本来就对这种 "隔代叙事" 充满距离感, 若其添加的时尚元素不够纯粹, 其态度必然平淡, 甚至冷漠。在这种情况下, "'红色经典' 的改编既不能放开手脚讨好喜欢戏说、喜欢解构的年轻观众, 又开罪于希望忠实原著的中老年观众, 无实事求是之意, 有

---

① 刘江华:《重拍红色经典也有软肋 误读原著误会观众》,《北京青年报》2004 年 3 月 14 日第 9 版。

② 同上。

③ 赵斌:《重装还是颠覆: 红色经典改编与青春偶像剧结合》,《成都日报》2004 年 3 月 23 日第 9 版。

哗众取宠之心，是没有多少艺术价值与思想意义可言的"①。

任何一部电视剧都不可能满足所有社会阶层趣味的需要，让所有人都喜欢只可能是编创们美好的梦想。"十七年"文学经典带给大众内在精神上的激励与鼓舞，远远大于表层形式上的创新，这不仅应该是中老年观众，而且也应该是年轻一代看重的东西。所以，在改编中，应该"忠实于原著"，把握住主流观众的审美趣味，体现时代发展历程中永恒的真理与普遍价值，而不是在形式上追求所谓的猎奇与时尚。因此，找准"十七年"文学经典改编剧的定位，尤其是观众定位至关重要。只有找准目标观众，并围绕其进行创作与改编，才能达到预期的收视效果。

小　结

本章主要分析了"十七年"文学经典影视改编背后的生产机制。在此机制中，具备四种调节系统：国家权力、市场逐利、艺术自觉、大众趣味。它们彼此之间存在相互冲突与互动共荣的关系，并共同作用于"十七年"文学影视改编这一文化生产的内在机制，过分强调任何一个调节系统都不利于其生产的全面发展。当下，改编中所遭遇的争论与诟病，表面上是由于改编方法与策略的选择失当所造成，实际上，其深层原因应该归咎于这四大系统之间关系的失衡。所以，在当下的"十七年"文学经典影视改编的生产中，必须要考虑这四种调节系统，使之克服自身的不足，而形成一股合力作用于影视改编剧，以达到艺术生产的较高水准。

---

① 杨鼎：《"后革命"时代的革命历史影视剧研究》，博士学位论文，浙江大学，2007年。

第五章　寻找典型症候：三种经典文本的多重叙事转换

　　"编剧是一门艺术，它有自己应当遵循的独特规律，在艺术创作领域里，占有举足轻重的地位。在正常情况下，一部成功的影视艺术作品，总是首先由剧本提供一个丰厚、扎实的创作基础，为导演、表演、摄影（摄像）的成功，构筑起广阔的舞台和理想的境界。所以，才有'剧本剧本，一剧之本'之谓。"① 所以，剧本是一部影视剧的生命。而对于小说的影视剧"改编"，实际也是一个重新编剧的过程。虽然对影视的改编问题，向来是见仁见智的，但仍然可以显现一些共识性的观念。在这里，重提这些共识性的观念是很有必要的。艺术实践和艺术发展史证明，艺术家有改编同类或异类艺术作品的权利。巴金的著名小说《家》自诞生后就曾被改编成电影、话剧、戏剧、电视剧等作品。北京人艺的《茶馆》即使在上演了 500 场之后依然还会有不同的版本和争议。从这种意义上看，可以说"改编"是对被改编作品艺术生命力的一种历史的确证和现实的延伸。既然是"改编"，那么就必然有所"改变"。焦菊隐先生在《关于〈雷雨〉》一文中曾说："每个伟大的剧本都有它的超时间性与空间性"。但是，"在时间与空间变异的时候，上演早一个时代的剧本，必然发现它的不现实性……但导演能给剧本一个时代的新生命是现代新剧坛公认的权利"②。所以，衡量"改编作品"成败得失的标准应该是马克思主义美学中的"美学观点和历史观点"的辩证统一。恩格斯在评论拉萨尔德历史剧《弗兰茨·冯·济金根》

---

　　① 黄会林：《影视编剧艺术谈》，《戏剧艺术》1999 年第 1 期。

　　② 焦菊隐：《关于〈雷雨〉》，载《焦菊隐文集》第 2 卷，文化文艺出版社 1988 年版，第 56 页。

时指出，这是一个非常高，甚至是最高的标准。①

然而，值得注意的是，"十七年"文学经典的影视剧改编有它不同于一般经典名著改编的特殊之处：其一，"十七年"文学经典在 20 世纪中国文学艺术史和意识形态中有着非同一般的地位和影响，它是与革命历史"正典"相互印证的历史文本，具有至高无上的"崇高性"与"神圣性"；其二，改编"十七年"文学经典有其当前艺术创作赖以展开的出发点，以及特殊的社会历史文化背景与文化艺术语境。不仅如此，由于有第一点的存在，加上电视剧本身在当代艺术的总体构成和艺术接受中的突出位置和优越性，使得这种双重背景和双重语境在"十七年"文学经典影视改编剧的制作中显得异常明亮和清晰。所以，将"十七年"文学经典改编为同名电视剧需要改编者有更加深厚的艺术素养、更加成熟的艺术技巧和更加敏锐的艺术眼光，只有这样，改编者才能在现行的艺术生产体制中娴熟地驾驭手中之笔、镜中之影，才能找到"十七年"文学经典影视改编剧清晰的、良好的艺术定位，也才能在社会效益和经济效益的天平上保持平衡并获得双赢。

"从唯物史观看，历史上少数的艺术大师出现，都是在众多艺术家探索的基础上集大成者。所以，艺术形式的创新，不应拒绝微小的、局部的求索、改进。新的艺术形式的出现，从来都是在继承传统的基础上，或者从民间汲取新的营养，或者从异国得到借鉴，从而获得突破，而不可能凭空创造。"② 然而，遗憾的是，从目前已经播出的一系列"十七年"文学经典的影视剧改编作品来看，改编生产中的关键环节——"艺术定位"，仍然是模糊、迷失，甚至是背离原著精神、思想的。

因此，有必要通过检视"十七年"文学经典影视剧的改编情况，具体深入地分析其背后隐藏着的文化生产规律，生产消费机制，进而分析在与小说原著的对比中，叙事差异如何体现了特殊媒介艺术规律及其内在要求，又呈现出怎样的时代精神内涵和文化意味。在具体的操作中，先从宏观上对"十七年"文学经典的改编现状从叙事结构、人物

---

① 恩格斯：《马克思恩格斯选集》第四卷，人民出版社 1978 年版。
② 黄会林：《影视编剧艺术谈》，《戏剧艺术》1999 年第 1 期。

设置、叙事视角和艺术风格诸方面做一番深入的考察；再从微观上选取代表着"十七年"时期三种不同类型的文学经典——《红旗谱》《林海雪原》以及《青春之歌》，作为改编的典型，从叙事的角度，分析其从文学文本到电影文本再到电视剧文本三种媒介的转换与这三种文本之间的异同。

第一节　不同媒介的叙述

从文化生产的角度关照"十七年"文学经典的影视剧改编作品，宏观上考察是四种调节系统作用的结果；而从微观上考察，则是电视剧编导们打碎、散化原著文字媒介的故事形态，通过电子媒介呈现方式重新组合、铸造故事的过程。艺术传播媒介的变化，内在地决定了电视剧改编必然采用不同的艺术手段重塑故事的结构形态、叙事节奏，并呈现不同的风格样态。小说叙事和电视剧的影像叙事存在诸多差异，小说采用的是文学思维，而改编后的影视剧作品采用的是视听思维。文学思维的载体是文字语言，其基本结构原则是时间，通常采用假定性的空间，靠错综的时间顺序来完成叙述，造成读者心理上的空间幻觉；而影视艺术思维的载体是胶片、磁带或数字化技术，其基本结构原则是空间，通常采用假定性的时间，依靠空间调度来造成观众心理上的幻觉。所以，"十七年"文学经典改编成影视剧，就必须完成审美方式的转化，即由文学思维转化为视听思维。然而，从根本上说，媒介的变化不仅仅改变叙述方式，造成审美方式的变化，更内在地决定了与形式无法分割的内涵的呈现，以及与媒介变化相伴相生的接受方式的差异。

回顾传统的改编理论，最为核心的"忠实于原著"的提法，实际包含了太多的学理空隙和内在悖论，将问题进一步具体化之后，会产生出更多的细节疑问：用何种方式才能实现不同媒介间的叙事转换？如何保证这种处理方式能够"忠实原著"？如何处理当下时代精神与原著时代精神彼此间的冲突和对接？

显然，当下"十七年"文学经典改编剧的改编理念，并不囿于传统的"忠实于原著"，而更致力于"有新的突破"和"创造"。"忠实于原著"显然是指忠于原著的主题、人物、主要情节与故事；而"新的突破"和"创新"，既包括深化提升原著的思想文化意义的旨趣，还兼顾了对受众群体审美心理的号脉，即必不可少的对观赏性、娱乐性的考虑，另外也指文字与影视之间不同媒介语言的转换，包括叙事结构、人物设置、叙述视角的变化，风格的强调，内涵的深化等。正如《林海雪原》的作者曲波所说："我的小说是1957年写的，已经是上一个世纪了，今天改编电视剧，要站在今天的历史高度，用现代人的视角和审美观念出发进行再创作，不必拘泥于原小说的内容。"① 依照现代阐释学的观念，改编是当代人对过去作品一种新的阐释，是改编主体带着"自身存在的历史"、"前理解"视域，包括当下的文化语境与呈现着"过去视域"的艺术客体的一次对话和交流，它必然带有改编者"合法的偏见"和自然的"误读"。但这并不意味着改编者拥有了对原著进行肆意阐释的权力，较为成功的阐释是一种融会了过去视域与现在视域、沟通个体体验与群体共鸣的艺术尝试。"十七年"文学经典的电视剧改编做到了吗？下面有必要做一番细致的检视。

一　叙事结构的变化

"十七年"文学经典由原著小说的形式改编成电视剧必然面临不同艺术媒介在结构上的调整、改变问题。如在小说《林海雪原》最初的创作中，是带有一定自传色彩的文学作品，作者以自己在解放战争时期参加东北剿匪小分队的斗争为主线展开叙事，描绘了奇袭虎狼窝、智取威虎山、绥芬草甸大周旋和大战四方台这几大战役的经过，重现了那段革命斗争经历，更讴歌了战斗中的英雄人物。整部作品从素材的攫取和选择上带有某种纪实文学的原生态特征，叙事结构基本采用线性的、单线索的方式。在原著小说文本的后记《关于〈林海雪原〉——谨以此文敬献给亲爱的读者们》中，曲波写道：

"以最深的敬意，献给我英雄的战友杨子荣、高波等同志！"

① 吴晓东：《〈林海雪原〉4日亮相BTV，导演李文岐最忐忑不安》，2004年3月2日，新华网（http://www.xinhuanet.com/）。

这是《林海雪原》全书的第一句，也是我怀念战友赤诚的一颗心。这几年来，每到冬天，风刮雪落的季节，我便本能地记起当年战斗在林海雪原的艰苦岁月，想起一九四六年的冬天。

……

子荣同志在林海雪原最后的斗争里，在捕捉匪徒四大部长的战斗中，中了匪首的无声手枪而光荣牺牲了。他所领导的侦察排，我们便命名为杨子荣排（现在××军）。

我的警卫员高波同志，十五岁就参军，在林海雪原里斗争的时候也只有十八岁。他带着病也不肯离开小分队，我只得给他轻一点的任务：让他乘森林小火车往返保护群众，把山里的物资交换给城市。一次执行任务时，在二道河子遭匪徒埋伏，为了掩护群众突围，他与多于自己数倍的匪徒拼杀，弹尽了用手榴弹，手榴弹打光了用刺刀，刺刀拼弯了他用枪托。在英勇的拼杀中他负了重伤，终于为革命流尽最后的一滴血，把年轻的生命献给了人类最伟大的事业——共产主义事业。

其他的一些战友，如力大无穷、勇冠三军的张继尧、迟宜芝、刘蕴苍；浑厚扑实、勤勤恳恳、坚韧不拔，只知"实干！干！干！"的孙大德、初洪山；诙谐乐观、有勇有谋的栾超家，……这些同志目前正在军事及其他战线上忠诚和勤恳地工作着。

战友们的事迹永远活在我的心里。当我在医院养伤的时候，当我和同志们谈话的时候，我曾经无数遍地讲过他们的故事，也曾经无数遍地讲林海雪原的战斗故事，尤其是杨子荣同志的英雄事迹，使听的同志无不感动惊叹，而且好像从中获得了力量。讲来讲去，使我有了这样一个想法："用口讲只有我一张口，顶多再加上还活着的战友二十几张口。可是党所领导的伟大的革命斗争，把压在中国人民头上的三座大山——帝国主义、封建主义、官僚资本主义连根拔掉了，这是多么伟大的斗争；党所领导的武装斗争，从无到有，从小到大，我们这支党和人民的斗争工具——人民解放军，斗争于山区，斗争于平原，斗争于交通线，也斗争于海滨湖畔，同时也斗争于林海雪原。在这个特殊的斗争环境里，有着特殊的艰苦与困难，但在党的领导下，它们终于被我们——战胜和征服了，并终至歼灭了最狡猾毒辣的敌人，保护了土改，巩固了后方，发动了群众，得以大力支援前线，成为当时解放战争全局中一个小小的但是不可缺少的组成部分。在这场斗争中，有不少党和祖国的好儿女贡献出了自己的生命，创造了光辉的业绩，我有什么理由不把他们更广泛地公诸于世呢？是的！应当让杨子荣等同志的事迹永垂不朽，传给劳动人民，传给子孙万代。"于是我便产生了把参加林海雪原的斗争写成一本书，以敬献给所有参加斗争的英雄部队的想法。①

　　而在《林海雪原》电视剧中，叙事掩藏、淡化了小说的自传色彩，突出和增强了其传奇性特征。在保留小说原著基本情节线索的基础上，对小分队的成立以及逐个打击各个山头土匪的故事和事件进行了生动精彩的表现。与小说原著相比，电视剧明显借鉴了电影、样板戏的改编经验，以大众熟悉的智取威虎山情节作为叙事核心，并由此联结其他各大战役的故事，打乱时间顺序、人物活动地点等，将其重新纳入电视剧的主体叙事构架中，使得叙事冲突更为集中，情节发展更为流畅。比如，电视剧中小分队消灭九彪和马希山的匪帮都被安排在了智取威虎山这一叙事重心之前，为作品表现小分队最终消灭座山雕进行了艺术铺垫。与小说原著相比，电视剧的情节点少而集中，只展开了小说原著文本的一半内容。

　　小说原著在叙事上采用了"截然分明的'两军对阵'思维模式"②来结构布局，"聚焦内核"是联络图，并成为组织情节的主要动力。电视剧虽然沿用了小说原著中两军对垒的表现模式，但进一步把秘密联络图的作用放大，吸取武侠类型叙事的特征，将联络图分为子、母图，只有双图合一，才能真正掌握牡丹江地区的敌特分布情况。此外电视剧文本还加入了争夺烟土这一作为土匪的经济命脉的重要线索，把各路土匪的利益与冲突扭结在一起，使得土匪与民主联军间、匪徒彼此之间的矛盾纠葛更为复杂化，大大丰富了剧情，增强了戏剧冲突和张力，避免了叙事可能出现的单调感。

---

　　① 曲波：《关于〈林海雪原〉——谨以此文敬献给亲爱的读者们》，载《〈林海雪原〉后记》，人民文学出版社 1964 年版。

　　② 陈思和：《中国的当代文学史教程》，复旦大学出版社 2004 年版，第 65 页。

而电视剧《小兵张嘎》与小说原著相比，故事情节的重心总体上转移到确保八路军急需的药品安全经过白洋淀这条主线上来，其中还交织穿插了新的成分，在内容含量上，小说原著中相对单薄、单一的故事内容和情节线索被电视剧都大大丰富了。电视剧《小兵张嘎》在叙事结构上的最大特色是它对传统"冲突律"的全方位的征用，大大强化了电视剧的冲突性。从总体上看，电视剧《小兵张嘎》的冲突基本上是围绕民族矛盾、阶级矛盾和内部矛盾三个维度及其他多个面展开的，通过这些维度和面的展开，交织构成叙事冲突的立体图景，而故事情节的发展、人物性格的塑造都随着冲突的进程得以有条不紊地展开，从而在整体上呈现出叙事结构的完整和叙事节奏的张弛有序。作品围绕确保八路军急需药品安全经过白洋淀这条隐形的主线展开叙事，但特派员刘艳并未成为主角，药品过境的场面也只是在最后才露出庐山真面目。一方面，作品中朦胧的主线作为一个悬念性质的大框架和背景，显示了叙事的相对完整性，使整个故事发展有了或隐或显的依托；另一方面，为了突出前景主人公——嘎子，提供了丰富而充足的叙事空间。这种叙事结构使得电视剧《小兵张嘎》冲突性叙事的特点十分明显。同样，在电视剧《苦菜花》《青春之歌》《野火春风斗古城》中，各自在叙事结构上与小说原著相比都有不同程度的改变。

可以看出，为了适应电视剧的结构特点，弥补小说原著结构上的不足，"十七年"文学经典影视改编剧的叙事结构从原著单一、简洁的线性展示发展成为全新的、立体的、呈放射形的网状结构。然而，从另一个角度来讲，由于电视剧情节的冗长、故事的面面俱到，在某些方面不如小说原著和电影那么精练，许多重要人物的戏份无形中被埋没在过长的情节中。在叙事的强度和节奏安排上，电视剧的叙述节奏比小说的叙述节奏明显缓慢。如《林海雪原》中一段"智取威虎山"的故事，原小说一章的内容在电视剧中被拉拉杂杂拖了四五集，戏份不足，节奏拖沓，维持观众兴趣的戏剧张力不够。另外，不少情节设置上很难达到"惊奇"的效果。这些都成为"十七年"文学经典影视剧改编中亟待解决的问题。

二　人物设置和人物关系的变动

"十七年"文学经典自创作出版后，相继被改编为连环画、评戏、话剧、革命样板戏、电影等多种艺术形式，今天又被改编成电视剧。其中在人物设置和人物关系的设置上，由于不同的历史时代和文化背景，出现了不同的改编策略和方法。以《林海雪原》为例，小说原著的主题是通过小分队的骁勇善战来弘扬革命的理想和豪迈的激情，展现英雄的集体群像。叙述者曲波是革命斗争的亲历者，其"写作不仅是作者个体化经验的表述，还是对于'革命'的'经典化'进程的参与"。但"'经典化'的过程，使得这种讲述，将会在真实性上受到严格的指摘"①，于是，在具有主观性的话语讲述中，英雄们的形象被放大了，崇高、伟大、英勇无敌、无往而不胜。

如《林海雪原》中第八章"跨谷飞涧，奇袭虎狼窝"中描述的就是剿匪小分队依靠攀岩高手栾超家飞涧跨谷的奇能，由鹰嘴岩飞索突袭奶头山，一举摧毁"许大马棒"土匪窝的传奇战斗。在小说原著中是这样描写这场战役的胜利的：

> 　　山下的枪声乒乒乓乓乱响不止。这是杨子荣在佯攻。刘勋苍正要炸门打进洞去，少剑波已经来到。刘勋苍刚要说话，突然通天洞的木门吱的一声开了，接着又当啷一声反关上了。少剑波和刘勋苍从木缝一望，里面走出两个人来，前头的一个是大胡子，五十往上的年纪，身披羊皮大衣，脸色像个黑鬼，肥头大耳，满脸络腮胡髭，紫厚的嘴唇，一看就知道是许大马棒。他脖子上挂一支匣子枪，一面走一面嘟噜："妈的！共产党来找死，真他妈的猫舔虎鼻梁，成心不要命啦……"一出木房门，刘勋苍从侧后拦腰抱住，猛力一摔，许大马棒一个嘴啃地，扑倒在地上，两个战士把他绑了起来。
>
> 　　身后的那个小匪徒，是许大马棒的第四个儿子许祥，一看他爸爸被擒，大叫一声，扭头就跑："不好啦！山上有共产党，旅长被

---

①　洪子诚：《中国当代文学史》，北京大学出版社1999年版，第107页。

擒啦!"

匪徒们做梦也没想到他们山顶会来敌人,这一个意外的情况,吓得洞里的匪徒大乱起来,只听许福破了嗓子喊道:"快!快!快出通天洞,冲上山顶!快呀!"

只听洞里几十支枪哗啦啦一阵推弹上膛的声音,接着便是一声狂叫:"冲啊!"

刘勋苍端起冲锋枪就要迎头冲进洞去,少剑波把手一摇,"等一等,手榴弹!"刘勋苍立即把捆好的三束弹弦的绳子拉在手里。

匪徒们一阵狂叫后,涌出洞门。刘勋苍把绳子一拉,轰隆隆!一声巨响,山崩地裂,石头开花。死尸七横八竖地堵塞在洞口。通天洞变成了一个大烟囱,一股火药加腥臭气味的浓烟,从洞口突突冒出。还有点气的匪徒,娘呀娘呀地嚎叫不止。

"冲!"少剑波一声命令,刘勋苍、栾超家、小董领着两个小队冲向洞里,在小分队冲锋枪的欢呼声中,洞里的匪徒唧唧哇哇哭叫着,向前洞口跑去。

刘勋苍边扫射边前进,占领了洞内的大部阵地。不知死的匪徒还用冷枪抵抗着。刘勋苍在宽阔的洞中央,集中了七支冲锋枪。一阵暴雨似的猛射,把匪徒们全部挤出洞外去了。匪徒们回头就向山下窜,刚到十八台,杨子荣的十几名特等步枪射手,一阵猛射,七八个匪徒骨碌碌坠下了百丈陡壁,摔到乱石沟里了。现在十八台已不是匪徒的屏障了,而成了匪徒的望乡台。

没死的匪徒,回头又往洞里窜,刚一进洞口,刘勋苍小队又是一阵暴雨般的猛射。

"缴枪不杀!"战士们一起高喊。匪徒们在绝望中,纷纷跪下,举枪投降。许福夹在匪丛中,用手枪瞄准了站在最前面的刘勋苍,刚要射击,被他身旁一个二十七八岁的家伙一把夺下了枪:"大公子,不要因你而害了我们众弟兄!"

刘勋苍一听"大公子",马上命令两个战士把这个杀人的魔鬼绑起来。

许大马棒的二儿子许禄,在前洞口外边藏在一个大石头缝里,把后身暴露给山下的杨子荣小队,叭的一枪,许禄断了一只胳臂。

至此匪徒们全部被俘了，奶头山停止了枪声。

许家父子五人，除许祥被摔死在十八台下外，其余的四人全被生擒。只有许大马棒的老婆蝴蝶迷，和惯匪郑三炮因杉岚站大屠杀后，向他们的上司滨绥图佳党务专员去报功，不在奶头山而暂时漏网。

太阳当空照，照红了奶头山。仙姑洞中和天乳泉旁，响起了白茹的歌声。

战士们也跟着唱起来，一起高歌狂喜，充彻着奶头山的天空。唱得冬风不凉，唱得山石交响。唱来了温暖的阳光，唱来了群鸽飞翔。

天乳泉水，炖熟了烂烂的狍子肉，煮沸了暖暖的还童茶。战士们手拿大块的狍子肉，口咬手撕，喝着大碗的还童茶，来了一顿胜利大会餐。

可以看出，战斗的整个过程充满了神话般的传奇经历，并受到政治意识形态的规范和引导，呈现出坚定的革命立场和鲜明的时代特征。作家曲波自己也说过，他写这部小说是为了"让杨子荣等同志的事迹永垂不朽，传给劳动人民，传给子孙万代"[1]。"在小说里杨子荣是智勇双全的英雄人物，是不能有任何缺点和不符合'理想'的私人癖好，所以杨子荣不能在战斗中误中敌人的无声手枪子弹而死，更不能写他在乔装土匪时本身具有的草莽习性。"[2]

从人物设置来看，小说原著《林海雪原》中的第一号主角是少剑波，他所占的篇幅明显多于杨子荣。而在电影和后来的革命样板戏中，杨子荣压过少剑波被确定为第一号主角。他被塑造得智勇双全、光彩夺目，一出场即在"打虎上山"段落中展示了好几个漂亮的亮相和气吞山河的一段演唱。电影为了突出他的英雄形象，还借用了戏剧舞台上"追光"的效果，整部影片从头到尾，这束追光始终没有离开过杨子荣，使他显得高大而有气势。在革命样板戏中，"穿林海，跨雪原，气

---

①　曲波：《关于〈林海雪原〉——谨以此文敬献给亲爱的读者们》，载《〈林海雪原〉后记》，人民文学出版社 1964 年版。

②　陈思和：《中国的当代文学史教程》，复旦大学出版社 2004 年版，第 67 页。

冲霄汉……"这段演唱抒发了主人公克敌制胜的革命胸怀，同时预示他担当着孤身独闯威虎山并最终制服座山雕的主要任务。而其中的少剑波则彻底沦为杨子荣的副手，只表现了他在夹皮沟所做的发动群众的辅助工作而已。因此，革命样板戏中少剑波的唱腔设计为低平、缓慢，荧幕上的光彩和力度都显得不够。相反的，由于剧本的情节结构以及演出阵容的调整，都始终围绕着杨子荣而被重新设定，因此他的唱腔自然成为《智取威虎山》的主旋律，以至毛泽东亲自指示把他唱段中的"迎来春天换人间"改为"迎来春色换人间"。可以看出，电影和革命样板戏中将杨子荣完全塑造成了一个被完全神化的"高大全"式的英雄人物。

而在对反面人物的重新设定中，小说原著中的反面人物明显被妖魔化了，展现在读者面前的是一幅极端丑陋而又凶恶的土匪群丑图。如，匪首许大马棒的凶狠残暴，座山雕的阴险狡诈，特别是女匪蝴蝶迷不仅有着令人发呕的长相，而且竟是土匪中出名的淫娃荡妇。在传统叙事中，淫荡的女人总比最凶恶的男人更能引起读者的憎恶。小说原著是这样描写蝴蝶迷的行为和长相的：

> 这宝贝女儿（蝴蝶迷）长到七八岁的时候，在家里就说一不二，不用说侍女老妈子要挨她的打，就是除了海棠红这个生身母之外，其余的几个妈妈也得挨她的毛掸子把。
>
> 姜三膘子抽大烟，她也躺在旁边抽上几口，不管来了什么客人，她总是得奉陪。特别那些日伪警察官员驾临，她总是要在跟前，学了一身酸呀呀的官场气派。十三四岁的闺女，大烟已经成瘾了。
>
> 要论起她的长相，真令人发呕，脸长的有些过分，宽大与长度可大不相称，活像一穗包米大头朝下安在脖子上。她为了掩饰这伤心的缺陷，把前额上的那绺头发梳成了很长的头帘，一直盖到眉毛，就这样也丝毫挽救不了她的难看。还有那满脸雀斑，配在她那干黄的脸皮上，真是黄黑分明。为了这个她就大量地抹粉，有时竟抹得眼皮一眨巴，就向下掉渣渣。牙被大烟熏的焦黄，她索性让它大黄一黄，于是全包上金，张嘴一笑，晶明瓦亮。

对于土匪"一撮毛"的描写也极为丑陋：

> 他的脸又瘦又长，像个关东山人穿的那没絮草的干靰鞡。在这干靰鞡似的脸上，有一个特别明显的标志——他的右腮上有铜钱大的一颗灰色的痣，痣上长着二寸多长的一撮黑白间杂的毛，在屋内火盆烘烤的热气的掀动下，那撮毛在微微颤动。

可以看出，小说原著在对反面人物的塑造、描写中已经蕴含着某种夸张、丑化的倾向，而这种倾向在革命样板戏中被进一步放大，造成反面人物的脸谱化和模式化。而在电视剧文本中，配合视听艺术的画面和即视感，编创赋予反面人物以突出、可辨的符号化特征。如土匪"一撮毛"脸上的那根长毛，以及"蝴蝶迷"的大金牙。在某种程度上用局部特征典型化的手法，扭转了小说和电影中对反面人物的一味丑化。

另外，遭到座山雕等人抢掠的夹皮沟在小说原著中展现出的是一派死气沉沉、血雨腥风的景象：

> 在月黑头的夜里。
> 小分队沿着森林小铁道，向深林里走去。他们的目的地是一个深山小屯，这个屯落对小分队的行动计划，极为有利。
> 队伍里不见了杨子荣、栾超家和缴获许大马棒的那匹马。天大亮，到了夹皮沟屯，当街上凄冷的人影，看到远方雪地上走着的小分队，便惊恐地跑回家去，咣当一声关上房门，没有一个出来看的人。
> 小分队一踏进屯里，所看到的是：家家关门闭户，没有一家的烟囱冒烟，只有两所房子还敞着门，一是屯中央的山神庙，一是屯东南已经死了几年的小火车站。
> 屯中没有一点生气，如果勉强说有的话，那只听到偶尔有婴儿的啼哭声，和车站上运转室的破门被风刮的发出吱吱嘎嘎的悲叫声，这响声非常使人讨厌。

可以看出，小说原著中除了几个怒气冲冲然而又无可奈何的汉子，其他老百姓都谈"匪"色变，在土匪的邪恶面前个个噤若寒蝉，座山雕等众匪则气焰嚣张，根本就没有把夹皮沟放在眼里，还准备等"百鸡宴"一过，年后下山将解放军小分队一举歼灭。

而到了电影和革命样板戏中，夹皮沟的群众被描写得同仇敌忾，非常自信；座山雕等反面人物则被塑造得十分猥琐，充满了大限将近的死亡气息。另外，卫生员"小白鸽"这一唯一的女性形象被去掉，代替她的是一个不会谈情说爱、只知道发誓要报阶级仇的"小常宝"，而在小说原著中奸猾、狡诈的"小炉匠"则完全被塑造成了一个在观众眼里极其可笑、愚蠢的反面人物。甚至在最后定稿的《智取威虎山》中把最早版本中涉及的"神河老道"、"一撮毛"、"蝴蝶迷""栾平老婆"等一连串反面人物的戏统统删掉，在舞台上再不是杨子荣围着座山雕打转，而是座山雕让杨子荣牵着鼻子满台走。可以看出，《林海雪原》从小说原著到电影、再到革命样板戏的转化，由于时代的束缚，在人物塑造上是存在缺陷和不足的，过度强化的意识形态性，对小说原著的艺术性产生了削弱甚至是损害的负面作用。

电影和革命样板戏改编中出现的问题和不足，给今天电视剧的再创作留下了极大的余地和空间。电视剧影像叙事的优势在于用镜头和画面等视听镜语来塑造人物，展开情节，在影像呈现中，人物行动、性格、心理的发展更要求符合生活真实的逻辑。所以，在电视剧中人物的设置与塑造又有了新的变化。电视剧《林海雪原》中，对人物的表现重心从具有儒将风范的少剑波转移到了浑身江湖气的杨子荣身上，杨子荣第一号主角的地位虽然没有动摇，但与小说、电影、"革命样板戏"都不同的是，电视剧完全把杨子荣从传奇英雄的位置上拉了下来。电视剧中，杨子荣一出场并无惊人之处，他不再是一个精干的侦察英雄，而只是民主联军队伍中的一个"火头军"，其貌不扬，地位低微，作风散漫，爱吃爱喝也爱唱几句酸曲儿，世故圆滑，甚至有些"痞气"。可以看出，电视剧导演塑造杨子荣这一英雄形象的手段已经与小说原著完全不同，他强调的是以一种平民化的叙事策略，展现出杨子荣从一个普通平凡的伙夫到传奇英雄的成长过程。嘴里哼着小调、抿着烧酒，不受纪律约束，意气用事，搞"恶作剧"，使绊子，寻求报复的快感，将这些带有市民趣味的促狭、幼稚行为和人们心目中胆识过人的侦察英雄联系到一起，其英雄崇高、毫无瑕疵的神圣性被大大削弱。电视剧《林海雪原》在人物设置上还添加了一个新人物——槐花，槐花的出现，使英雄的战斗、侦查经历之外又多了一条情感线索。导演的目的很清楚，就是为了丰富杨子荣这位英雄被政治话语遮蔽的情感世界。另外，由槐花还带出了另一个新人物——"老北风"。老北风是民主联军寻找和缴获烟土、截断土匪经济命脉的关键人物，其行动也关联着杨子荣日后在威虎山的命运。"老北风"和槐花的出现，串联起小分队和土匪间的较量，更联结了主要人物杨子荣、座山雕、槐花之间的情感纠葛，这些都是小说原著中所没有的。

在电视剧《小兵张嘎》中，也新增了小伙伴佟乐、特派员刘艳、汉奸石磊等人物形象。而在电视剧《苦菜花》中，对娟子与区委书记姜永泉之间的关系也做了新的发挥：娟子一度发现赵星梅与姜永泉感情亲密，因而主动放弃了非分之想，而逐渐对宫少尼产生了信任与好感，直到后来却发现宫少尼居然有日特嫌疑。而母亲冯大娘，则被安排成王家大院的一名使唤丫头，与三少爷王柬芝之间有着密切的联系，年轻时还帮助他逃婚，从此母亲与王柬芝之间有了一种特殊的感情。在抗战期间，王柬芝回到家乡，成了当地的小学校长和县参议院，但王柬芝的真实身份却是特务。这些都是小说原著中所没有的，但这些新的叙事元素的添加是为了丰富长篇电视连续剧的情节线索，是长篇电视剧情节点要求较多、局部片段戏剧冲突丰富性的本体特征所内在决定的。然而，从另一方面讲也跟影视剧的市场化特征相关，为了追求收视率和娱乐性，在改编剧中编织过多的情感纠葛，强化爱情戏，增加所谓适合现代人的浪漫情调，已经成为当下影视剧改编的风尚。

另外，在对反面人物的塑造上，电视剧《林海雪原》中座山雕变成了涵泳经书、举止儒雅之士，完全没有了小说原著中的阴险、丑陋，就连土匪间的黑话也变成了字字蝉联的《百家姓》。原本无恶不作的座山雕还多了一个收养的儿子，且是杨子荣和旧情人槐花之子，老奸巨猾的土匪于是有了人性萌动的机会。还有在电视剧《烈火金刚》中，增加了原本做尽坏事的汉奸何大拿、刁世贵，前者对自己女儿、后者对小凤的无微不至的关爱等情节。这些变化和近来影视界盛行的所谓创作

"人性化"、"泛情化"之风密切相关，作为对过去政治钳制文艺、用阶级性抹杀人性的一种反驳，"人性化"固然有其历史合理性，但一味为提倡人性而创造人性，忽视人物的阶级、时代局限，用现代视角重新定位历史，往往也有偏颇之处。这正是现代阐释学所反对的：用孤立的现在视域去评价和衡定过去历史中的艺术现象，而无法达到真正的"视域融合"，沟通历史与现代。

三 叙事视角

从小说原著到电视剧，媒介的置换也直接带来了叙事视角的变化：人物塑造从英雄视角转向了平民视角，从仰视转向了平视。这一变化隐藏着文本背后潜在的审美文化基因。回顾中国近现代文学史，可以看出，从梁启超的"新民说"开始，文学在启蒙民众的过程中逐渐承担了太多的负载，政治的、宣传的、战争的、教育的等等，这都使得中国文学似乎变得越来越沉重，逐渐疏离了其最基本的消遣性、娱乐性。20世纪80年代末以来，由于商品经济的逐渐发达，大众文化的日益流行，社会文化转型带来了文化审美和风尚的根本变化；文艺作品中平民小人物纷纷登场：从"顽主"到"葛优系列小人物"演绎的都是"张大民"似的普通市井百姓的幸福悲欢。这一切最终形成了这个"后英雄"时代的平民心理优势。然而，"英雄情节"这一集体无意识作为一种原始母题注定会在当下时代中占据一席之地，并以种种变异的形态存在于当代的影像表达中。"涉案剧"中机智勇猛的警官，"武侠剧"中行侠仗义的剑客，"历史剧"中刚正不阿的清官以及好莱坞大片中的孤胆英雄等多种影视作品都以各自不同的方式呈现着当代人对英雄的膜拜与追忆。由此，这一复杂而普遍的社会心理认同就呈现为一种影像叙事的基本策略，即英雄的平民化、人性化处理，这在现实题材的一些影视剧作品如《龙年警官》《和平年代》《英雄无悔》《永不瞑目》等诸多主旋律作品中均有所体现。另外，大众文化的消费逻辑必然也渗透其中，侠骨不乏柔情与英雄不乏弱点已成为诠释英雄的大致套路。"十七年"文学经典改编的影视剧作品中的英雄人物也难以跳出这一模式。如电视剧《红色娘子军》的导演强调在英雄人物塑造上，不再受梁信原剧作和故事片、芭蕾舞剧的局限，而要展示时代感，因而吴琼花和洪常青之间的感情纠葛成为主要内容。导演袁军希望把青春美张扬出来，不再强调吴琼花从"女奴"最终成长为英雄的革命者的过程，而是要表现她作为一个"女人"个性中的可爱、骨子里的帅气等；要在他们的感情上下功夫，吴琼花自身的英雄气和愤怒要放在第二位。而洪常青虽然被革命战争磨炼出一点粗犷，但身上还是不时洋溢出文人气质来，充满理想主义色彩，被塑造成剧中最具有浪漫情怀的人物。电视剧《林海雪原》中对杨子荣这一人物的塑造、《苦菜花》中对母亲的塑造等也直接体现出由英雄视角向平民化视角的转变。而这种视角的变化也正是电视剧播出后引来大众诟病的一个重要方面。

四 艺术风格

风格是一部作品的独特性标志，从构思、酝酿到成品，风格的不断明晰化最终实现着创作者的意图。陈思和先生曾谈到《林海雪原》中隐含的传统民间文化因子，认为小说具有奇特的想象力和浪漫的审美趣味。对历史的纪实性再现和富有民间特色的传奇性共同构成了小说的风格：信而恣纵，奇而不诞。从《林海雪原》的故事框架来看，它来自于曲波的一段亲身经历：解放战争时期，当时担任牡丹江军区二团的曲波率领一支英勇善战的小分队深入到牡丹江一带的深山密林参加剿匪战斗，虽然最后完成了任务，但也付出了生命的代价，杨子荣中了匪首的无声手枪而牺牲，警卫员高波也死于二道河敌人的一场伏击战中。在进入小说创作之前，上述真实的故事还经历了一个口头流传的过程：战争结束后，曲波因伤转业到地方担任党委书记，由于经常要对工人进行传统革命教育，就讲杨子荣的战斗故事，四年中讲了七八次，越讲越精练，越讲越叫座。如果完全照搬原先的故事，尽管其中不乏传奇的情节，但一定会让观众感觉到冗长和沉闷。因此，既要使工人受到传统革命教育，又要使故事本身产生吸引力，叙述者就将原先的故事有意无意地做了一些加工、改造，使得故事更加的集中、精练和富有传奇性。于是，在《林海雪原》最终成为小说文本的前两阶段，"回忆"和"讲述"中留下了作者对原故事的加工和改造的痕迹。为突出小说的"传奇性"，使之显得曲折、惊险和比较好看，作者对故事发生的背景、地理形势、人物形象等做了大幅度的修改，主要表现为：第一，作者在牡丹江地区参与的歼灭谢文东等国民党土匪的战役，主要是二五九旅配合牡丹江军区和合江军区的广大军民，不怕冰天雪地，深入深山密林，艰苦战斗的结果，而不是像作品所描写的单凭着少剑波的机智多谋和杨子荣等人的英勇杀敌，就能取得对数十倍于自己力量的敌人的全胜的。第二，据当年的参战者之一的冯仲云回忆，牡丹江当地的地理形势并不像小说中所说的那样险要。在小说《林海雪原》中却出现了巍峨险峻的九龙江，巨石倒悬、阴风飒飒、刮肉透骨的鹰嘴岭，铺天盖地惊涛骇浪般的大风雪齐腰斩断大树、搅起雪龙来填平山谷、改造地形的穿山风，威虎山的险要形势更是被渲染得肃杀、冷酷而多变。第三，主人公之一的杨子荣的原型在抓捕匪徒四大部长的战斗中中弹牺牲，但在小说中他虽说屡屡孤身深入雪原侦察，或干脆打入匪巢与敌周旋，却总是有惊无险，连伤都没有负过。少剑波由原来的二团副政委变成了团参谋长，为渲染他在战斗空隙中的浪漫爱情，又加入了一个原先没有的卫生员白茹"小白鸽"等。

由此，从小说《林海雪原》的文本结构、叙事方式、人物设计等方面可以看出，它明显发生了向中国民间武侠、传奇小说传统审美口味上的借鉴与倾斜。在作品文本的意义上，与其说是《林海雪原》的崇高革命精神征服了读者，毋宁说征服读者的还在于它表现的英雄故事的传奇之处。相比之下，电视剧原本试图重现的是革命历史的"宏大叙事"，导演李文岐也宣称该电视剧追求的是气势宏大的史诗风格；然而，剧中却呈现出某种对宏大叙事的颠覆，与小说原著相比，其"史诗性"中"史"的力度明显削弱，坚定的目标与革命的乐观主义色彩被极大冲淡；相应地，诗的意味、民间传奇的色彩倒变得浓厚了。这倒与小说原著达成了一致。原著中的传奇性，如人物活动的环境（深山密林、莽莽雪原）的特征，故事情节上的奇特，以及人物性格上的"浪漫"色彩等，这些因素在电视剧的声画语言里都得到了较为充分的表现。东北茫茫林海，皑皑雪原上，一队出没天险的奇兵勇将，一次次曲折惊险的生死较量；一位游侠气度的神奇勇士，一位指挥若定、如幽燕沉雄的青年帅才和一个最聪明可爱的"小白鸽"共同编制这一段浪漫的岁月。剧中对杨子荣江湖气的渲染，则体现了编导对小说原著人物传奇性的一种新解和发挥。在充分利用民间传奇因素的同时，在艺术虚构中更注重生活细节的填充，在传奇性的夸张中求"信"，把艺术的真实建立在生活真实的基础上。如"打虎"一场戏，明显留有水浒英雄的影子，而20世纪50年代的电影版舍弃"打虎"这一情节，意图是集中体现杨子荣在威虎山的使命。电视剧则将杨子荣打死的虎，表现为座山雕养的守山虎，"打虎"这段故事就成为英雄进入敌人心脏内部的重要细节：传奇性更浓，情节关系也更密切了。

又如《红旗谱》它本身就是两家三代农民同一家两代地主之间进行的家族恩仇故事，朱老忠有着为朋友两肋插刀的燕赵之风和江湖义气，具有民间文化色彩；叙述呈现着民间话语与政治话语的某种暧昧，两条线索形成同构关系，使用着共同的"复仇"主题。而电视剧则把这两种话语尽量糅合并加以放大。朱老忠增加了粗豪的"胡子气"和"让咱们的大红旗永不褪色"的革命浩然正气。还有，小说原著中春兰姑娘将"革命"两个字绣在胸前赶庙会的场面也被电视剧充分渲染，并增加了她陪伴运涛坐监，在运涛临刑前后被"枪下留人"的一纸公文救下的情节，这些情节也是常见的民间叙事方式。另外，在电视剧《烈火金刚》中表现的日本侵略军和抗日小分队之间的拉锯战，实际就是民间文化中"道魔斗法"的隐性结构；萧飞的飞刀刀无虚发，单骑入敌巢为史更新买药；史更新在没有麻醉剂的情况下，让一个从未做过手术的林丽为其做手术，这些情节设置都体现出民间传奇的风格。而在电视剧《小兵张嘎》中，集与集之间以一个曲折的传奇情节作阻断，整个结构套用了评书的体式，每集之前以评书的旁白介绍上下两集的主要内容及精彩之处，充分体现出了传统章回小说的审美趣味。

通过以上分析，可以看出，"十七年"文学经典影视剧改编作品在新媒介时代融入了影像特点及消费心理等当代因素，赋予了这一特定时期经典文本以新的叙事形态，显示了不同艺术媒介相应的艺术思维和审美规律。

第二节　革命英雄传奇叙事——《林海雪原》

在今天讨论的"十七年"文学经典的影视改编中，对"十七年"

革命英雄传奇类小说的改编占绝大多数，成为电视剧改编的主要对象。而在革命英雄传奇叙事中最具有代表性的非《林海雪原》莫数，它也是"十七年"文学经典电视剧改编中引发争议最大的作品。新世纪以后，虽然历史语境和文化风尚发生了巨大的变化，但革命英雄传奇叙事仍然受到作家、观众乃至改编者的追捧，是有其深层原因的。

评论家侯金镜曾对革命英雄传奇有过这样的评价："在描写新英雄人物的作品当中，有一部分虽然思想性的深刻度尚不足，人物的性格有些单薄、不成熟，但是因为它们具有民族风格的某些特点，故事性强并且有吸引力，语言通俗、群众化，极少有知识分子或翻译式作品的洋腔调，又能生动准确地描绘出人民战斗生活的风貌，它们的普及性也很大，读者面更广，能够深入到许多作品不能深入到的读者层去。"① 可以看出，侯金镜认为革命英雄传奇之所以能够得到最广大群众的热爱，原因在于它的民族风格，即故事性强、语言通俗、群众化。

其实，这里所谓的"民族风格"就是在毛泽东《在延安文艺座谈会上的讲话》精神指引下，对"旧形式"加以利用改造，形成的新的革命英雄传奇小说。旧的形式即中国古典的章回体小说的形式及创作方法。侯金镜总结了读者大众对当时小说创作的一些希望和意见：

第一，有头有尾、有始有终，分章节、成段落。不要半截腰开始和戛然而止。不一定有回目，而是希望采用这种结构方法，让人物有来龙去脉，故事有源头和归宿。第二，描写人物、叙事故事的时候，人物关系要重叠错综，故事发展跌宕交叉，不喜欢简单化、平淡。但是，总希望一波未平、一波又起，眉目分明，脉络清楚。第三，着力在用行动来描写人物——要求强烈的行动和人物冲突的戏剧性。即使有大段的心理描写，也不要突如其来地和孤立地出现，而希望把心理描写当作人物行动的说明或补充。侧面的烘托人物是需要的，但不要完全代替了正面的对人物强烈的行动的描写。第四，语言生动、明快、通俗。在描写行动、心理和环境的时候，

---

① 侯金镜：《一部引人入胜的长篇小说》，载《侯金镜文艺评论选集》，人民文学出版社1979年版，第106页。

更能符合人物的身份。使小说不只是为了读，而且还可以有声有色、加上表情动作的讲说。第五，到了节骨眼上，环境和人物关系比较复杂的时候，一件突然事变来了，读者脑子跟不上、转不过弯来的时候，只用描写叙述还不够劲的时候，要求作者从作品中站出来，向读者做交代、做解释和鼓动性发言。①

从以上要求可以看出，"十七年"时期受众的审美趣味基本遵循了中国古典小说的创作特点：即圆形、封闭的叙事结构，强烈的戏剧冲突，传奇的故事情节，个性分明的人物形象，通俗易懂的语言风格，全知全能的叙事视角等等。《林海雪原》《烈火金刚》《铁道游击队》等革命英雄传奇，都具备了以上的特点。正是由于读者大众对革命英雄传奇类小说的热爱，导致了这一类小说在"十七年"时期的畅销，它们经常以"多媒体组合"的传播方式进行流通。但是，在传播过程当中，由于时代、审美及文艺政策等各方面的变化，造成了不同文本之间的诸多差异。下面，就以《林海雪原》为例，梳理其传播历程，分析在传播过程中不同媒介的叙事异同及相互间的转换。

《林海雪原》传播过程中，首先是以小说的形式风靡流行。该书于1957年由人民文学出版社和作家出版社出版，之后由于受欢迎度太高，曾经掀起过两次重印高峰。

第一次重印高峰是在1958年至1966年间，1958年6月人民文学出版社第4次印刷，据版权页上的印数统计是300000—400000册，而到了1964年第7次印刷时，印数是471000—521000册（其中精装1000册），同时版权页上赫然写着的累计印数是1565500册。作家出版社也分别于1962年、1964年再版和三版，印数可观。截至"文化大革命"之前，《林海雪原》累计印数达到3500000册，在革命英雄传奇小说中排名第一。

另一次重印高峰出现在1978年前后，安徽、浙江、广西、江苏、四川、吉林等省的人民出版社和上海文艺出版社的重印，总印数蔚为大

---

① 侯金镜：《小说的民族形式、评书和〈烈火金刚〉》，载《侯金镜文艺评论选集》，人民文学出版社1979年版，第136页。

观。仅百花出版社和吉林出版社的印数就分别达到 230000 册和 100000 册。可见，《林海雪原》堪称真正意义上的畅销书和长销书。

除了历史上的两次出版印刷高潮，自 20 世纪 80 年代以来，特别在新世纪最初的两年间，人民文学出版社又将《林海雪原》连印两版。由于出版量巨大，很多省市出版社的图书版本均未标注印数，故此书目前并没有确切的总印数。但据不完全统计，除去诸多外译本，此书国内出版量目前约有 6000000 册。从《林海雪原》动辄上百万的印刷和销售量，足以看出这部小说的受欢迎程度。

的确，《林海雪原》小说自诞生之日起，其传播速度和力度都呈持续强劲之势，在读者和学界不断引发反响。1961 年前后，由于这部小说的影响逐步扩大，在文艺界及全国范围一度掀起大讨论。之后，各种艺术形式都开始以这部小说为原型，进行多媒介的改编活动。比较有代表性的改编版本有：由北京京剧团改编的京剧《智擒惯匪座山雕》，由上海京剧院改编的京剧《智取威虎山》，由中国京剧院改编的《林海雪原》，由赵起扬、夏淳、梅阡等改编的话剧《智取威虎山》，由刘沛然、马吉星改编，刘沛然执导的电影《智取威虎山》。1964 年，上海京剧院为了参加全国京剧现代戏观摩演出，对 1958 年的改编本《智取威虎山》进一步修改，过程中江青插手，以毛泽东"要加强正面人物的唱，削弱反面人物"的指示，组织上海方面的力量，对该剧进行重大修改，奠定了"革命样板戏"的模型。1967 年，在纪念毛泽东《在延安文艺座谈会上的讲话》发表 25 周年进京演出期间，被最终树立为"革命样板戏"。

在"十七年"时期，"多媒体组合"式的传播方式中，不同媒介的艺术形式转换间凸现出各自的艺术特色，获得了一定的创新和突破，但在这多重转换中始终贯穿着"净化"与"提纯"这两大精神主旨，改编的视点和角度也逐渐被拔高。然而，到了新世纪，影视剧在对《林海雪原》的改编中，彻底打破了"十七年"改编的精神主旨，试图使用"还原"与"低置"的方法，赋予原小说以当代意义，改编的视点和角度被逐渐放低，在这一"高"一"低"的变换之中，改编走向了另一个极端。而在全球化与数字化的商业环境中，2014 年徐克版的《智取威虎山 3D》，对原著进行了翻新，既包含了对小说文本以及电影文本的重读和诠释，又体现出一种在新的电影文化氛围中顺应主流价值观的合乎时宜的变通。《智取威虎山 3D》的重拍从本质上看是徐克对自我武侠类型的大胆"越界"，是用全新的电影科技对"十七年"经典作品的一次致敬，是"红色经典"与"武侠片"在新的历史语境中的一次成功对接。

一　"净化"与"提纯"

《林海雪原》在"十七年"时期，其改编从小说到电影再到样板戏，经历了不断被"净化"和"提纯"的过程。这种改编方法，主要是从思想主题和人物形象上着手的。

《林海雪原》的小说原著作为革命英雄主义传奇，其选材都是革命战争中的真人真事，具有纪实文学的特征。曲波创作《林海雪原》的最初动机缘于对剿匪战友的怀念，它是基于作者曲波一种朴素的创作动机和单纯的"过去经历"，而非虚构或者编造。故事的原型是这样的，解放战争时期，曲波在海林和牡丹江进行剿匪、土改和建政工作。1947年 2 月下旬，当剿匪工作接近尾声，活捉了匪首"座山雕"，战友杨子荣却不幸身中无声手枪光荣牺牲，年仅 30 岁。曲波在那场战斗中，率领小股部队，作为杨子荣先遣小分队的后续接应，最后清理了战场并将杨子荣的遗体装棺后运回海林街里。从进行剿匪作战时起，他就决心并酝酿着将来写一部小说，好好把那段难忘的生活写出来，否则对不起那些牺牲的战友。于是，1956 年 8 月，曲波完成了《林海雪原荡匪记》的初稿。后以《林海雪原》为名出版又几经易稿，按政策要求对作品作了如下的修改：（1）少剑波写得太个人突出，应该强化党的集中领导作用；（2）少剑波与白茹的爱情描写应该删除。于是，《林海雪原》在文学体制的客观要求和对作品精益求精的自我要求下，完成了对作品的修改。

在 1960 年由刘沛然、马吉星改编，刘沛然执导的电影《智取威虎山》，乃至 1970 年左右拍摄的革命样板戏由于篇幅限制，只选取了原小说三条剿匪线索之一，当然也是最重要的"智取威虎山"一段加以表现。焦菊隐曾对改编做过指导说："要善于正确的确定剧本的最高目的，善于正确地确定一条阶级斗争或思想斗争的红线。""消灭惯匪，是一场严肃的政治斗争，一种严肃的政治任务。'消灭阶级敌人'，这就是《智取威虎山》的贯穿动作线……形象地突出了这一场战斗的阶级斗争的性质。剧本的一切重要关键，一切细节的选择和一切与原著略有出入的穿插，都围绕着这一目的。"① 在这样的改编原则下，小说原著最大的特点——纪实性和传奇性在某种程度上被淡化处理，作品的主题被逐级提升，乃至在革命样板戏中提升到"阶级斗争"与"政治斗争"的高度。在敌我斗争中，我方必然是全歼匪帮，获得最后的完全胜利。而实际上，《林海雪原》小说原著中的战斗是极为惨烈的，如在"夹皮沟"战役中，对高波壮烈牺牲的描述：

　　　　高波的全身绷紧得像一块冷钢，他的心又像燃着导火索的炸药包，眼看就要爆炸。他想："我的战场只有一个守车，不成。得马上扩大，飞出去，拚！"他向北边车门一动，拿准了飞跃的姿势，刚要跳，匪徒已堵上车门，没有一点空隙，只有黑洞洞的昏夜，掩盖着他紧贴车皮的身影。紧前边的三个匪徒靠近了，三步……二步……"杀！"高波一声突然的怒吼，飞下车去，锋利的刺刀，插进最前的一个大个匪徒的胸膛。他两手一拧，拔出刺刀，因用力过猛，一屁股坐在车门下。

　　　　又一个傻大个匪徒，高波已认出是在黑瞎沟捉鸡的那个，端着刺刀向蹲在地上的高波的脑门刺来。高波把枪一拧，当的一声，拨开了傻大个的刺刀，顺势来了一个前进下刺，整个刺刀贯穿了傻大个的肚子。傻大个嗷一声仰在地上，头朝下闯进壕沟。高波的刺刀被别弯了，他手中失去了锋利的武器。正在这时又扑上来七八个匪徒，高波调转枪托，手握枪口，高举枪托，使尽他剩下来所有的力气，照准眼前的一个匪徒，压头盖脑地砸下来，格喳一声响，匪徒的头和高波的枪托一齐粉碎了。

　　　　突然高波的脑后一声巨响，像一条沉重的大棍落在他的头上，顿时他两目失明，天旋地转，一阵昏迷，跌倒在雪地上，随着他身

① 焦菊隐：《和青年作家谈小说改编剧本》，载《焦菊隐戏剧论文集》，上海文艺出版社1997年版。

体的倒下，他已失去了对天地间的一切的感觉。

十八岁的高波，力杀了十九个匪徒，救出了几百个群众，呼出了他最后的一口气，与剑波，与小分队，与党永别了！为革命贡献了他自己美丽的青春。

大肚匪子挂在他的颈上，陪着他静卧在二道河子桥头。

天上的星星俯首如泣！林间的树木垂头致哀！

腊月二十九日的下午。

夹皮沟屯中央的山神庙前，停放着十三口棺材。高波、郭奎武、张大山等同志，静静地安息在里面。

剑波和小分队，以及全屯的男女老少，肃立灵前，垂首致哀。上千只眼睛流着热泪。

可见，座山雕匪帮劫持夹皮沟小火车的战斗残酷而惨烈，高波壮烈牺牲的情节在"二道河桥头大拼杀"中也十分重要，但这些重要的段落在电影版和后来的革命样板戏中都被淡化乃至删除。甚至，对原著小说文本中几乎所有战斗的表现，都是以我方的大获全胜而告终。当然，这是当时历史语境的特殊要求，也在某种程度上反映了中国"乐感文化"的本质。但从另一方面看，却部分丧失了小说原著的悲剧性和战争中作为"人"的真实情感的流露与表现。可以看出，改编后的电影，尤其是革命样板戏为了提升和拔高小说原著的思想主题，以满足表达某种既定主题的需要所做的种种修改，将小说原著的"生活的真实面目"，提升到了符合某种抽象的、纯粹的阶级观念和政治理论的高度。

当然，从另外一个角度看，这样的改编方法，是与"十七年"时期所提倡的"乐观明朗的基调"有关。从某种程度上说，对光明、崇高、超越性的追求部分地具有某种合理性，仍然有其存在价值。文学艺术对"光明梦"的追寻并不在于深刻揭示现实本相，而在于给观众以精神的振奋和鼓舞。而从这一点上，电影的改编达到了它的目的。

另外，在人物塑造上，当时文艺界的普遍意见为："主题思想是靠形象来体现的。情节结构等等，也是围绕着人物安排的。进而所有人物中，又以主要人物为核心。以什么样的人物为主要人物，就标志着什么阶级占领舞台，什么阶级的代表成为舞台的主人。"① 于是，在电影，乃至后来的革命样板戏中，杨子荣作为"英雄"的形象也逐渐被拔高，直至从电影文本中的理想化人物，被净化为革命样板戏中的"人格神"而存在。小说原著文本中的中心人物是少剑波和杨子荣，其二人智力和勇气都超乎常人，带有浓厚的传奇色彩。如少剑波身上体现出的淡定指挥的将帅气，以及杨子荣孤身卧底威虎山的勇气。但在之后的电影版改编中，却逐渐淡化了少剑波的"少将柔情"，消隐了杨子荣的"草莽匪性"，并逐渐将人物中心从少剑波转移到杨子荣身上，重点突出杨子荣的正面英雄气质。仅从电影的用光和用镜中，可以看出对"英雄"不遗余力的打造。无论是智斗座山雕，还是舌战小炉匠，杨子荣始终一身凛然正气，处于画面的绝对中心位置，面部正面光源的打造、稍向上的仰拍镜头的跟随，使刻意营造的英雄形象瞬间高大；群匪们则始终处于画面的边缘，逆光、俯拍的用镜体现的是反面人物的丑陋与猥琐。而到了革命样板戏中，由于"三突出"原则②的提倡，杨子荣的"英雄形象"趋于神化。"《智取威虎山》剧组的革命文艺战士……要努力塑造杨子荣这个高大的无产阶级英雄形象"，使其成为"人类艺术史上前所未有的光辉典型，是为彻底消灭一切剥削阶级和剥削制度而英勇战斗的共产主义战士，是巩固无产阶级专政的有力武器，是'帮助群众推动历史的前进'的巨大力量"③。而"这一英雄人物的灵魂"，则是："'胸有朝阳'——对毛主席、对毛泽东思想的赤胆忠心"。可以看出，突出"忠"字是这次修改的提升，提纯了人物的"灵魂"，也是《智取威虎山》最后被树立成"革命样板戏"的"灵魂"。

　　另外，在改编的过程中，改编者还着力于对"英雄人物"个人情

---

　　① 上海京剧团《智取威虎山》剧组：《努力塑造无产阶级英雄形象——对塑造杨子荣形象的一点体会》，《红旗》1969 年第 11 期。

　　② "三突出"是中国"文革"期间的文艺指导理论之一。最早由于会泳于 1968 年 5 月 23 日在《文汇报》撰文《让文艺界永远成为宣传毛泽东思想的阵地》一文中提出，受到江青等人的赞同和推广，被称为"文艺创作塑造无产阶级英雄人物必须遵循的一条原则"。主要指的是"在所有人物中突出正面人物，在正面人物中突出英雄人物，在英雄人物中突出主要英雄人物"。

　　③ 上海京剧团《智取威虎山》剧组：《努力塑造无产阶级英雄形象——对塑造杨子荣形象的一点体会》，《红旗》1969 年第 11 期。

感进行"净化"。在"十七年"文学经典中，描写"个人情感"，尤其是英雄人物的个人情感和人伦之情，都被看作是有损于英雄的正面形象塑造的，因而也不被道德和政治允许。少剑波与白茹的爱情，在小说原著中作为剿匪斗争的一种点缀，含蓄隐晦、冲淡平和，深受读者的喜爱，但却仍然招致非议。小说原著中第九章"白茹的心"，对小白鸽对少剑波的爱恋做了细腻却又相当纯洁的描绘：

> 白茹的心事却完全不在这里，她的心现在只有她自己知道。她在这小分队里感到无限的幸福，除了这项艰巨任务的荣誉外，奶头山战斗后，她的心十八年来头一次追恋着另一颗心。
>
> 白茹心里那颗种子——剑波的英雄形象和灵魂，像在春天温暖的阳光下，润泽的春雨下，萌生着肥嫩的苗芽。这苗芽旺盛的什么力量也抑制不住。可是她又不敢向剑波吐露她的心。因为她知道剑波现在并没有了解她的心。她也不了解剑波能不能接受她的心。在她看来剑波好像晴朗的天空中一轮皎洁的明月，他是那样的明媚可爱，但又是那样的无私公正。她总想把他的光明收到自己怀里，独占了他，可是他总像皎洁的月光一样普照着整个的大地上所有的人，不管是有意赏月的人和无意赏月的人。
>
> 半个月来，她老是偷偷地看着剑波，她的心无时无刻不在恋想着剑波，就好像是生活中不可缺少的空气一样。她沐浴在幸福而甜蜜的爱的幻想中。她爱剑波那对明亮的眼睛，不单单是美丽，而且里面蕴藏着无限的智慧和永远放不尽的光芒。他那青春丰满的脸腮上挂着的天真热情的微笑，特别令人感到亲切、温暖。她甚至愿听剑波那俏爽健壮的脚步声，她觉得这脚步声是踏着一支豪爽的青年英雄进行曲。

但即便是如此含蓄、隐晦的爱情表述，在"十七年"乃至之后的很长一段时间，却不断招致来自各方的声讨和批判。李希凡就曾批评：《林海雪原》"纠结在整个情节里的有关少剑波和白茹的爱情描写，更是一笔刺眼的勾画，笔调轻浮又缺乏美感，只能说它是更加损害了少剑波的性格，更加降低了他的精神世界的高度"①。之后，作者根据意见对作品的爱情描写做了大量的删除，这个在第二章中已经谈过了。于是，在以后的电影、革命样板戏，甚至话剧改编中，都没能有机会再出现这些内容。实际上，"十七年"之后，在阶级斗争和意识形态日趋集中的政治环境和文学环境中，对待"人性"和"爱情"上确实不可能出现完全"忠实于原著"的改编。

《林海雪原》对人物形象塑造经历了"净化"与"提纯"的过程，这是"十七年"具体历史语境和现实情况的需要。电影文本中对杨子荣的塑造虽然比小说原著更理想化，但客观地说，也使得这一英雄形象更鲜明、更集中、更具体，因而绝不可能被观众混淆或者忘记；但是，之后革命样板戏的改编，却直接把小说原著文本中活生生有血有肉的人物，变成相对干巴巴的政治教条式的抽象存在，使得英雄人物逐渐走向神坛，变成毫无缺陷的"人格神"。

而与此相对应的，在"反面人物"的塑造中，则采用了夸张的、漫画化的手法，将反面人物身上的普通本性及常态性格尽可能地剔除，而相对突出丑化其凶狠残暴、狡猾奸诈的反动匪性。与小说原著不同，电影，尤其是革命样板戏偏重以夸张的甚至戏谑的手法，侧重"丑化土匪的外部特征"，"恶化土匪的道德品行"，"弱化土匪的智商和实力"；以夸张的、极富喜剧色彩的滑稽方式，对其进行无情的调侃、嘲弄与讽刺，在轻松诙谐的斗智斗勇中，将"土匪"的虚弱本质暴露无遗。但曲波曾说："土匪的外形并不都狰狞、杀人不眨眼。相反，却慷慨好义够朋友，嫉妒心很强，有组织，有清规戒律，射击技术好，土匪老婆多半是很善良的妇女，土匪对母亲很孝顺，对孩子也爱……"② 然而，在特殊的历史语境中，这些普遍的人性与人情是不适于在土匪身上进行表现的，因为，对"人性"的表现，必须放置在特定的历史环境和社会关系中考察，"十七年"时期具有其特定的历史语境和政治要求。马克思主义美学认为：只有具体的人性，而没有抽象的人性。所以，对反面人物类型化的描绘，有其历史必然性，"座山雕"的鹰钩

---

① 李希凡:《关于〈林海雪原〉的评价问题》,《北京日报》1961年8月3日第4版。
② 姚丹:《"真实契约"与"虚构契约"》,《中国现代文学研究丛刊》2003年第3期。

鼻、三角眼，"傻大个"的大龅牙，"一撮毛"的大黑痣等等，作为人物符号化的象征物，也确实给观众留下了深刻的印象。

在"十七年"特殊的历史语境中，出现上述改编策略具有历史的必然性。这些不同艺术形式和媒介的转换，对小说原著在一定程度上起到了删繁就简、集中凝练、加工改造的作用，有的甚至是对原著的一种艺术再创造，取得了应有的艺术效果。所以，其中的一些经验，仍然值得今天的影视改编加以借鉴和利用。

二　"还原"与"低置"

新世纪以后，《林海雪原》的影视改编，采取了与"十七年"时期完全相反的策略与手段，彻底打破了"十七年"改编的精神主旨，试图使用"还原"与"低置"的方法，赋予原著小说以当代意义，改编的视点和角度被逐渐低置。

本来按照"一切历史都是当代史的观点"，任何作品对原著的改编，在不同的历史审美空间，都必然赋予新作以当代性，即要求作者站在当代的高度，根据当代新的价值观念和时代精神，来重新审视作品中的叙事对象。但是，这种当代性和时代精神的赋予，必须有其历史根据，尤其不能以牺牲原著的历史精神为代价。

如前章所述，"十七年"作家在创作中，自觉地将艺术审美与文学规范相融合，以巧妙的方式，完成了文本的叙事融合，使之成为自足的实体。这些叙事融合的巧妙方式在《林海雪原》中主要表现为：体制化语言与民间化语言的融合，人物性格类型化与复杂性的融合。（第二章有详细分析。）但在新世纪后的影视改编中，由于种种原因编创人员将"十七年"作家叙事融合的努力，在某种程度上进行消解和重构，以致在改编策略的选择上出现了某种错误与偏差，"还原"的策略选择较成功地重现了原著的"传奇性"与"民间性"风格；而"低置"的策略选择，则导致了改编的误区，走向另一个错误极端。在新世纪的影视改编中，编创人员普遍抱有这样的心态，导演王冀邢曾说："我们并不是为了去超越'红色经典'，而是要真实地还原原著，因为很多'红色经典'的电影改编作品在拍摄时因为时代的原因并没有忠实于原著，而改动很大，把故事和人物都单纯化简单化了，事实上是新版改编剧才回归到了原著。"① 的确，在电影和革命样板戏中，小说原著中的"传奇性"和"民间性"在某种程度上被淡化，"蘑菇老人"和"棒槌公公"这些带有地方传奇色彩、戏剧性很强的人物被剔除。

因此，在电视剧版的《林海雪原》中，编创人员竭力还原小说原著的"传奇性"和"民间性"，使得电视剧作品充满了浓郁的民族韵味，获得了一定的成功。首先，电视剧作品确立了以东北方言为主的民间语言基调。电视剧导演李文岐是地道的东北汉子，出于对故乡东北的热爱与痴迷，他以前的作品如《赵尚志》《雪城》等都在致力于从各种角度诠释东北的黑土文化。在电视剧《林海雪原》中，他将极具特色的东北地方方言融会贯通于全剧，使得地道的民间语言成为这部戏的精华所在。

其次，电视剧作品还原了小说原著中的民谣与神话，强化了民间化语言在叙事中的作用。而民谣和神话的添加，在叙事中的主要作用有两种：一是刻画人物性格，二是描绘自然环境。如为了表现许大马棒的凶残时，采用了夹皮沟老百姓的"千古怨"："许家赛阎王，家养黑无常；手拿勾魂棒，捉来众善良。年小的放猪羊，年老的喂虎狼；年轻力量壮，当牛拉犁杖。"马希山在奸计被小分队破解后，曾气急败坏地说："留下葫芦籽，哪怕没水瓢。有了青山在，不怕没柴烧。"此外，东北地道的歇后语和顺口溜的加入，也用来强化对正面人物乐观的战斗精神的渲染。如调虎离山奇袭大锅盔时，急行军中的小分队队员们说的："溜溜滑，滑溜溜，雪板一闪飞山头，咱能撵他们敌人的千里马，咱能赛过匪徒的子弹头，管他司令马，管他专员侯，在咱手里都得变成碎骨头。"侯殿坤规劝马希山要谨慎时说："老祖宗说得好：急吃打破碗，急走没好步。"马希山反驳说："也是老祖宗说的：耗子养的猫不亲。"描绘环境和写景状物的民谣也增加了很多，如夹皮沟百姓形容老爷岭地势险峻时说："老爷岭，老爷岭，三千八百顶，小顶无人到，大顶没鸟鸣。"而蘑菇爷爷向小分队介绍奶头山地形时，为战士们念了一首童谣："奶头山，奶头山，坐落西北天。山腰一个洞，洞里住神仙；洞外一个门，洞里有个泉，喝了泉里水，变老把童还。"民谣和神话的添

---

① 张忆军：《红色经典改编剧到底给谁看？》，《江南时报》2004 年 7 月 24 日第 7 版。

加，使电视剧的情节跌宕起伏，更具地方魅力，构成了浓郁的地方特色和叙事进程的推动力。

最后，电视剧作品中加入了大量"黑话"，不仅运用了东北当地的土匪黑话，还创造性地使用了"诗词"、"百家姓"作为土匪的联络暗语与黑话，使得电视剧更具有民间气息。

可见，电视剧《林海雪原》确实试图还原小说原著"民间性"与"传奇性"的风格特征，叙事以民间化的语言构筑了一个极具浓郁地方特色的全新文本，一定程度上强化了原著革命英雄传奇的内在精神。但是，在人物塑造方面，采取的"低置"策略，却广受社会各界及观众的批评和质疑。

为了纠正革命样板戏中过分将英雄人物神化的极端做法，电视剧版的《林海雪原》在塑造人物时采用了让英雄人物走下神坛，回到凡间的平民化、人性化的"低置"式的叙事策略。具体的做法是：

首先，不再突出杨子荣"高大全"的英雄形象，而是将其作为一个普通人对待，极力挖掘其作为普通人的"人情"与"人性"，突出表现其在小分队作为普通士兵个人成长的经历。于是，电视剧版中的杨子荣再也不是小说、电影、革命样本戏中气宇轩昂的侦察英雄，而是一个浑身毛病多多、充满了痞气的江湖草莽。一出场，杨子荣的身份就是一个伙夫，而且历史背景复杂——曾经混迹于江湖，给有钱人当过炮头，会说黑话、油腔滑调、爱喝酒、爱唱酸曲儿。在不情愿地加入小分队后，他还曾经往栾超家碗里下过巴豆，给滑雪教练萨沙下绊子、使坏。可以看出，为了有别于小说原著文本中对于英雄人物性格的理想化描写，电视剧赋予了杨子荣更为复杂的普通人性。

其次，对小说原著中的爱情描写予以还原，甚至做进一步的发挥和拓展。与"十七年"时期，对待"爱情"主要采用"删除"的改编方法相反，电视剧《林海雪原》的改编由"删除"变为"增添"，而且是"大增大添"：添人物、添情节、添故事。

添人物：电视剧增添了杨子荣的初恋情人槐花，及槐花的丈夫——土匪老北风这两个人物，形成了一条三角恋爱关系；增添了滑雪教练苏军中校——萨沙这一新的角色，形成了少剑波、白茹、萨沙之间的又一条三角恋爱关系。

添情节：增添了日本女间谍——野田清子，加入了野田清子与胡彪之间的暧昧关系；在对女匪首"蝴蝶迷"的刻画中，重点加入了其与郑三炮之间的暧昧关系，并用了长达一集的时间去表现二人的调情场面。

添故事：杨子荣旧情人的儿子，竟然成为座山雕的义子，使得杨子荣在智取威虎山的过程中，还同时担负着解救情人儿子的重任。

可以看出，电视剧《林海雪原》为了纠正革命样板戏改编中对英雄"提纯"和"拔高"的理想化手法，采用了相反的叙事策略，利用"还原"与"低置"的方法，将改编的视点放低，试图以强化英雄人物性格的复杂性，来校正小说原著文本中的某些模式化成规。但是，由于没有底线和根据的人性化、人情化添加，最终导致改编走向了反面，使得小说原著文本中作者努力将人物性格类型化与复杂性进行的融合遭到新的拆解，造成人物性格脱离具体历史语境的抽象化与平面化。

三 "越界"与"致敬"

中国电影在新世纪之后的十年时间，商业化和工业化的程度逐步加快，随着第五代、第六代导演创作思路的改变，越来越多的影视创作者开始将眼光投向市场，随着《卧虎藏龙》《英雄》《十面埋伏》等大投资、大制作、大场面的商业电影横空出世，标志着中国电影"大片时代"的来临。2014年末，香港导演徐克执导的电影《智取威虎山3D》大获成功，其意义并不止于热映两周，8亿元票房的高额回报；更可贵的是这部由香港商业电影导演执导的革命历史题材"重拍片"，上映以来不仅观众口碑"零差评"，而且还获得主流媒体的极大肯定。《人民日报》2014年12月31日发表评论员文章称："《智取威虎山3D》有枪林弹雨亦有刀光剑影，有军民情深也有侠之豪情，是一部根据革命传奇打造、叫好又叫座的现代英雄史诗。"

《智取威虎山3D》在电影高度工业化和商业化的语境中，对小说原著进行的翻新，既包含了对小说文本以及电影文本的重读和诠释，又体现出一种在新的电影文化氛围中，顺应主流价值观的合乎时宜的变通。《智取威虎山3D》的重拍从本质上看是徐克对自我武侠类型的大胆"越界"，是用全新的电影科技对"十七年"经典作品的一次致敬，是"红色经典"与"武侠片"在新的历史语境中的一次成功对接。

徐克《智取威虎山 3D》的创作初衷来源于 40 年前，在美国纽约华人区一家电影院，他第一次看到电影版《智取威虎山》。之后，他一连看了几十遍，虽然那时候他还不是导演，但那时他就有了一个梦想，在当了导演之后一定要重拍这部影片。徐克在美国看到的《智取威虎山》是 1970 年版，由谢铁骊导演，北京电影制片厂摄制的"革命样板戏电影"。

因此，徐克创作《智取威虎山 3D》时，主要参考的就是 1970 年版的"革命样板戏电影"和 1960 年版由刘沛然导演、八一电影制片厂出品的电影《林海雪原》。而这两个版本的电影虽然跟小说原著相比，意识形态色彩更为浓烈，但单从故事情节的设置、戏剧冲突的营造、正邪力量的精彩交锋等剧作层面的要素来看，基本还原了小说原著的精神，因而具备了比同时代作品更丰富的传奇元素，展现出很强的艺术吸引力。可以这样说，电影《智取威虎山》的叙事模式暗含了太多经典功夫片或者武侠片的情节要素。所以，40 年之后，当徐克重新翻拍这部电影，在《智取威虎山 3D》这一新的文本中，我们看到了"徐克式"翻拍的独特之处：即尊重原著故事的基本框架，以"智取威虎山"这一战役作为叙事的核心事件，同时，加入原著中"杨子荣舌战栾平"、"打虎上山"、"会师百鸡宴"等几幕经典重头戏，对"智取威虎山"进行再次丰富和烘托。

作为一位香港动作片导演，能够将一部"十七年"时期的革命英雄传奇在半个世纪后重新搬上银幕，并在某种程度上大获成功，其原因必然离不开对影片文本形式层面的剖析，而其中的关键更在于重拍片与小说原著和两版翻拍影片之间的互文本关联。总的来说，徐克版《智取威虎山 3D》在叙事视角、话语表述、情节设置及视觉表达等诸方面都进行了新的阐释和注解。

（一）嵌入式的"套层结构"

在电影《智取威虎山 3D》中，徐克首先面临的问题是如何将不同历史文化语境的两个时空相对接，以唤起观众的"集体无意识"，从而实现故事主题和内涵的现代转换与嫁接。翻拍文本最终选择了一种"套层叙事"的手法，即采取现代人的视角对家族历史进行回顾，用"套层叙事"将宏大的历史转化为一段平易的家族传奇。在这样的布局下，"智取威虎山"这一核心事件，被嵌套于现代的叙事视角和空间中。影片的开端和结束首尾相连，形成环状，由一名在美国留学的中国学生——姜磊对家族传奇历史的追忆开始。影片开端，镜头由美国纽约奇幻式的俯瞰夜景逐渐推近，定格在一间 KTV 包房中，叙述者姜磊出场，他偶然看到了样板戏电影《智取威虎山》的几个片段，从而勾连起对家族和故乡的无限追念，于是乎回到东北莽莽雪原以追寻祖辈的传奇经历，"智取威虎山"的核心故事由此被自然引出。而在影片的结尾，奇幻与象征手法的运用，使得姜磊跟他的祖辈"小栓子"以及 203 小分队的所有成员，围坐在一张大圆桌前同吃 2015 年的年夜饭，此时，样板戏电影《智取威虎山》再度响起，银幕内外共同追忆中国革命的不平凡历史。

有别于徐克版《智取威虎山 3D》影片一开始即采用第一人称讲述的"套层结构"，《林海雪原》小说原著小说的开头，使用的则是宏大叙事的表述方式。由于"十七年"时期文学经典普遍以革命历史题材的讲述参与建构"现代化"的宏大叙事，所以一般采用全知全能的叙事视角，以树立叙述的权威性。原著小说《林海雪原》第一章"血债"中，就向读者展现了一出黎明练兵场上庄严威武的宏大场面：

> 晚秋的拂晓，白霜蒙地，寒气砭骨，干冷干冷。
>
> 军号悠扬，划过长空，冲破黎明的寂静。练兵场上，哨声、口令声、步伐声、劈刺的杀声，响成一片，雄壮嘹亮，杂而不乱，十分庄严威武。
>
> 团参谋长少剑波，军容整齐，腰间的橙色皮带上，佩一支玲珑的手枪，更显得这位二十二岁的青年军官精悍俏爽，健美英俊。他快步向一营练兵场走去。当他出现在练兵场栅栏门里一米高的土台上，值星连长一声"立正"，如涛似浪、热火朝天的操场，顿时鸦雀无声。战士们庄严端正地原地肃立。
>
> 值星连长跑步到土台前，向少剑波报告了人数、科目后，转身命令一声："按原科目，继续进行！"随着这响彻全场的命令声，操场上又紧张地沸腾起来。
>
> 少剑波仔细地检阅着英雄排长刘勋苍的劈刺教练。首长在跟

前，战士们更起劲，汗气升腾，刀霜凛冽，动作整齐勇猛，精神豪爽激昂。周围的空气也在激荡和卷动。

半点钟过去了，东南山上的红太阳，刚露出半边。团本部的值班员——通讯联络参谋陈敬，气嘘嘘地跑到剑波跟前。

"报告！"他行了军礼，"报告参谋长！五点三十七分，接田副司令电话，命令我团立即准备一个营和骑兵连，全部轻装奔袭。详细情况书面命令马上就到。命令到后，要立即行动，特别强调一分钟也不许耽误。现在我等候您的命令。"

这个情况，显然少剑波是没有想到的。他略一思索，立即回答陈敬："你马上去报告团长和政委。按你的口述，我先来调动部队。"

"是！"陈敬答应着。转身跑出练兵场。

少剑波立即命令站在他身边的司号长："发号！命令骑兵连紧急集合，带到一营操场。命令一营全部就操场紧急集合，全副战斗准备待命出发。再命一营营长、教导员，骑兵连连长、指导员，到团部接受命令。"

司号长遵命——发号。

顿时号声由远近不同的距离和四面不同的方向，此起彼落地交响起来。

司号长静听着各处的回答号音，默默地数着："一连……二连……骑兵连……"

号音刚落，司号长向剑波报告："报告二〇三首长，各部命令都收到了。"

两相对比中可以看出，有别于传统章回体传奇小说中全知全能的上帝视角，徐克版《智取威虎山 3D》中，采用了更适合于影像叙事的第一人称讲述方式，通过当下年轻人对革命历史的追寻，开启对遥远传奇故事的回忆。

这样一种嵌入式的套层结构在受众对文本的接受中，产生了两个重要的影响。一是将宏大的革命叙事转化为个人化的叙事，从而赋予武侠想象以合理性。个人化的情感体验方式的利用，使得之后的叙事既不与原著小说文本产生割裂感和距离感，在严守原著文本意识形态话语底线的同时，最大限度地发挥了徐克擅长的江湖恩怨、快意情仇的武侠套路。于是，203 小分队进入雪原剿匪的原因即被简化为保护百姓、维护正义的单纯动机，"夹皮沟"等几场重要的战争也被转换为现代类型大片安全无害的动作场面。总之，通过现代青年姜磊的个人化想象，几百号土匪攻打仅有几十人防守的夹皮沟可以无功而返，203 小分队也能在极快的时间内突袭威虎山，仅仅依靠一辆老爷坦克就能摧毁座山雕的整个老巢。个人化的叙述方式，不仅抽离和淡化了小说原著的意识形态性，而且使文本隐含的武侠传奇因子得以突显。

二是叙述者的三重身份实现了革命英雄传奇的现代性转换。姜磊作为一名叙述者的角色，承担着三重身份，即"智取威虎山"事件亲历者——栓子的孙子、受美国文化影响的中国留学生、与中国革命历史承接而隔膜的当代年轻人。叙述者姜磊作为"智取威虎山"亲历人栓子的孙子，是这段革命历史情感上的倾听者和记录者，同时也使得以"杨子荣"为核心的 203 小分队的剿匪行为与当下的现实有了合理性勾连，并印证了事件叙述的部分真实性。从某种意义上说，启用明星偶像——韩庚来扮演姜磊，也能产生一定的移情效果。姜磊作为一个身处东西方文化互融、碰撞时期的现代青年，他对这一段革命传奇的认同，也即是对杨子荣为代表的其祖辈的认同，观众在观影过程中对他的认同也即是对自我革命历史的归根与认同。不得不说，这是一种相当高明而又隐蔽的主旋律叙事手段。而作为受美国文化影响的中国青年，在他的想象性叙述中，"夹皮沟保卫战"、"打虎上山"、"会师百鸡宴"等重要情节，也完全可以幻化为好莱坞大片式的惊险场面。如，故事结尾处，203 小分队与土匪的团体决战情节被转化为座山雕与杨子荣之间的个人性决斗，而这种个人英雄主义的手法正是好莱坞动作电影惯用的经典模式。杨子荣与座山雕在一架即将坠毁的飞机上激烈搏斗，动作感极强的惊险场景的设定，更容易让当下拥有商业大片观影经验的年轻观众实现与历史的对接。因此，在姜磊的三重身份中，"与中国革命历史承接而隔膜的当代年轻人"这重身份显得最为关键。作为一个现代青年，姜磊不仅承担着将小说原著文本中的革命表达与集体主义精神转化为当代观众更易理解和认同的个人记忆的重大使命，更负有召唤起当下主流观众的角色代入感的责任。因为，对于在多元文化中成长起来的当代年轻人而言，革命历史仿佛是距离当下遥远时空的另一个存在，历史事件和历史人物的宏大与厚重总会使身处"小时代"压力之下的微小生命不能承受其"重"。因此，如何使遥远的革命历史重归现实，使当代青年与革命历史人物发生共鸣，是处理革命历史题材类型影片的关键。徐克版《智取威虎山 3D》通过现代年轻人姜磊的角色叙述，有效地实现了与当下主流观众的对话，同时也呼应了受众的心理需求。

影片将姜磊作为第一叙述者，蕴含着极大的深意。作为全球化时代接受东西文化撞击的青年一代，信念的产生和坚守必须以对本民族文化的认同作为根基。而在文化多元化、解构主义思潮深入人心的今天，革命历史成为一种遥远而模糊的记忆，文化的断裂已是不争的事实，由此带来的信念的坍塌也是有目共睹。影片中韩庚所饰演的姜磊戏份非常少，但仍然传达出了在全球化时代，文化的自我与"他者"的复杂关系。"他者"作为自我的参照，正在被指认为自我；而"自我"正在一步步演化为"他者"。因此，当姜磊身边的外国朋友对"样板戏"的出现大呼小叫，呈现出猎奇姿态之时，姜磊要想免于思想分裂，必须寻找民族的根性和文化支撑点。可以看出，徐克想要通过将历史上的"智取威虎山"嵌入现代年轻一代回忆的方式来完成革命历史与当下现实，红色文化与西方文化的指认行为。

（二）"变亦不变"的人物形象

考察徐克版《智取威虎山 3D》与原始文本的互文关系，对人物形象的不同阐释和处理也是很重要的一个因素。与 2003 年电视剧版《林海雪原》中形象塑造遭遇较大颠覆的杨子荣不同，徐克版的《智取威虎山 3D》延续了"十七年"电影版中"杨子荣"英雄的绝对正面形象和中心地位。但与原著小说相较，3D 版杨子荣的形象塑造也出现了新的阐释和衍变。在小说原著文本中，杨子荣在出场时就已经加入了小分队，他与少剑波之间是异常亲密而坚定的革命战友关系。少剑波是小分队的绝对领导和总指挥，杨子荣作为一名普通的侦察员，对少剑波的作战部署和下达命令都坚定不移地予以执行。而在《智取威虎山 3D》中，徐克凸显了杨子荣身上的江湖草莽气，他爱唱二人转，爱喝酒，说话粗声大气，充满江湖味。由于某种原因的故意延误，他没有按时加入小分队；而他有别于其他队员，单独乘坐火车的出场方式使这一人物显得更具神秘色彩。对于这样一个游离于小分队之外的"外来者"，少剑波与他的关系必然经历了一个由误解到认识，从认识到理解，并最终达到无限默契和信任的过程。这一过程使得原著小说文本与电影文本中原本明确的战友关系、上下级关系开始变得模糊。尤其在面对如何制定端掉土匪窝攻打威虎山的具体作战计划上，杨子荣与少剑波发生了矛盾和分歧，当杨子荣提出的方案遭遇反对之后，他选择以脱离队伍的方式以换取计划的实施。于是，小说文本与电影文本中崇尚的英雄集体主义观念，变身为个人英雄主义观念，杨子荣作为"孤胆英雄"开始了他的传奇经历：打虎上山，与座山雕智斗周旋，这一切的行为与举动无时无刻不在以一种仪式化的方式完成其个人英雄主义魅力的展现。

随着杨子荣的脱队，电影文本分裂出两条叙事线索：一条围绕着以少剑波为核心的小分队展开，在"夹皮沟保卫战"等事件中，充分利用"以少胜多"的传奇叙事模式，凸显 203 小分队在正面战场与土匪的对决，场面震撼而宏大；另一条线索则围绕杨子荣展开，充分赋予杨子荣施展个人魅力的空间，以凸显其智力和超人胆识。两条线索时而交叉，时而分离。这样的线索设置，在某种程度上，解构了原著小说文本与"十七年"电影文本中竭力缝合两条叙事线索的努力。而与 2003 年电视剧版改编过程中，片面将革命英雄"人性化"和过度编织感情戏，使得革命爱情泛滥化的简单手法相比，徐克版《智取威虎山 3D》的一明一暗的双线叙事改编，采用了较为隐秘的方式，将红色经典本来暗含的矛盾和张力一分为二，满足了不同年龄层面观众的不同审美需求。如对于想重温原著，寻找怀旧气息的中老年观众群来说，可以从以少剑波为中心的叙事线索中重返历史现场；而对于距离宏大的革命叙事较远的年轻观众群来说，则可以通过杨子荣游离于组织之外，凭借一己之力和过人胆识，与座山雕等土匪斗智斗勇的精彩较量，来满足他们对好莱坞式的个人主义英雄的崇拜心理。正如有学者指出：《智取威虎山 3D》之所以能成功，在某种程度上是"源自他从正面角度理解了那个时代的人们在那个时代所做出的人生选择。所以，他既没有用所谓人性化手段来处理座山雕这个负面人物，也没有为了体现人物的丰富性而给杨子荣增加爱情戏"①。总体而言，徐克在人物设定上的改编策略主要体现为对原著文本"三突出"原则的适时淡化，在减弱意识形态话语强度的同时，追求人物形象的丰满性，从而使叙述视角和姿态更为平实。具体来说，徐克版《智取威虎山 3D》中杨子荣人物面目更为立体、丰富，基本遵循了原著小说文本中对角色的定位。杨子荣一出场大眼圆睁、眉毛上扬、络腮胡楂、豪气冲天的造型显露出一派英雄气；而在上山之后，身处土匪窝中，其服装、造型则有所变化，他身披皮大氅、头戴狗皮帽、脚蹬高筒靴，一举一动透露出的是江湖侠义风范，孤胆英雄的风姿在他身上映射无疑；在"打虎"段落中展现的是杨子荣的勇猛；而在与新增人物马青莲及其子小栓子的对手戏中，观众感受到的则是杨子荣的柔情与冷静；为送情报在雪地拉屎的场景虽然略显粗鄙，但的确是对人物机智和平易性格的最好阐释。

另外，除了主要人物的衍变之外，次要人物也发生了相应的调整和增减。小说原著中的"一撮毛"、"傻大个"、"神河庙道长"等反面人物被去掉，这使得电影的情节线索更加紧凑、简洁；样板戏电影文本中的常猎户及其女儿常宝也被删减，使得这两个人物在原片中担负的革命意识形态表述功能也随之削弱。此外，根据剧情的需要，徐克版《智取威虎山 3D》也增添了一些新的人物，其中，在剧情中发挥作用最大的就是小栓子和其母马青莲。这两个人物的出现降低了影片的叙事视角，"孤儿寻母"这一情节的设置使故事的意义表达更平易、朴素，贴近观众的审美。

同时，徐克突出了反面人物的典型化，并增多了其戏份。如，在原著小说文本中，对座山雕的出场是这样描述的：

> 座山雕坐在正中的一把粗糙的大椅子上，上面垫着一张虎皮。他那光秃秃的大脑袋，像个大球胆一样，反射着像啤酒瓶子一样的亮光。一个尖尖的鹰嘴鼻子，鼻尖快要触到上嘴唇。下嘴巴蓄着一撮四寸多长的山羊胡子，穿一身宽宽大大的貂皮袄。他身后的墙上，挂着一幅大条山，条山上画着一个老鹰，振翅着双翅，单腿独

---

① 周南焱：《徘徊于低端的中国电影特效》，《北京日报》2015 年 1 月 8 日第 16 版。

立，爪下抓着那块峰顶的巨石，野凶凶地俯视着山下。

　　座山雕作为威虎山群匪之首，既要有过人的本领，同时也应该具备统领众土匪的独特气质。而在"十七年"时期的样板戏电影中却一味将原著小说中座山雕的形象极度夸张、变形和脸谱化，以达到单纯丑化的目的。而在《智取威虎山3D》中，"徐克风"的造型渗透到座山雕的人物塑造中，采用的特技化妆使原著小说中座山雕典型的三角眼、鹰钩鼻、竖起的发梢，加上沙哑的声音、神出鬼没的踪迹和眼神等"脸谱化"的夸张特征以画面的真实感呈现给观众。电影采用了"只闻其声，不见其人"的独特出场方式，造成一种压迫感和神秘感，及至从听闻座山雕声音的阴森到其面孔最终展露出来的一刹那，观众感受到的是一种加倍的阴鸷可怖。而对于八大金刚等反面角色，在原著小说文本中，每个人都有自己的绰号，这些绰号都是根据其各自擅长的本领和能力，依其特性而取。但是在样板戏电影中，为了遵循"三突出"的创作原则，凸显英雄杨子荣的绝对中心位置，所有反面角色在用镜上一律"远、小、矮"，淹没于黑暗之中，更没有一句完整的台词。而在徐克版《智取威虎山3D》中，试图将样板戏电影中反面角色被遮蔽和消隐的人物特性予以还原，使之更为丰富和立体。虽然电影中也赋予了土匪凶狠、残忍、多疑、贪婪等诸多恶劣习性，却同时也展现了其性格中义气为先的多面性特征，如"炮头"老大的带头大哥风范，"翻垛"老二作为军师的沉静、善思。甚至还出现了老八这样憨傻、呆萌的特异性格。总之，八大金刚各有特点，超越了原著小说的抽象符号性，给观众留下了深刻印象。另外，在土匪的台词语言上，利用人物角色匪气十足的特征，加入大量笑料，以激发观众笑点，产生出既滑稽又贴合人物身份的效果，让人忍俊不禁。如，给"座山雕"设计了口头禅，他经常挂在嘴边的是"一个字"，但当然这"一个字"绝对不止一个字。当旁边的土匪试图提醒他"三爷，那是三个字"时，观众总能会心一笑。当然，《林海雪原》原著小说本身已经提供了极具民间化、浓厚江湖色彩和传奇性的叙事空间和场域，其中大量的"黑话"已经成为文本中最具活力和生命力的一部分，所以，在徐克版《智取威虎山3D》中，徐克保留并极大限度地发挥了原著小说文本中东北土匪"黑话"的魅力和作用。当观众在银幕上初次接触这样的隐语、暗号，必然会对这些台词（切口）产生陌生化的好奇和新鲜感，从而引发其观影欲望。徐克还原并强化了民间化语言在电影叙事中的功能和地位，使得《智取威虎山3D》在某种程度上与其擅长的武侠类型电影在精神气质上有了对接的可能，唤醒了受众的既往观影经验，从而获得某种愉悦和满足。

如，杨子荣在打虎之后，只身勇闯威虎山，而在这一场戏中，"黑话"发挥了至关重要的作用。

杨子荣远远望见一路土匪骑马驰来，朝他问话。

> 土匪：蘑菇，你哪路？什么价？（什么人？到哪里去？）
>
> 杨子荣：哈！想啥来啥，想吃奶来了妈妈，想娘家的人，孩子他舅舅来了。（找同行。）
>
> 土匪：天王盖地虎！（你好大的胆！敢来气你的祖宗？）
>
> 杨子荣：宝塔镇河妖！（要是那样，叫我从山上摔死，掉河里淹死。）
>
> 土匪：野鸡闷头钻，哪能上天王山！（你不是正牌的。）
>
> 杨子荣：地上有的是米，喂呀，有根底！（老子是正牌的，老牌的。）
>
> 土匪：拜见过阿妈啦？（你从小拜谁为师？）
>
> 杨子荣：他房上没瓦，非否非，否非否！（不到正堂不能说。）

而在原著小说文本中，关于杨子荣打虎之后上山的经历则是这样描述的：

> "提起了宋老三，两口子卖大烟……"他哼得是那样地像，完全像土匪的淫调。他对那五个人一瞧也不瞧，只当没看见，满不在乎地搅拌着马草料。心想："我等着他，看他先来啥？"
>
> "蘑菇，溜哪路？什么价？"五个人中的一个，发出一句莫名其妙的黑话。
>
> 杨子荣一听，心想："来得好顺当。"他笑嘻嘻地回头一看，五个人惊瞪着十只眼，并列地站在离他二十步远的地方。杨子荣直

起身来，把右腮一摸，用食指按着鼻子尖，"嘿！想啥来啥，想吃奶，就来了妈妈，想娘家的人，小孩他舅舅就来啦。"

他流利地答了匪徒的第一句黑话，并做了回答时按鼻尖的手式，接着他走上前去，在离匪徒五步远的地方，施了一个土匪的坎子礼道：

"紧三天，慢三天，怎么看不见天王山？"

五个匪徒一听杨子荣的黑话，互相递了一下眼色，内中一个高个大麻子，叭的一声，把手捏了一个响道：

"野鸡闷头钻，哪能上天王山。"

杨子荣把大皮帽子一摘，在头上划了一个圈又戴上。他发完了这个暗号，右臂向前平伸道：

"地上有的是米，唔呀有根底。"

"拜见过啊么啦？"大麻子把眼一瞪。

"他房上没有瓦，非否非，否非否。"杨子荣答。

"哂哒？哂哒？"大麻子又道。

杨子荣两臂一摇，施出又一个暗号道：

"一座玲珑塔，面向青带，背靠沙。"

"么哈？么哈？"

"正晌午时说话，谁也没有家。"

五个匪徒怀疑的眼光，随着杨子荣这套毫不外行的暗号、暗语消失了。

两相对比，徐克版《智取威虎山3D》基本抓住了原著小说文本中"打虎上山"的精神内核，将原著中杨子荣跟土匪你来我往，暗地里过招、较劲的一幕，做了精彩的还原；不同的是，电影中的黑话切口更为精练和集中，这也是营造类型大片节奏感的惯用方式。

又如，座山雕在杨子荣上山后，对其心存怀疑，欲验明其身份时，俩人斗智斗勇有一段对话，也极为精彩。

座山雕："你脸为什么这么红？"

杨子荣："精神焕发！"

　　座山雕："怎么又黄了？"
　　杨子荣："防冷，涂的蜡！"

　　这一段，在发挥了"黑话"陌生化效应的同时，配合演员贴切的表演，杨子荣略带沙哑而又斩钉截铁、铿锵有力、脱口而出的快节奏对答："许旅长两件心爱的宝贝你知道是什么？""好马快刀。""马是什么马？""卷毛青鬃马！""刀是什么刀？""日本指挥刀！"不仅真实再现和还原了土匪们生猛刚硬的生活，而且完全契合了电影的视听节奏，很能抓住观众的注意力。

　　（三）3D技术创造的视听奇观
　　21世纪头十年，是数字技术在中国电影中迅猛发展的十年，电脑合成、3D抠图、特效包装等再也不是好莱坞大片的专属，而已经成为中国商业电影广泛而有效的一种视觉呈现常态。从李安《卧虎藏龙》中侠士剑客在一汪碧潭中蜻蜓点水、林海竹梢的轻盈打斗，到陆川《九层妖塔》中怪物出世，妖塔魅影，中国电影的数字技术已经发生了脱胎换骨的巨变。徐克作为香港武侠电影的翘楚，在他的一系列电影中，无时无刻不充满着逼真、细致且极富想象力的特效动作和奇幻场景。在徐克虚设和构建的或仙侠或武侠的视觉场域中，让观众经历的是一场安全且带有幻觉色彩的奇妙体验与视听震撼。如《倩女幽魂》中的山精树妖、僵尸鬼怪，《新蜀山剑侠》中的瑶池仙境、奇幻美景，《新龙门客栈》中的大漠孤烟、江湖争斗等，都是电脑特效和数字技术打造的视觉盛宴。著名的电影理论家克里斯蒂安·麦茨用"缺席的在场"来描述和形容观众的观影状态：观众的观影要求一方面表现为对电影逻辑性和合理性的追求，即影片中所有的影像细节必须具备逼真性和可信度，以便受众在观影过程中不被打扰，而迅速地被缝合进入戏剧场；而另一方面，观众又外在地以一种"他者身份"审视和评判影片形式、结构上的精妙以及叙事上的合理，以此期待影片能够对观众原有的期待视野具有某种超越性，并在期待拓展中获得某种愉悦和快感。因此，在理论上，可以把观众的观影需求概括为对"逼真性"和"新奇性"的双重追求。徐克版的《智取威虎山3D》针对观众的这一观影需求，进行了精确的把控和恰到好处的阐述。该片以排山倒海的超快节奏，使观众面对接踵而来的一波又一波戏剧高潮，毫无喘息的机会。快节奏和大动作形成的视觉奇观，使观众对"逼真性"和"新奇性"的需要和追求得到最大的满足。

对于"智取威虎山"这一革命题材，在观众脑海中保有的可能还是样板戏电影中以京剧唱段为主的旧有印象。因此，徐克在《智取威虎山 3D》中，有别于原著小说单纯以斗智斗勇的悬念来推动情节，而是充分结合 3D 等最新的科技手段，从声、光、影等方面进行技术处理，重新演绎重要场面。影片开端的"伐木场大战"首先将观众的情绪完全带入到电影剧情中，之后"夹皮沟保卫战"以少胜多、以弱胜强的传奇性迅速燃起全片的小高潮，结尾的"智取威虎山大决战"更是高潮迭起，夺人眼球。前两场大战以快节奏移动摄影来突出战争的大场面和动作戏，演绎了枪战、爆炸、搏打等战斗场景；而结尾处的大决战则利用飞机、大炮等重型武器来营造视听盛宴。观众视觉享受到的不仅仅是普通的枪战场面，通过 3D 技术，分崩离析的石块、飞溅的血液等都猛然直扑向观众面门，让人躲闪不及。徐克秉承了其武侠电影镜头、剪辑追求"快"字诀的拍摄制作方式，观众极易被电影中狙击手的快、准、狠所折服，也无时无刻不被影片中的激烈搏杀所震撼。手雷、火箭弹的猛烈爆炸，坦克的大火力射击，机关枪、冲锋枪的密集扫射等无不刺激着观众的视听感官。徐克以其熟悉的武侠类型模式对《智取威虎山》这一红色题材进行了电影化和商业化包装，对大量戏剧性场面通过加入富有娱乐性、趣味性的台词和动作进行了丰富和改写。如，杨子荣初上威虎山，面对座山雕及其手下的怀疑、盘问和试探时，原著小说文本强调的是以民间语言的力量，突出的"智斗"威力。试比较原著小说文本对此段的描写：

　　杨子荣被一个看押他的小匪徒领进来后，去掉了眼上蒙的进山罩，他先按匪徒们的进山礼向座山雕行了大礼，然后又向他行了国民党的军礼，便从容地站在被审的位置上，看着座山雕，等候着这个老匪的问话。
　　座山雕瞪着像猴子一样的一对圆溜溜小眼睛，撅着山羊胡子，直盯着杨子荣。八大金刚凶恶的眼睛和座山雕一样紧逼着杨子荣，每人手里握着一把闪亮的匕首，寒光逼人。座山雕三分钟一句话也没问，他是在施下马威，这是他在考察所有的人惯用的手法，对杨子荣的来历，当然他是不会潦草放过的。老匪的这一着也着实厉害。这三分钟里，杨子荣像受刑一样难忍，可是他心里老是这样鼓励着自己，"不要怕，别慌，镇静，这是匪徒的手法，忍不住就要露馅，革命斗争没有太容易的事，大胆，大胆……相信自己没有一点破绽。不能先说话，那样……"

"天王盖地虎。"座山雕突然发出一声粗沉的黑话，两只眼睛向杨子荣逼得更紧，八大金刚也是一样，连已经用黑话考察过他的大麻子，也瞪起凶恶的眼睛。

这是匪徒中最机密的黑话，在匪徒的供词中不知多少次的核对过它。杨子荣一听这个老匪开口了，心里顿时轻松了一大半，可是马上又转为紧张，因为还不敢百分之百地保证匪徒俘虏的供词完全可靠，这一句要是答错了，马上自己就会被毁灭，甚至连解释的余地也没有。杨子荣在座山雕和八大金刚凶恶的虎视下，努力控制着内心的紧张，他从容地按匪徒们回答这句黑话的规矩，把右衣襟一翻答道：

"宝塔镇河妖。"

杨子荣的黑话出口，内心一阵激烈的跳动，是对？还是错？

"脸红什么？"座山雕紧逼一句，这既是一句黑话，但在这个节骨眼问这样一句，确有着很大的神经战的作用。

"精神焕发。"杨子荣因为这个老匪问的这一句，虽然在匪徒黑话谱以内，可是此刻问他，使杨子荣觉得也不知是黑话，还是明话？因而内心愈加紧张，可是他的外表却硬是装着满不在乎的神气。

"怎么又黄啦？"座山雕的眼威比前更凶。

"防冷涂的蜡。"杨子荣微笑而从容地摸了一下嘴巴。

"好叭哒！"

"天下大大啦。"

座山雕听到被审者流利而从容的回答，嗯一声喘了一口气，向后一仰，靠在椅圈上，脸朝上，眼瞅着屋顶，山羊胡子一撅一撅的

像个兔尾巴。八大金刚的凶气，也缓和下来。接着这八大金刚一人
一句又轮流问了一些普通的黑话，杨子荣对答如流，没有一句难住
他，他内心感谢着自己这几天的苦练。

而《智取威虎山3D》中，一方面尊重小说原著文本通过暗语、切
口让观众感受黑话的陌生化魅力，突出智斗的精彩，东北口音的俏皮
话，也具有了二人转的民间色彩；同时加入一系列动作戏，来增强画面
感和悬念性，对原著小说的较为平淡的简单性描述进行电影化、动作性
的还原和升华。

电影理论家列夫·曼诺维奇曾设想，未来的电影制作可以不一定依
靠实际的人力团队进行制作拍摄，而仅仅单靠庞大的影像共享数据库随
意提取所要素材。在新世纪初由艾尔·帕西诺主演的影片《西蒙妮》
（2002）中，就开始畅想依靠数码像素来创造虚拟的明星。而今天，数
字技术发展突飞猛进，已然全面渗透到社会生活的各个领域，电脑程序
的运用使影像变化有无限的可能性，数码影像不仅继承而且强化了传统
影像的逼真效果，通过电脑模拟出来的数字影像，其拟真程度之高，可
谓前所未有。

《智取威虎山》"打虎上山"一场，是小说原著和电影版的经典场
面，但旧有的几个版本由于技术所限，无法对原著的真实场面进行精彩
还原。而随着列夫·曼诺维奇关于数码技术创新电影设想的无限推进，
终于在《智取威虎山3D》中变成了现实。在"打虎上山"中，逼真的
东北虎活灵活现，加上张涵予的成熟表演，二者完美结合，共同营造出
一段视听奇观。这场戏在拍摄制作中由两部分结合完成，一部分镜头需
要演员张涵予在摄影棚内拍摄，另一部分完全是依靠电脑特技制作的东
北虎。张涵予在棚内仅仅凭借剧组从东北运回的一棵大树，做无实物表
演。后期完全依靠特效和数字技术在电脑中反复演练老虎和杨子荣的位
置关系，前后持续制作了三个多月，确认出需要的镜头数共157个。
两部分镜头经过特效公司百人团队270天的后期制作，完美结合，使得
以往仅能单纯依靠布景和简单肢体动作来展现的经典场面，通过3D技
术完美而又逼真地呈现在银幕上。高大威猛的东北虎狂啸森林，在树枝
上摇头摆尾、腾挪跳跃，尽显百兽之王的气派，其凶恶衬托出杨子荣的

淡定自若和英勇善战。人兽打斗的逼真场面充满惊险性和传奇性，使人联想起《水浒传》中武松打虎的精彩场面。虽然呈现在银幕上只有短短两分钟时间，但栩栩如生的打虎场景，以真实可见的画面感再现和烘托了革命英雄的力量和气概，营造出蔚为大观的视觉震撼效果。痛快淋漓的 3D 特技效果，极大地满足了在大片中追求感官刺激和视觉审美的当代观众。

而在听觉审美上，徐克版的《智取威虎山 3D》利用逼真的环境音、自然音、各种拟音，再加之跟剧情相得益彰的主题配乐，强化了战斗的激烈性和冲击力。炸弹爆炸的巨响声、子弹飞行的呼啸声、莽莽雪原林海的呜咽声无一不震撼着观众的听觉神经。特别是影片结尾处，"会师百鸡宴"的剿匪大决战，冲锋枪、坦克、高射炮、飞机等重型武器的出场掀起战斗大结局的到来，巨大的爆炸轰鸣声此起彼伏、不绝于耳，展现出商业大片史诗般的恢宏气度。座山雕坚不可摧的碉堡式"老巢"在坦克高射炮的轰炸下分崩离析，瞬间解体，而杨子荣与座山雕之间的对决则安排在一架即将坠毁的飞机上，眼见座山雕企图开上飞机逃跑，杨子荣舍身拦截，两人激烈的肉搏声，加上飞机失去平衡后与地面滑行碰撞时火星四溅发出的刺耳而尖厉的金属刮擦声，时时刻刻震撼、刺激着观众的视听。另外，极具力量感的配乐，让人热血沸腾，大无畏的英雄气概由此被激发。如，杨子荣在风雪中孤身奔赴威虎山，以及除夕夜 203 小分队雪上飞袭，发起对座山雕老巢的突击等重要情节点，都辅之以节奏感鲜明、昂扬向上的主题配乐，以凸显英雄们为国捐躯、视死如归的飒爽英姿和豪迈气度。这样的配乐风格从内在精神气质上实现了与"十七年"时期文艺整体风貌的融合和对接，让年纪稍长的观众沉睡已久的"集体无意识"再度觉醒，从而重返特殊的历史场域，缅怀青春；年轻观众也能从与当下风格迥异的音乐中，体味革命年代的理想与激情，获得某种陌生化的美感。

《智取威虎山》这一"十七年"时期的红色题材，在商业化时代的消费主义语境中被重新发掘和再度改写，除去文本内部的互文差异，其现象本身就已经值得反思。徐克改编完成的《智取威虎山 3D》其翻拍的意义绝不止于以上文本层面的互文本异同，更为重要的是作为典型的文化现象所反映出的问题与矛盾：全球化与民族性，小时代与宏大主题，香港商业类型与"十七年"革命叙事，视觉中心的炫技与原著故事的内核，尊重经典亦与大幅改编。当把这些充满张力和矛盾的问题放在一起重新考量时，都与之前一系列的红色经典改编行为构成一个值得研究的序列。

与"十七年"时期文学经典在其"经典化"过程中不断对革命叙事进行"净化"与"提纯"，并一再对主流意识形态予以强化所不同的是，新世纪以来对"十七年"文学经典的改编和重构一直遵循着"淡化革命"、"远离革命"，甚至是"告别革命"的逻辑，《林海雪原》的电视剧改编过程就是明证。以英雄被冠以"人性化"作为借口，导致用抽象化的人性论遮蔽了其崇高性和革命理想。"人们对于革命时代的激情，丧失了认同的欲望，却保留了猎奇的幻想。如何让今天的人们了解红色文化所包含的崇高美，已经成为摆在我们面前的难题。"① 的确，随着电影的市场化，消费主义逻辑已然成为影片创作的重要原则和指标，并成为一种时尚和文化风潮。消费一切可以被消费的，已经成为影视娱乐化的一种常态。当然"十七年"时期的文学经典也难逃被消费的命运。然而，这样的商业化、娱乐化倾向对"十七年"经典的渗透，是一把双刃剑。从某种意义上说，时代和文化语境已经发生变迁，观众必然期待将商业元素与革命经典的精神内核相契合的全新作品。徐克版的《智取威虎山3D》无论从嵌入式套层叙事模式的选择、英雄人物形象的再塑造、3D数字技术的全新介入等诸方面，均在某种程度上实现了电影外在形式和拍摄制作的彻底电影化和商业化，以武侠类型片的制作模式包裹"十七年"革命经典的内在精神。从这个层面考虑，徐克版的《智取威虎山3D》无论在处理大历史与小时代、精英文化与大众文化还是历史与现实、自我与"他者"的关系中都提供了一个新的研究范本。

---

① 周志强：《这些年我们的精神裂变》，社会科学文献出版社2013年版，第189—190页。

第三节　知识分子成长叙事——《青春之歌》

　　之所以选择《青春之歌》，作为新世纪影视改编的典型来分析，是有其历史原因的。在"十七年"时期，《青春之歌》可谓是一部奇特的小说，它用与当时主流文艺政策背道而驰的"小资产阶级知识分子"林道静的革命成长为表现对象，自成一派，形成了"十七年"时期少有的知识分子成长叙事，并成功跻身"经典"行列。《青春之歌》问世后，受到读者的狂热追捧，其发行量之大，仅次于《红岩》，成为中国当代小说发行量的亚军。1959 年，小说《青春之歌》被改编成同名电影，成为北京电影制片厂的"国庆十周年献礼片"，引起轰动。小说和电影的广受欢迎一时之间使其成为当时主流媒体热议的对象。其后，作者杨沫根据评论家、工农兵、普通学生等社会各阶层的讨论与争议，对小说《青春之歌》进行了多次的修改，其修改幅度在"十七年"时期确实是绝无仅有的。这些修改包括正式出版前按中国青年出版社和作家出版社编辑要求进行的不计其数的删改，此外，还增写了整整 11 章：1960 年的版本比 1958 年的初版本多出了七八万字。可以看出，作家在修改中秉承着精益求精的态度，自觉将个人的审美追求与政治标准相结合，成功地把个人叙事和历史叙事完美融合，这已经在第二章里面有过详细的论述。这里，主要探讨的是，小说原著中作者杨沫将"历史叙事"和"个人叙事"（抑或"革命叙事"和"爱情叙事"）合二为一的叙事方式，最终成功地赢得了主流文艺的认可。而在之后的电影版和电视剧版的改编中，"个人视角"与"历史视角"之间的关系也在不断地发生着改变和位移。

一　"个人视角"与"历史视角"的位移

　　《青春之歌》是一部带有浓厚"自传体"性质的知识分子成长小说，杨沫在小说原著中，将林道静作为知识分子的个人成长史与波澜壮阔的中国革命斗争史结合在一起，通过人物的个人命运来表现时代革命的风云变幻。小说原著中，作家将个人叙事与历史叙事进行了融合，最终使得文本成为自足的实体。

在以后的改编过程中，基于不同的历史语境和现实情况，"个人视角"与"历史视角"之间的关系，总是处于不断的变化当中。

在 1959 年电影版的《青春之歌》中，"个人视角"与"历史视角"第一次发生了位移。相较于小说原著，电影中的"历史视角"胜于"个人视角"形成了相对的优势。电影中，将林道静的个人成长与一系列重大革命历史事件相关联，使林道静成为革命历史场景的见证人和参与者。电影对大场面的宏观调度处理得相当成功，以至于观众常常被波澜壮阔的革命历史场景所深深震撼、吸引。电影结尾，林道静领导了"一二·九"学生运动，导演对宏大革命场景的调度和把握，堪称中国电影史上的经典；林道静跳上电车振臂一呼的形象，也已经深入人心。但小说中对知识分子个体心理的变化与成长的关注，在电影中则表现得相对较少。

《青春之歌》电影改编出现这样的位移，与当时的政治环境有关。1959 年《中国青年报》和《文艺报》分别刊登了郭开的文章《略谈对林道静的描写中的缺点——评杨沫小说〈青春之歌〉》《就〈青春之歌〉谈文艺创作和批评中的几个原则问题》。文章主要代表工人阶级的立场，批评了林道静小资产阶级的感情问题，也批评了林道静没有与工农结合，入党后没有发挥应有的作用等问题。由此，掀起了全国范围内对《青春之歌》的讨论。而这些批评，对于当时杨沫对电影剧本的修改具有相当大的影响。作者曾坦言："当《中国青年》和《文艺报》讨论《青春之歌》的时候，也正是我改编电影剧本的时候，因此能够及时广泛地吸取了各方面有益的意见。"[①]

《青春之歌》的摄影聂晶也曾在《〈青春之歌〉摄影手记》中写道："据《青春之歌》的文学剧本和导演的创作意图，在影片中要表达这样两个思想内容：第一，知识分子只有献身革命才有出路；第二，表现出在共产党的英明领导下的民族解放战争的时代面貌。摄影工作应当抓住这两个核心进行设计，确定影片的基调，和艺术上具体的处理。"[②]

---

① 杨沫：《林道静的道路——杂谈〈青春之歌〉的改编》，《中国青年》1959 年第 21 期。
② 聂晶：《〈青春之歌〉摄影手记》，《电影艺术》1960 年第 2 期。

于是，在这样的改编思想指导下，影片的讲述重心发生了相对的改变。编创们在林道静个人成长的历程讲述中，将重点放在对中国革命波澜壮阔的历史图景的展现，并将其推向历史前台；而林道静则作为一系列革命事件和活动的参与者和历史见证人存在，重点表现她对于加入革命斗争和浪潮的强烈渴望和期待。因此，在影片中对林道静个人成长的表现，依托着一个个革命场景的连缀：东北三省的沦陷、北平学生的南下示威卧轨请愿、纪念"三一八"抗日游行活动、第一次被捕、在江华领导下的定县农民麦收斗争、第二次被捕及狱中与林红共同的战斗生活、加入中国共产党、领导"一二·九"学生运动。可以看出，将知识分子成长的"个人视角"与一连串重大的革命事件紧密相连的叙事手法，使得影片对宏大革命历史场景的控制和表现更为出彩，而林道静在电影中作为知识分子"个人"的心理、情感及思想的成长变化表现得略微不足。

但是，尽管如此，编创人员仍然在表现和塑造林道静这一人物身上，做出了相当的努力，具体表现在电影镜头语言的运用上，创出了一些新意。电影《青春之歌》最独特的镜头语言莫过于对特写镜头的运用。为了在革命历史图景中，更好地体现林道静的内心活动和思想转变，在用全景和中景交代完波澜壮阔的革命大事件后，常常会使用特写镜头反映历史事件对她造成的影响，充分展现其内心世界的情感变化。《青春之歌》的摄影聂晶在《〈青春之歌〉摄影手记》中回忆："当林道静受到卢嘉川启蒙教育之后，从卢嘉川那里借来革命书籍苦读的一场中，镜头很少，但是我们认为这是林道静思想的重要的转折点，应该看出她的内心世界，革命的种子在心里开始扎下了根，象甘雨落在禾苗上。那双象秋水清净的眼睛吐露着青春的光辉。摄影应该抓住这一重点，把林道静的肖象在这场戏里拍得最美，最鲜明，使这个镜头成为全片最美而要最突出的镜头。为了突出人象，我们选择傍晚的时间，后景较暗，而要用大纱模糊后景，用几条光束来衬托人象，人象处理在最亮的光源下，使她更鲜明，甚至可以看出明丽的眼睛里映出花的光影，接下去的蒙太奇句子是洁白盛开的玉兰花的大特写，和丰盛满枝桃花千万朵的镜头，这样不啻是对前面的特写镜头做了一个形象的解释。"①

所以，特写镜头的巧妙运用，在对林道静的形象塑造上，起到了关键性的作用。观众通过林道静的面部表情的细微变化，眼睛里丰富的情感表现，从某种程度上可以窥见她复杂的内心世界，当然，这与谢芳精湛而到位的表演密切相关。以至于林道静已经成为中国电影史上最经典的人物形象之一。

而在世纪之交，第一版电视剧《青春之歌》（1998）中，"个人视角"与"历史视角"的关系再次发生了错位。电视剧将知识分子成长的"个人视角"置于中心位置，把"人"推到了革命历史的前景。该剧的编剧陈建功在给该版电视剧定位时说，该剧"不是要直接表现历史，而是表现人"②。所以，有别于电影版着力展现革命历史事件的改编策略，在电视剧版中，历史事件、革命活动、游行示威被置于后景，而林道静的个人成长及周边的形形色色的人物被置于历史和革命的前景，重点加以展现。基于编创人员"表现人，而不是直接表现历史，将人物置于电视剧的中心地位"，"人物关系处理复杂化"，"表现对人的认识——不管对叛徒，还是对敌人，抑或是对革命者，都要表现出他们符合性格逻辑的原则"③ 的策略与理念，电视剧版《青春之歌》对原著小说中的人物做了"符合逻辑"的修改，增加了人物性格的复杂性。如，小说中对余永泽的描写，相对突出的是知识分子迂腐、自私、功利的个性弱点。在小说第十章中，余永泽老家的老佃户——魏三大伯，进京寻子无着，只好找到余永泽的门上，想着讨要一些银钱来给余家缴租。但余永泽正为了自己的前程在家准备宴请"贵人"，于是对待魏三大伯的态度极其冷酷，不仅满桌的酒菜不让招待，而且仅仅想用一元钞票就打发完事。在林道静给了魏三大伯十元钱之后，他居然大发雷霆：

　　　"你给老头钱啦？"他皱着眉头，充满了斥责的意味。
　　　道静抬起头来，盯着余永泽看了看，点点头道：
　　　"给了。"

---

① 聂晶：《〈青春之歌〉摄影手记》，《电影艺术》1960 年第 2 期。
② 转引自周春霞《〈青春之歌〉采访纪要》，《当代电视》1997 年第 9 期。
③ 同上。

"多少？"

"十块。"

"拿着我的钱装好人，这是什么意思？"余永泽第一次对林道静发起火来了。

"啊！"道静想不到余永泽竟会说出这种话来。她猛地站起身来，激怒地盯着余永泽：

"你这满嘴仁义道德的人，对待穷人原来是这样！我，我会还你！……"她哭了。她跑到床上蒙起被子，哭得那样伤心。而更使她伤心的是：余永泽——她深深热爱的人，原来是这样自私的人，美丽的梦想开始破灭，她，她怎么能够不痛哭流涕呢？

看见林道静真的伤了心，余永泽慌悚起来，他顾不得刚才的气愤不满，用力抱住她的脖颈，温存地央告起来。一霎间，他又变得多么多情和善了呵！

"静，饶恕我。我错了。我是为了咱们的生活呀。我不是自私的人。为什么老头儿来找我借钱？因为我和父亲不同……静，别生气了，别说给他十块，就是把父亲刚寄来的五十块全给他，只要你高兴，我再也不说个'不'字了。"

……

"有意思！"道静冷冷地说，"可是，你今天为什么就不肯把馒头给别人了呢？那一桌子好吃的东西，怎么就不肯给老头吃呢？"

"怎么不给！"余永泽理直气壮地说，"如果父亲死了，我当了家，我就要像托尔斯泰一样，把土地全部奉送给农民。"

"奉送？"道静眯缝着眼睛哼了一声，"农民的血养活了你，你反而是他们的救命恩人！"

而在"贵人"来了之后，为了能够得到引荐，拜到胡适门下，余永泽对这位"贵人"的态度较之对待魏三大伯则来了个180度大转弯，极尽谄媚、功利，让人所不齿。小说中是这样描写的：

"老余，你现在弄起考据来啦？"客人说。

"是啊，国文系嘛，就得钻故纸堆。对这些，我现在兴趣很浓。你怎么样？还忙着救国工作？"

"不。"罗大方避而不谈这些，仍然接着刚才的话头，"你们弄考据，整理国故很好，这也是需要的。可是，千万别上了胡博士的圈套，钻到'读书救国'的牛角尖里。那，那可就……"他机灵的大眼睛忽然一转，头一摆，对余永泽和林道静爽朗地大笑起来，"嘿，朋友！我来背一下胡博士的杰作给你们听听好不好？"

"嘿嘿，你先别背，我来问你！"余永泽慌忙打断罗大方的话，脸上浮起极不自然的笑容，"你父亲不是跟胡适很熟，现在，他们的情况怎么样？……我的意思是问胡适近来忙不忙？"

"问我父亲和博士他们吗？一对难兄难弟！他们一同研究杜威先生的实验主义，然后贩卖给中国人，好叫中国人高高兴兴地承认'有奶便是娘'，以便帝国主义和封建军阀来奴役中国。怎么？老余，你问胡适忙不忙是什么意思？"这位罗大方口若悬河，一说就是一套。

"别忙，先吃饭喝酒。"余永泽笑着张罗着让罗大方坐下。

客人和余永泽都坐在铺着洁白桌布的小圆桌旁吃起来了，罗大方惊奇地说："老余，你好阔呀，干吗弄这些酒菜？"

"老同学嘛，应当招待招待你。你刚才问我为什么要找胡适么，"余永泽微笑着说起来，"我读王国维和罗振玉［王国维和罗振玉都是中国近代的考据学家——原注］的著作，里面有些问题弄不大清楚，想找胡适问问——尽管他在某些地方有毛病，好些人都骂他，不过依我看，他毕竟是中国现代的学者。他治理学问的态度和他的渊博知识还是有可资学习之处的。所以我想把些问题向他请教。可是，他是名学者，咱是个穷学生，不好意思直接找他。因为你父亲和他熟，所以我想托你……"余永泽把一大块烤鸭夹到罗大方的碟子里，脸上露出极其殷勤的笑容。

罗大方又是一阵爽朗的大笑。他把头摇得货郎鼓似的，一边吃着一边说："有学问的教授多得很，干什么单找胡适？我看算了吧！我给你介绍别人可以，就是不管介绍胡博士。"

余永泽竭力抑制自己的失望、不满，喊着林道静说："你也吃饭来吧。"他又转向罗大方仍然笑着问，"喂，老罗，你们一伙子南下示威的救国代表都哪儿去了？怎么听不到你们活动的信啦？李孟瑜呢？——那可真是个了不起的干将。"

"你钻到故纸堆里当然听不到外面的消息了。"罗大方放下酒杯从坐着的小凳上站起来，在小屋各处观看着。他一边观察着这屋子两位主人的兴趣，一边漫不经意地回答着余永泽。"我们示威的学生被绑着送回北平以后，十二月十七号，国民党对南京学生突然来了个大屠杀，你听见没有？因为国民党撕破了它的假面具，镇压得很凶，咱们学生救国运动目前不能不暂时沉默一些。李孟瑜就因为那次做了总指挥，回校后，宪兵先生总光顾他，他不得已，不知跑到哪儿去了。"

他停下来，眼睛炯炯地看着余永泽，又转过去看看林道静，口气忽然变得很严肃。"老余，你们两个都是青年人，可不要失掉青年人的锐气哦！能活动，还是参加些外面的活动。南下那阵子，老余，你在北平不是也很激昂吗？"

"是啊。"余永泽说，"现在，我也并非不激昂。不过那么喊喊口号，挥挥拳头，我认为管不了什么事。我是采取我自己的形式来救国的。来，老罗，再吃一点。"他仍然殷勤地劝罗大方吃。

"你的形式就是从洋装书变成线装书；从学生服变成长袍大褂。"道静忽然笑着插了话。不知怎的，虽然和罗大方初次见面，但她的同情却在他那边。她觉得他不知有哪些地方，有些像她在北戴河碰到过的卢嘉川。

……

迷人的爱情幻成的绚丽的虹彩，随着时间渐渐褪去了它美丽的颜色。林道静和余永泽两个年轻人都慢慢地被现实的鞭子从幻觉中抽醒来了。道静生活在这么个狭窄的小天地里（因为是秘密同居，她不愿去见早先的朋友，甚至连王晓燕都渐渐疏远了），她的生活整天是刷锅、洗碗、买菜、做饭、洗衣、缝补等琐细的家务，读书的时间少了；海阔天空遥望将来的梦想也渐渐衰退下去。她感到沉闷、窒息。而尤其使她痛苦的是：余永泽并不像她原来所想的那么美好，他那骑士兼诗人的超人的风度在时间面前已渐渐全部消失。他原来是个自私的、平庸的、只注重琐碎生活的男子。呵，命运！

命运又把她推到怎样一个绝路上了呵！

而有别于原著小说中对余永泽的负面描写，电视剧中，从人道主义的角度，纠正了对某些知识分子的偏见，赋予余永泽较为正面的人性特征，对于知识分子救国的路径，做出了更为多元的解读。与原著小说文本中余永泽对于革命的反感、排斥不同，电视剧文本中的余永泽并非不想革命，而是想走用知识救国的道路；然而，在党内某些极"左"思潮和国民党右派势力双重压力下，他选择了以自杀的方式进行反抗。编创者想通过这一人物说明，独善其身、知识救国的道路救不了中国。另外，对林红这一人物的改编，也体现出强烈的人道主义情怀。小说中的林红（化名郑瑾）是一个坚定的共产党员，她的出现对林道静走上革命道路产生了巨大的影响。小说原著中她的牺牲极大地触动和坚定了林道静的革命信念和理想：

> 囚徒，时代的囚徒！
> 我们并不犯罪！
> 我们都从火线上捕来，从那阶级斗争的火线上捕来。
> 囚徒，不是囚徒是俘虏，凭它怎么样虐待，热血依旧在沸腾，铁窗和镣铐，坚壁和重门，锁得住自由的身，锁不住革命精神！
> 囚徒，时代的囚徒！
> 死的虽然牺牲了，活的依旧在战斗。
> 黄饭和臭菜，蚊蝇和虱蚤，瘦得了我们的肉，瘦不了我们的骨。
> 囚徒。时代的囚徒！
> 失败是成功之母，胜利终归我们所有。
> 努力呵锻炼！
> 勇敢呵奋斗！
> 总有一天，红旗将随着太阳照遍全球！
> 歌子很长，郑瑾虚弱的身体，只能教给她们这开头和最后的几段，她们三个人整个上午过的很愉快。
> 午后三个人都疲惫地睡觉了。道静在睡梦中被推醒。郑瑾低声

对她说："林道静同志，我必须告诉你两句话，我也许活不过今天了。请你以后有机会转告党：我真名是林红，去年十月间从上海调来北平工作。不幸叛徒告密，刚刚工作没有多久就被捕了。我没有辱没党，尽我一切力量斗争到最后……我希望党百倍扩大红军，加紧领导抗日斗争，胜利一定是我们的。亲爱的同志，也希望你坚决斗争到底，争取做个坚强的布尔塞维克党员……"林红美丽的大眼睛在薄暗的囚房里闪着熠熠耀人的光辉，多么明亮、多么热烈呵。她不像在谈死——在谈她生命中的最后时刻，而仿佛是些令人快乐、令人兴奋和最有意思的事使她激动着。她疲惫地闭着眼睛喘了几口气休息了一会，忽然又睁开那热情的大眼睛问道静："林，你保证能够把我的话带给组织吗？"

道静不能再说一句话。她流着泪使劲点着头。然后伸过双手紧握住林红雪白的手指，久久不动地凝视着那个大理石雕塑的绝美的面庞……她的血液好像凝滞不流了，这时只有一个矇眬的梦幻似的意像浮在她脑际："这样的人也会死吗？……"

夜晚，临睡觉时，林红脱下穿在身上的一件玫瑰色的毛背心递给道静："小林，你身体很坏，把这件背心穿在身上吧。"她又拿着枕边一把从上海带来的精美的化学梳子对小俞笑笑，"小妹妹，你喜欢这把梳子吗？我想送给你留做纪念。"

小俞已经意识到事情的不妙，她和道静两个同时哭了。夜是这样黑暗、阴沉，似乎要起暴风雨。多么难挨的漫漫长夜呵！

夜半时分，铁门开了。林红被用一扇门板抬了出去。临出门口，她在门板上向两个难友伸出手来，虽然握不到她们的手，却频频热情地说："告别啦，小妹妹们！好好保重！"

门板刚刚抬出病囚房，一阵急雨似的声音，猛然激荡在黑暗的监狱的屋顶，激荡在整个监狱的夜空，"打倒反动的国民党！"

"中国共产党万岁！"

"共产主义是不可战胜的！"

"同志们，为我们报仇呀！"

声音开始是林红一个人的，以后变成几个人的，再以后变成几十个、几百个人的了。这口号声越来越洪大、越壮烈、越激昂，好像整个宇宙全充满了这高亢的英勇的呼声。

道静倒在木板床上呼喊着。她抱住那件玫瑰色的毛背心，拚着全部肺腑的力气，和着监狱的全体囚犯一同呼喊着——

虽然她微弱的声音也许谁也听不出来。

小说原著文本中将林红的人物形象置于林道静的启蒙者和革命导师的崇高位置，因此，她的一言一行、一举一动都彰显着巨大的榜样作用和力量，围绕着她职业革命者的身份，着重展现出的是她果决而勇敢，坚定而不屈的革命信念与理想。而与此相对，作为一个"人"抑或是"女性"的普通人性表达则是基本缺位的。

在电影文本中，林红在牺牲前夜，选择了采用其丈夫的故事激励狱中苦闷的林道静：

几年前，在苏州监狱里，关着一个年轻的共产党员，他被判处了死刑。可是他好像不知道他的生命就要完结了一样，他仍旧和敌人进行顽强的斗争，而且愉快地生活着。每天认真地锻炼身体，研究党的文件，学习理论。他还在监狱里开办大学，教同志们学习俄文，因为他和他的妻子都曾经到苏联去学习过。许多人都很奇怪，他为什么在生命快要完结的时候，还能这样的安详，这样的乐观呢？他笑着对大家说：一个共产党员，只有当他闭上眼睛以后，才有权力停止斗争；一个共产党员和革命者，永远不会死。他会唱歌，他唱得很好，他常常用歌声来鼓舞、安慰大家。而且，他总是抓住一切机会做宣传，后来甚至连看守都变得温和了。他明明知道他的妻子也在这个监狱里受难，有时放风的时候也曾遇见，可是他却装作不认识，怕连累了她。当他就义的那一天，他用梳子整理了自己蓬松的头发，修整了破碎的衣裳，向同志们握手告别，许多同志都哭了，可是他却鼓励、安慰大家，安详地仰头挺胸，走上刑场。在他临死前，他写了一封信给他的妻子，信里没有悲伤失望，而是充满了安然、欢乐的言辞，要她进行不息的斗争。而现在他的妻子正在监狱里遵照他的话进行顽强的斗争。

电影文本跟小说原著文本类似，均赋予了革命者以崇高、理想化的人格特质，情感真挚、感人至深。而在电视剧中，这一相同的情节，却表现了完全不同的内容：

　　林红：还有一件事，我想托付给你，如果你能出去，请代我，去看看我的孩子。

　　林道静：你丈夫是谁，他也在北平吗？也是个革命者吧。

　　林道静：是的，他是个革命者，我不知道他现在在不在北平。我们分手已经有好几年了。

　　林道静：郑大姐，你是多好的人啊，可是，为什么分手呢，是因为他不好吗？

　　林红：他是个很好的人，夫妻之间分手不一定是谁好谁不好，是吗？

　　林道静：是啊，可是，总会因为什么吧？过不到一块，才会分手啊。

　　林红：其实我到现在还爱着他，他高个子，威武挺拔，一双眼睛亮亮的，工作起来风风火火，劲头十足，和他在一起工作，浑身都是力量，可是他，却是个不近人情的人。其实就是为了这个孩子。

　　林红：孩子？

　　林红：他不理解女人的心，我怀孕之后，就因为该不该要这个孩子，我们产生了分歧。他那样蛮横武断，说我是温情主义。坚决反对我做母亲。他坚持说，那就是革命的累赘，我们各执己见，一直吵到分手。小林，我现在真想告诉他，他说的那位温情主义者，就要义无反顾地去牺牲了。她爱她的孩子，她不愿意死。可是她没有迟疑，正因为她爱她的孩子。她所做的一切，都是为了我们的孩子。我们的孩子，是中国的未来啊。

　　林道静：郑大姐，你说的对，如果我能出狱，我一定会去看望孩子，我一定要把他抚养成人。

可以看出，电视剧文本对林红的塑造，颠覆了小说原著文本和电影文本中革命者的传统形象。电视剧文本在小说原著文本、电影文本着力表现革命者坚定意志、崇高精神的基础上，还加入了对普通人性的表达，还原了对于革命者家庭、生活和个人情感的表现，采取借助于人道主义的策略关怀，赋予革命者以普通人情感的合理性与逻辑性，表达了对革命历史及革命者的重新评价与反思。

由此可见，电视剧文本中，"个人视角"被置于历史的前台，而"历史视角"则被隐于其后。这样的叙事策略来源于编剧陈建功的文学观念，他主张文艺作品应该表现人文关怀，"人文关怀是所有文学艺术创作亘古不变的基础。如果没有人文关怀，靠多么炫目的画面也无计可施。包括美国大片《拯救大兵瑞恩》《泰坦尼克号》等，虽然故事简单，内容、情节也较肤浅，但是由于这些影片中具备了对爱情的喟叹、对生命的珍惜等人文情怀的因素。在某种程度上却能直逼人心，感动观众。所以说，文学艺术作品里面不能没有人文关怀。"①

第一版电视剧文本的改编彰显出了强烈的人道主义精神和人文主义色彩，是对小说原著文本的具有当代性的超越。

二　被强化的"革命叙事"

《青春之歌》小说原著中杨沫将"革命叙事"与"爱情叙事"巧妙融合的努力，让广大的读者在文本中，朦胧而隐晦地享受了一下"十七年"时期文学作品中含蓄、冲淡的爱情。在那个年代，小说《青春之歌》之所以能够对读者产生如此巨大的吸引力，从某种程度上说，正在于描写了主人公林道静与三个男性在革命时代或迷茫或朦胧或坚定的三段感情生活。然而，如前分析，在电影文本中，林道静的个人感情相对于历史事件的表现，略显不足。杨沫在小说原著文本"爱情叙事"上的融合努力被搁置，甚至淡化。在林道静和余永泽的情感表现上，电影文本中加入了对林道静个人悲惨身世的讲述，以及后来求职过程的艰辛，试图以此证明林道静与余永泽的结合是迫于无奈的选择，并非是两情相悦的结果。《青春之歌》的摄影聂晶，在回忆拍摄林道静答应与余永泽结合这场戏时曾说："当林道静在痛苦失望之后（求职遭拒，作者

---

① 转引自周春霞《〈青春之歌〉采访纪要》，《当代电视》1997年第9期。

注），冰冷的心上忍受余永泽温情的时候，在她的特写中，清晰地看到闪耀夕阳绯红的泪珠，并不是幸福而是受旧社会的摧残的悲痛和无望。"① 而小说原著文本中林道静和余永泽的结合却是在爱情的基础上走在一起，只是由于二人之后的志向有别，所以选择了分手。林道静清楚地意识到两人在理想追求、思想意识和价值观念上有着不可弥合的矛盾，在是否分手这个问题上，她也痛苦地挣扎过很久。小说文本中写道：

> 后来当她猛然看见墙上挂着的她和余永泽同照的照片，看见衣架上他的蓝布长衫时，她忽然清醒过来了。她站起身向屋里各处望了望——难道真的就要和自己曾经热爱过的男子分手了吗？难道这个曾经度过多少甜蜜时光的小屋永远也不能再回来了吗？……她看了看那个捆好了的铺盖卷，看了看将要带走的小皮箱，又看了看屋子里给余永泽留下的一切什物，她的眼睛忽然潮湿了。"赶快离开！"一霎间，她为自己的彷徨、伤感感到了羞愧。不知从哪儿来了一股力量，她拿起被卷就往外走。可是走到门边，她终究还是回过头来坐在桌边，迅速地写了一个条子：
>
> 永泽：我走了。不再回来了。你要保重！把心放宽！祝你幸福。
>
> 静
> 一九三三年九月二十日

林道静在小说文本中流露出的女性本该有的这种留恋爱情、犹豫彷徨的情感，在电影文本中则被隐去，而是表现了她冷静而坚决地跟余永泽分了手，没有任何犹豫与伤感。

电影文本在处理林道静与卢嘉川之间的恋情时，也将小说文本中这段朦胧而美好的感情作了淡化处理，与小说文本相比更加隐晦不清。卢嘉川在电影文本中被置于启蒙者的崇高地位，他毫无私心、毫无其他动机地帮助林道静从一个向往革命的小知识分子逐渐成长、进步为一个无

---

① 聂晶：《〈青春之歌〉摄影手记》，《电影艺术》1960 年第 2 期。

产阶级战士，没有表现他对林道静的爱慕和私人情感，卢、林二人之间完全是纯粹的革命同志情谊。于是，小说文本中朦胧的情愫在电影文本中被完全抽空了。

至于林道静与江华的关系，在电影文本中则变成了革命工作中普通的上下级关系。小说文本中的江华代表着党和革命的方向，林道静最后和他的结合，也意味着对革命道路的最终皈依。但是，这些内容在电影文本中完全没有表现。江华的存在，也只限于革命的引领者、一种革命符号化的存在而已。

小说原著文本中杨沫将"革命叙事"与"爱情叙事"进行融合的努力，在电影文本中没有被完全表现：电影文本中的"爱情叙事"相对薄弱，甚至比小说文本中更加隐晦，最终"革命叙事"成为电影的主导。这样的改编策略选择与"十七年"特殊的历史语境密切相关，因为"按照当时的理解，共产党人有一个普遍性的标准，艺术作品中的共产党员形象，不是个性化的，而是'类'的典型，任何表现都不能破坏这个标准，实际上把党的原则引入了艺术。"① 因此，对于革命者个人情感的表达在"十七年"时期的文艺作品中，不被提倡、重视，甚至用各种方式加以回避。

而在第二版电视剧文本《青春之歌》(2007) 中，林道静与卢嘉川之间的朦胧恋情被进一步改写。回顾小说原著文本中，在表现林道静多年以后看到卢嘉川在狱中写给自己的信时，是这样描写的：

> 道静接过来，像筛糠一样，她的双手簌簌地抖着。还没有看眼泪就滴到信纸上。终于，她还是鼓着全身的勇气读了下去：
> 如果你能够看到我这几张字纸，我相信你已经是我的好同志了。几年来虽然在黑暗的监狱中，可是我常常盼望你能够成为人类最先进的阶级的战士，成为我的同志，成为我们革命事业的继承者。因为每天每天我们的同志都在流着大量的鲜血，都在为着那个胜利的日子去上断头台……同志，亲爱的小林，也许过不多久这个日子就要轮到我的头上了——我在北平没有死掉，偶然的机会让我

---

① 黄会林、王宜文：《新中国"十七年电影"美学探论》，《当代电影》1999年第5期。

又多活了几个月，又多战斗了几个月，这在我说来是非常高兴的。现在，我等着最后的日子，心中已然别无牵挂。因为为共产主义事业、为祖国和人类的和平幸福去死，这是我最光荣的一天。当你看见我这封信的时候，也许我早已经丧身在雨花台上了。但是我一想到还有我们无数的、像雨后春笋一样的革命同志前仆后继地战斗着；想到你也是其中的一个，而最后的胜利终归是属于我们的时候，我骄傲、欢喜，我是幸福的。

你的情况我是听到过一点点的，你的信我也看到了。可惜我们已经不能再在一起工作了。在这最后的时刻，我很想把我的心情告诉你。不，还是不要说它的好……只可惜、可恨刽子手们夺去了我们的幸福，夺去了多少亲人们的幸福。小林，更加努力地前进吧！更加奋发地锻炼自己吧！更加勇敢地为我们报仇吧！永远为共产主义事业奋斗不息吧！你的忠实的朋友热烈地为你祝福……

看完了这第一封也是最后的一封信，道静的眼泪反而停止不流了，她的脸色突然变得异常冷静。她站在地上好像一座美丽的苍白的大理石塑像。虽然他已经牺牲了，不在人世了，但她没有白等，多少忆念的眼泪没有白流。他是无愧于共产党员光荣称号的好同志，他是默默无声地爱着自己，直到生命的最后时刻还在想着自己的人。这时在绝望的悲哀中她反而感到了深沉的慰藉与温暖。这温暖和慰藉是和那个不朽的人同样永不衰朽的呵！

第二天晚上临睡前，道静低着头坐在床边沉思着。不能自抑的泪珠又悄悄地流在衣襟上。她曾经爱过吗？不、不，她再也不愿回忆和余永泽那噩梦一样空虚无聊的爱情。当她年事稍长，当她认识了生活，当她真正碰到了值得深深热爱的人，当她正准备用她那温柔、热烈的情感——只有成熟了的、经过了爱情的辛酸的女人才有的那种真挚炽烈的情感去爱卢嘉川的时候，他却突然被捕了。她没有来得及对他有任何表示，他就被反动派夺去了。朝朝暮暮，在每一个空闲的时刻，或者每一个艰难、危急的时刻，他就出现在她的面前，他就给她无限的力量和勇气。可是，日子一天天过去，一年、两年、三年……终于，回答她的是："他已经牺牲了"、"我早已经丧身在雨花台上了……"这是多么沉重的打击，她的心痛苦得燃烧起来了！她要报仇——为卢嘉川报仇，为千千万万牺牲了的革命同志报仇，为她那失掉了的幸福报仇……于是，她突然站起身来，用力捏住站在她身边的刘大姐的手，用红肿的眼睛盯着她，说："妈妈，允许我到苏区去吧！我要拿起枪来，我……我不能这样平静地生活下去了。……"

可以看出，在与卢嘉川的革命交往中，爱情已经像种子一样在两人心中生发，只是还没来得及发展这段感情，卢嘉川就失去了生命。而随着卢嘉川的牺牲，让林道静更加明确了这份感情，两人的情感也在这时得到了升华。但是，如此明确的爱情表达，在第二版电视剧中却遭到了无情的改写：

> 徐辉：我原本以为他（卢嘉川，作者加）会在信中表达对你的情感，可是，没想到，他直到生命的最后时刻，仍然在鼓励你成为一个共产主义战士。
> 林道静：我一直都很想念他，是他把共产主义的思想介绍给我，带领我走上革命的道路，一直以来，我对卢嘉川的感情很纷乱，那是一种复杂的情绪，我自己也说不清楚。这两天，我把和他交往的前前后后全都想了一遍。徐辉，我现在才明白，卢嘉川在我的心目里，一直是党的形象，我把对党的情感以为是对他的思念。卢嘉川是个好同志，我想，他对我的情感，一直是很清楚的，倒是我，一直看不清楚自己。

电视剧文本将小说文本中林道静对卢嘉川明确的爱情置换成对党的热爱，这样的改写轻易地将小说原著中杨沫艰难表现出的"爱情叙事"转换成"革命叙事"，甚至进一步强化了"革命叙事"的主体地位。

在处理林道静与江华的情感时，电视剧文本采用了同样的方法。对照原著小说文本中，江华（原名李孟瑜）对林道静的爱情表白是这样描述的：

> 说吗？不说吗？怎么张口呢？……他黑黑的脸红了。两只大手

在火上不停地搓着，搓着——好用这个来掩饰他激动的心情。二十九岁的人，除了中学时代偶然的一次钟情，李孟瑜还从来没有被这样强烈的爱情冲击过。他忍耐着，放过了多少幸福的时刻。可是现在他不应当再等待了，不应当再叫自己苦恼、再叫他心爱的人苦恼了。于是他抬起头来，轻轻地握住站在他身边的道静的手，竭力克制住身上的战栗，率直地低声说：

"道静，今天找你来，不是谈工作的。我想来问问你——你说咱俩的关系，可以比同志的关系更进一步吗？……"

道静直直地注视着江华那张从没见过的热情的面孔。他那双蕴藏着深沉的爱和痛苦的眼睛使她一下子明白了，什么都明白了。许久以来她的猜测完全证实了。这时，欢喜吗？悲痛吗？幸福吗？她什么也分辨不出来、也感觉不出来了。她只觉得一阵心跳、头晕、脚下发软……甚至眼泪也在眼里打起转来。这个坚强的、她久已敬仰的同志，就将要变成她的爱人吗？而她所深深爱着的、几年来时常萦绕梦怀的人，可又并不是他呀……

可是，她不再犹豫。真的，像江华这样的布尔塞维克同志是值得她深深热爱的，她有什么理由拒绝这个早已深爱自己的人呢？

道静抬起头，默默地盯着江华。沉了一会儿，她用温柔的安静的声音回答他：

"可以，老江。我很喜欢你……"

江华对她望了一会儿，突然伸出坚实的双臂把她拥抱了。

夜深了，江华还没有走的意思，道静挨在他的身边说：

"还不走呀？都一点钟了，明天再来。"

江华盯着她，幸福使他的脸孔发着烧。他突然又抱住她，用颤抖的低声在她耳边说："为什么赶我走？我不走了……"

道静站起来走到屋外去。听到江华的要求，她霎地感到这样惶乱、这样不安，甚至有些痛苦。屋外是一片洁白，雪很大，还掺杂着凛冽的寒风。屋上、地下、树梢，甚至整个天宇全笼罩在白茫茫的风雪中。道静站在静无人声的院子里，双脚插在冰冷的积雪中，思潮起伏、激动惶惑。在幸福中，她又尝到了意想不到的痛楚。好久以来，刚刚有些淡漠的卢嘉川的影子，想不到今夜竟又闯入她的

心头，而且很强烈。她不会忘掉他的，永远不会！可是为什么单在
这个时候来扰乱人心呢？她在心里轻轻呼唤着他，眼前浮现了那明
亮深湛的眼睛，浮现了阴森的监狱，也浮现了他轧断了两腿还顽强
地在地上爬来爬去的景象……她的眼泪流下来了。在扑面的风雪
中，她的胸中交织着复杂的矛盾的情绪。站了一会儿，竭力想用清
冷的空气驱赶这些杂乱的思绪，但是还没等奏效，她又跑回屋里
来——她不忍扔下江华一个人长久地等待她。

一到屋里，她站在他身边，激动地看着他，然后慢慢地低
声说：

"真的？你——你不走啦？……那、那就不用走啦！……"她
突然害羞地伏在他宽厚的肩膀上，并且用力抱住了他的颈脖。

从这段描写可以看出，林道静面对江华的求爱，情感陷入空前的矛
盾和纠结。一方面，她不能也不愿意违背自己内心对卢嘉川的真挚爱
情；另一方面，通过长期革命工作的接触、相处，她也认定江华是个跟
她有着共同革命理想的好同志，他应该拥有爱情！于是，有那么一刹
那，她走出屋外，去平复矛盾的情绪，面对情感的痛苦抉择。因此，小
说原著中林道静对于江华的情感是有变化过程和情绪起伏的。但这样的
过程，在第二版电视剧文本中却遭到无情的改写，显得直接、简单而粗
暴，丧失了情感的内在动因和变化，使革命者之间的情感表达变得索然
无味：

江华：有一个美丽的女人，静静地陪着赏月，多美啊。你很惊
讶吧？没想到我还会有浪漫。一个共产党人，是不应该有小资产阶
级思想的，但是我们也懂得浪漫。你知道匈牙利诗人裴多菲的诗
吗？生命诚可贵，爱情价更高，若为自由故，两者皆可抛。这就是
一个革命者的爱情观。我一直想问你，咱们俩的关系，能不能比同
志更进一步。我以前从来没想过这种事，只是，只是，我母亲提到
你，特别是在胡司令家那段时间，我渐渐地……母亲牺牲前还念叨
着你，后来，我也不知道该怎么，怎么表达了。

林道静：姑母牺牲的那一刻，我忽然觉得她就是我的母亲，从

那一刻起，你就已经在我心里了。

通过这段对话，可以看出：在第二版电视剧文本中，编剧使小说原著中林道静的真爱卢嘉川被江华取代，江华被改写得比卢嘉川更为浪漫，更为革命，也更懂感情，完全在第一时间就赢得了林道静的爱情。于是，观众完全看不到林道静在革命和爱情道路上的挫折、彷徨与痛苦抉择，因为这时候她对江华的爱与她所选择的革命道路一开始就完全统一，没有矛盾、没有纠结。于是，一个不经成长就被革命化、理想化的林道静，代替了小说文本中在爱情、革命道路上曾经失意、彷徨、挣扎过但最终获得新生、走向成熟的林道静。缺乏思想、情感的波动与变化，导致了第二版电视剧文本中林道静形象的平面化与性格的缺失。

通过《青春之歌》从小说文本到电影文本再到电视剧文本的改编，可以看出：基于不同的历史语境和不同的改编理念，"个人视角"与"历史视角"发生了不同的位移。在不同媒介的改编过程中，小说中杨沫尽力使其完满融合的"爱情叙事"与"革命叙事"的界线被重新拉大，甚至在电视剧中产生了向"革命叙事"倾斜的趋势，成为一边倒的被强化的"革命叙事"。

第四节　日常生活化的革命叙事——《红旗谱》

在"十七年"文学经典系列中，《红旗谱》可以说是一部很有分量的鸿篇巨制。很多研究者都以"家族革命史诗经典"来为其冠名，邵荃麟曾说："《红旗谱》的作者从几十年来的中国农村重重苦难和前仆后继的农民革命斗争过程中，从农民自发到自觉的过程中，从无产阶级先锋队深入农村与农民群众相汇合，从而领导了农村革命斗争的曲折过程中，深刻地描绘出中国贫苦农民的坚韧、强毅、朴直和善良的灵魂和性格。""像朱老忠这样的人物，从单枪匹马去报仇雪恨的英雄行为中，终于走向集体主义的英雄主义，成为共产党员。他的性格是在典型环境中发展的,因而达到了高度的典型性。"①

可以看出,在当时的历史语境中,作者并未完全突破主流文艺的政治规约,其政治诉求仍然是将阶级斗争和农民革命作为小说的主旨,试图在小说中构建以朱老忠为代表的中国农民革命人物红色谱系,展现农民革命者的成长历程。然而,作家的艺术自觉和生活经验时刻告诫梁斌,一味地对革命歌功颂德,必然导致意识形态宏大叙事对革命历史的生硬复制和注解。因此,他有意识地调动自己的日常审美经验,在小说中,将"传奇性"和"日常性"作为文本叙事的基质,在农民革命斗争宏大叙事的显性主题之下,暗藏着对农村日常生活画卷的隐性诗意展现。

谈到《红旗谱》的创作,梁斌说:"我不得不借鉴《金瓶梅》《水浒传》《红楼梦》《战争与和平》《毁灭》《卡尔曼与高龙巴》,而要突出自己的创作个性,这一点要凭我的爱好与性格,不能迁就别人。""一读起《金瓶梅》,四壁皆空,就什么也不想了。""一面看着《金瓶梅》,一面想着《红旗谱》,受益不浅。"②《金瓶梅》和《红楼梦》都是以对日常生活的描摹和刻画享有盛誉。可以看出,《红旗谱》的写作也受此影响,非常关注对于现实生活场景和生活细节的把握。作者这种有意识的创作追求,使得《红旗谱》呈现出日常生活化的独特审美品格。于是,在阶级斗争的宏大叙事中,日常化生活细节始终固执而不失时机地穿插于体制化的叙事进程中,形成了强烈的张力性因素。然而,小说原著文本的这一特征,在"十七年"时期的电影文本,乃至新世纪以后的电视剧文本中,不同程度地遭遇了淡化和置换。在"十七年"时期,电影的改编受到特定的政治文化规约,最终完成了以阶级斗争宏大叙事对日常生活叙事的替换。而在消费主义和大众文化日趋流行的新世纪,电视剧文本则完成了"传奇性"对"日常性"的置换,使得改编后的电视剧成为一部"红色武侠传奇"故事。

---

① 邵荃麟:《〈红旗谱〉是概括中国民主革命时期农民斗争生活的有高度艺术水平的作品》,《文学十年历程》,《文艺报》1959年第18期。

② 梁斌:《一个小说家的自述》,中国青年出版社1991年版,第514、501、502页。

一　阶级斗争宏大叙事对日常生活叙事的置换

《红旗谱》的日常性叙事，体现在小说的方方面面。首先，在主要人物朱老忠的形象塑造上，表现了现实生活的常态。他是一个地地道道的农民，只是比别人多见了些世面。在外形上，属于"小敦实个子"，比严志和矮了一头。虽然会些拳脚，但并不出奇。而在电影文本中，朱老忠被塑造成具有革命斗争精神的"农民英雄"，导演凌子风专门请来身材魁梧高大的崔嵬饰演朱老忠，并赋予他走南闯北的特殊经历：他只身一人闯过关东、在黑海里打过鱼、在海兰泡淘过金、在长白山挖过参。电影中，为了突出二十年以后回乡复仇的朱老忠与地主阶级势不两立的阶级仇恨，专门增加了一段仇人初见面、朱老忠怒闯冯家大门的戏：严志和与朱老忠一家赶着驴车经过冯家大门，按照地主家的"老规矩"，人必须下车，但朱老忠硬是怒目闯了过去。

> 朱老忠一眼看见远远冯家大院门前的冯兰池，怒从心上起，将车鞭接过，跳上车辕，鞭子一抽，嘎的一声，车铃响，叫驴叫，摇鞭驰向冯家大院门口。
> 冯兰池看车。他身后的李德才和冯贵堂也拥上前来。朱老忠车到门前，忽然勒住驴："吁！"车停，他扫目看了冯兰池一眼。
> 冯兰池父子注视朱老忠。
> 朱老忠索性摘下毛毡的山羊帽子看去。
> 四条大狗扑向驴车。
> 朱老忠挥鞭将狗打散。[①]

电影文本中这一段无声的表演，只是靠动作"注视"、"扫目"来表现朱冯"仇人见面分外眼红"，这意味着一种宣战，一种对冯家规矩和秩序的破坏，目的是要揭露朱冯两人之间不可调和的阶级矛盾。

其次，小说原著文本在日常生活细节的描写上，强调乡村生活的自然，合乎日常生活逻辑。在朱老忠的回乡动机上，电影文本强调和重点

---

① 谭霈生：《试评〈红旗谱〉的改编》，《电影艺术》1960 年第 4 期。

表现的是"复仇",主要"抓住朱老忠这个英雄形象的命运,以及他由单枪匹马地向地主阶级报仇雪恨的英雄行为,走向集体主义的革命英雄主义的成长过程作为全剧的主线。"①

而小说原著文本中多次交代,朱老忠回乡的原因更多的是因为"思乡"和在外乡生活的不易。小说中这样描述:

> 他也愣了一刻,心里想起他在关东三十年,多咱一想起家乡,想起老街旧邻,想起千里堤上的白杨树,想起滹沱河里的流水,心上就象蒙上一层愁。这才一心一意要回老家,……
>
> 他想:"不回老家吧,死想家乡。总觉得只要回到家乡,吃糠咽菜也比流落在外乡好。可是一回到家乡呢,见到幼年时的老朋友们,过着烟心的日子,又觉得起心眼里难受。"心里说"知道是这个样子,倒不如老死关东,眼不见为净,也就算了!"转念又想到:"在关东有在关东的困难,天下老鸦一般黑!闯吧,出水才看两腿泥!"
>
> 朱老忠一踏上家乡的土地,就象投进母亲的怀里,说不出身上有多么舒贴。他说:"东北季节晚,四五月里才耩地呢!"

在朱老忠回乡后,也并没有如广大读者所期待的那样去找冯兰池复仇,而是在作者的安排下种地、盖房子,过起了农民的日常生活。在小说第七节中,就有对严志和和朱老忠哥俩商量盖房子的具体描述:

> 朱老忠家当年就住在锁井村南,千里堤下头。他们走到河神庙前站住脚,庙前的老柏树没有了,那块大青石头还在,庙顶上的红绿琉璃瓦,还在闪烁着光亮。朱老忠对着庙台,对着大柳树林子呆了老半天,过去的往事,重又在头脑中盘桓,鼓荡着他的心血,眼圈酸起来。严志和并没有看出他的心事,叫了他两声。他忍住沉重的心情,一同走下大堤。
>
> 他们穿过大柳树林子,大柳树都一搂粗了,树枝上长出绿芽。

① 谭需生:《试评〈红旗谱〉的改编》,《电影艺术》1960年第4期。

到处飞着白色的柳花，人们在林子里一过，就附着在头上、身上。穿过柳林是一个池塘，池塘北面，一片苇塘。一群孩子，在苇地上掰苇锥锥（苇笋），见大人们来了，斤斗骨碌跑开了。他们在池塘边上了坡，就是朱老忠家的宅基。

可以看得出来，当年靠河临街，是两间用砖头砌成的小屋。因为年年雨水的冲刷，小屋坍塌了，成了烂砖堆。每年在这砖堆上长出扫帚棵、苗苗菜、牵牛郎和一些不知名的野草。土坡上还长着几棵老柳树。

严志和说："当年你走了，我就合泥用破砖把门砌上。后来小屋塌了，我把木料拾到家去烧了，这个小门楼还立着。"道边上孤零零的一座小门楼，墙根脚快卤碱完了，也没了门扇和门框。朱老忠向上一看，顶上露着明，漏水了。

严志和问："这房再垒的时候，你打算怎么垒法？垒坯的还是垒砖的？"

朱老忠说："垒坯的呗，哪有那么多钱垒砖的？"

严志和说："那个好说，就在这水坑边上就水合泥，脱起坯来。刨几棵树，就够使木料了。用这烂砖打地脚，上头用坯垒，管保一个钱儿不花，三间土坯小房就住上了。"

朱老忠笑了说："敢情那么好。"

严志和说："这几天有什么活儿，咱趁早拾掇拾掇。然后，老拔刨树我脱坯，齐大伙儿下手，管保你夏天住上新屋子。"

严志和用步子从南到北，抄了抄地基，又从东到西抄了抄。说："将来，日子过好了，还可盖上三间西房。这里是牛棚，这里是猪圈。再在墙外头栽上一溜子柳树，等柳树长起来，看这小院子，到了夏天，柳树遮着荫凉，连日头也见不着，要多么凉快，有多么凉快。"

朱老忠说："哪我可高兴，兄弟盼着吧！"

严志和说："好！咱就先叫老拔帮助咱弄这个，要不他就走了。"

朱老忠问："干什么去？"

严志和说："上河南里东张岗，张家木头厂子里去做活。他脊梁上太沉重了，压得喘不过气来！"

朱老忠问："干什么那么沉重？"

严志和说："叫账压的。"

两个人在柳树底下抽着烟，盘算了一会子盖房的事。朱老忠站在大柳树底下，往西一望，对岸坡上就是冯家的场院。周围黄土墙圈，墙圈里外长满了高的杨树，低的柳树。陈年草垛，有杨树尖那么高，雾罩罩的一座宅院。他站在坡沿上，愣了一刻，猛可里呼吸短促，胸膛里滚热起来。他看到老爹住过的地方，死过的地方，想起他出外的日子，气愤如同潮水，在胸中升起。

但是，在电影文本的分镜头剧本中，导演凌子风做了修改，将这一段相对平静的表现日常生活的戏，加入了由盖房子引发的朱冯两家关于"土地问题"的阶级冲突。冯兰池霸占了朱老忠的地（小说原著中没有这一情节设置），不让其盖房子，而朱老忠为此与冯兰池展开了激烈的斗争。朱老忠坚决地说："这地是我祖辈儿传下的，谁不知道？""有我朱老忠在，这地就改不了姓！"在与冯兰池的争地斗争中，朱老忠最后获得了胜利。可以看出，小说原著文本过于生活化的日常生活图景，不利于电影主题思想的表达和矛盾冲突的展开。所以，这一段情节的添加，以激烈的阶级冲突对日常化生活细节加以提升，用"阶级斗争逻辑"置换了原著中的"日常生活逻辑"，符合当时的历史语境和现实要求。

另外，电影文本也强化了对贾湘农"共产党员"形象的刻画，突出表现了他在朱老忠个人成长过程中发挥的启蒙、教育、领导的作用。贾湘农与朱老忠的相识，在小说文本中花费了大量的笔墨：运涛雨夜偶遇贾湘农，贾湘农听说了朱老忠的故事下乡来找他。这期间，充斥着大量的对农村日常生活的描写。而电影囿于篇幅结构，将这些描写剔除，只选取了几个情节加以表现：朱老忠在与伍老拔的闲谈中得知，在河南岸有个贾先生，帮助穷人成立了"穷人会"并带领农民抢收地主的庄稼，听到这些，朱老忠振奋起来，"这人准是共产党！""要能扑摸着这个靠山，咱们这辈子可就有了前程了！"改编者提取这一细节，并在镜头语言上利用"空镜头"营造氛围、表达情绪：晴空中摆成一字形的大雁欢叫着回到故乡，暗示着朱老忠找到"党"的欢快心情。之后，镜头马上接到朱老忠来到河南岸，目睹了贾湘农领导的农民抢粮运动，并很快融入了战斗之中。电影文本中是这样表现的：

> 老忠看直了两眼，似乎悟到了真理所在，嘴里喃喃地说："痛快！要是这么个干法，冯兰池就是座大山，也得把他揭个过儿！"

于是，他再也不能旁观了，他"两眼冒着火星子，把脱下来的大袄甩给运涛，露出那条荷花腰兜，俨然当年老巩再世，直朝地主奔去！"①

之后，朱老忠又跟运涛、春兰在集市的把式场上演讲，向广大穷人宣讲"穷人为什么要受穷的道理"，表现出朱老忠思想的觉悟和革命认识的提高。在老忠入党的一场戏中，贾湘农的一席话道出了电影的主旨："你与以前大不一样了，以前只知道报私仇，如今是把私仇和被压迫阶级的命运连在一起了……"电影文本强化了朱老忠从一个普通的怀抱私仇的农民，在党的领导下，最终由个人斗争走向了阶级斗争的正确斗争道路。

电影的结局是以小说中事件之一的"反割头税"的全面胜利而结束，更富有某种历史意味。冯兰池向过年杀猪的农民征税的举动激起民愤，锁井镇的农民在朱老忠的领导下起来暴动了。全镜俯拍镜头中，手举长矛、镐头的农民们群起激昂，汇成斗争的海洋，砸掉了税务所；伪县长畏缩而惊恐的面部特写，表现了其毕恭毕敬的弯腰态度；冯兰池身软气泄，虚弱无力地瘫倒在愤怒的农民面前；熊熊燃烧的烈焰升腾着占据着整个银幕，强化着胜利高潮的来临。所有这一切，以一种象征性的符号，构成了革命胜利的表象。然而，按照小说原著的逻辑及电影的逻辑，个人复仇以及阶级复仇的叙事，并没有得以完成：割头税的免除，仅仅只是共产党领导的农民斗争取得的小部分胜利，电影中北伐还未成功，运涛仍然在狱中，朱老忠在实现阶级复仇的同时，并没有同时实现个人复仇（冯兰池还没有死）。然而，电影由于结构和篇幅所限，不能

---

① 谭霈生：《试评〈红旗谱〉的改编》，《电影艺术》1960 年第 4 期。

将上述小说中的叙事逻辑贯穿到底,加之"十七年"文学艺术一贯坚持的"乐观明朗基调",又必然要以农民革命的全面胜利结束全片。于是,影片选取了以历史限定中的局部胜利作为终结,在叙事的闭锁不全中,以一系列抽象的象征物构成了农民在革命与阶级斗争中的完胜,创造出了以"阶级斗争宏大叙事"对"日常生活叙事"进行置换后的真实感,造成一种让观众更易于接受的精神激励和革命鼓动力。

二 "传奇性"对"日常性"的置换

《红旗谱》的小说原著主要是将"日常化"和"日常性"作为文本叙事的基质。如前所述,在1960年改编的同名电影中,相对突出的是"阶级斗争"的重要性,电影文本以"阶级斗争的宏大叙事"代替了小说原著文本的"日常化叙事"。然而,在新世纪的电视剧改编中,情况又发生了变化。电视剧文本突出了小说原著文本的"传奇性",以"传奇性"的特质完成了对小说原著文本"日常性"的置换。

梁斌在《一个小说家的自述》中曾经承认其创作受到《水浒传》的影响。而《红旗谱》中的"水浒"般的传奇性,主要表现在绿林好汉李霜泗、张嘉庆等的劫富济贫、行侠仗义,以及朱老巩、朱老忠为百姓、为朋友打抱不平、两肋插刀的"义气"和"节操"。所以,电视剧版这样有一定文本依据的改编,并没有遭到评论界的批评和观众的反对,相反,还得到了社会广泛的认同。于是,电视剧版的《红旗谱》成为一部"红色武侠传奇"。

首先,在人物性格的塑造上,强化了朱老忠"民间侠客"的传奇形象。不同于小说文本"普通农民"和电影文本"农民英雄"的形象,电视剧文本中的朱老忠被赋予了更多的传奇色彩:他武艺高强,闯关东二十年练就一身本领——淘金、采石、打铁、练武、种地、捕鸟、打猎、挖参、采药,三教九流、五行八作,什么都干过;最神的是他还在关外当过土匪,嘴里尽是江湖上的套路和黑话。

关于他回乡的动机,与电影文本中的表现一样,不单纯是原著所描述的"思乡",而是"复仇"。与小说原著中朱老忠回乡后种地、盖房的单纯日常生活图景不同,他一回到锁井镇,立马帮助严志和夺回被冯兰池霸占的房屋,并重新修建。利用一身的好功夫,与冯兰池"比武夺地"，最终赢回了严家被霸占多年的"宝地"。另外，他开办了"演武堂"，招募了会拳脚的乡里，整日里舞刀弄棒，形成了农民自己的武装力量。

可以看出，从小说到电影，再到电视剧，朱老忠完成了从"有见识的农民"到"农民英雄"，再到"民间侠客"的身份置换。

其次，电视剧赋予小说中的日常生活事件以传奇性效果。例如小说原著中的"脯红鸟"事件在电视剧中被演绎为"朱老忠大闹冯兰池寿宴"的传奇故事。小说原著文本中运涛逮到一只脯红鸟，准备拿到集上去卖，正好被爱鸟的冯兰池看见，冯兰池愿意以比别人高30吊的价钱买下，运涛想卖，但被大贵制止，说"扔到臭水坑里沤了粪"也不卖。最后鸟被家里的猫在夜里吃掉了，冯兰池最终没有买到手。就是小说原著文本中这一普通日常性事件，在电视剧文本中却被演绎成一段传奇。逮到脯红鸟后，冯兰池和当地的土豪劣绅都想不花一文钱就得到这只"奇鸟"，于是冯兰池命令朱老忠带着脯红鸟为他拜寿。朱老忠带着春兰，在冯兰池的寿宴上，以"送鸟祝寿"为名斗智斗勇，论养鸟经，对冯兰池及一帮土豪劣绅极尽挖苦和戏谑。最终，朱老忠放跑了脯红鸟，耍弄了冯兰池，大灭冯家威风。

另外，电视剧《红旗谱》增添了大量的情节，并利用民间叙事方式增强了文本的传奇性和观赏性。如冯兰池利用大旱，要关闭水闸收钱卖水，朱老忠为民提闸夺水，贾湘农舌战冯焕堂，大涨农民威风；春兰陪伴运涛坐监，刑场洒酒祭夫，运涛在临刑前又被"枪下留人"的一纸公文救下；春兰到冯家做丫头，当"卧底"刺探出冯家私藏大量的枪支武器；朱老忠独闯水寨大堂，在与李霜泗斗酒、比武的过程中，一见如故，最终赢得李霜泗的支持；乡民们为贾湘农举行充满仪式感的红色葬礼；李霜泗独闯日本兵营，大闹保定府；以及剧中多次出现的祭拜镇河古钟的场面……这些情节的增加与设置，都充满了民俗感和传奇性。

但是，电视剧文本对反面人物的塑造虽然也超越了日常性，但却走向了"妖魔化"的泥淖。如，冯兰池父子在电视剧中被塑造成道德极度败坏的一类：冯兰池、冯焕堂贪财、霸道、好色，甚至乱伦。而在小说原著中，对于冯兰池父子的形象塑造，由于作者秉承的按照"日常生活的原貌"进行忠实描摹的态度,并未像某些"十七年"时期的作品那样被"妖魔化"和"漫画化"。小说作者非常善于从正邪两面刻画人物,如写到冯家的发家方式,作者写了其巧取豪夺的一面,但也提到了另一面——勤俭持家。冯兰池的儿子冯贵堂提出开榨油坊的建议,立即遭到了其父冯兰池的反对:

(冯贵堂)说:"这,我都打算好了。咱有的是花生黑豆,就开个大油坊。开油坊还不使那大木榔头砸油槽,咱买个打油的机器,把地里长的花生黑豆都打成油。再买几盘洋轧车,把棉花都轧了穰花,把棉籽也打成油。咱再喂上一圈猪,把棉籽饼喂牛,花生饼喂猪,黑豆饼当肥料施到地里。把豆油、花生油、棉籽油和轧的皮棉,运到天津去卖,都能赚到一倍的钱。这样也积得好猪粪、好牛粪、好骡马粪。有了这么多粪,地能不养肥!地肥了能不多打粮食!这样赚钱法儿,比登门要帐上门收租好得多了!"

冯老兰不等冯贵堂说完,从椅子上站起来,摇着一只手说:"我不能那么办,我舍不得那么糟蹋粮食。好好的黑豆,都打成油?把棉籽饼都喂了牛,豆饼都喂了猪,那不可惜?你老辈爷爷都是勤俭治家,向来人能吃的东西不能喂牲口,直到如今我记得结结实实。看,天冷时候,我穿的那件破棉袍子,穿了有十五年,补丁摞补丁,我还照样穿在身上。人们都说白面肉好吃,我光是爱吃糠糠菜菜。我年幼的时候,也讲究过吃穿,可是人越上了年纪,越觉银钱值重了!你就不想想,粮食在囤里囤着是粮食,你把它糟蹋了,就不是粮食了。古语说:'一粥一饭,当思来处不易,半丝半缕,恒念物力维艰'哪!过个财主不是容易!你的人道主义,就等于是炕上养虎,家中养盗。等把他们养壮了,虎会回过头来张开大嘴吃你,盗会拿起刀来杀你!"

而他家老三冯焕堂,简直就是冯兰池的翻版,小说这样描写:

这人穿着紫花小褂,穿着一双开了花的布鞋。他这人斗大的字不识二升,光学会勤俭持家,过好庄稼日子。他和大哥二哥不一样：舍不得吃，舍不得穿，一个棉袍子穿十年，拿麻绳头子当褡包。冬天不烧炕，夏天就是那顶破草帽子。

可以看出，小说原著文本中的冯家父子，更接近于农村地主日常生活的原生形象，而电视剧则将超越"日常性"的极端丑恶性格赋予冯家父子，目的是与朱老忠的"侠义"性格形成更为激烈的戏剧冲突，营造出电视剧的"奇观"效果。

可见，小说原著文本在处理"传奇性"和"日常性"关系的时候，做到了"酌奇而不失其真"[①]。也就是说，在表现新奇事物的同时，也没有失去它的正常状态。书中的人物和事件都有生活原型或者历史依据，虽然其中蕴含着传奇性的因子，但是作者没有无限制性地进行表现，即使表现了，也有其现实依据，真实可信，并不与读者的日常经验相隔膜。而在电视剧改编中，以凸显"传奇性"的美学追求置换了原著的"日常性"审美。这种传奇性，强调了人物和故事的"奇"，也就是要求情节曲折、扣人心弦；主人公性格突出、命运多舛，通过对传奇性、人性化的凸显来达到大众化、商业化的目的。

因此，我们应该看到，在利用民间传奇因素的同时，在艺术虚构中更应该注重生活细节的填充，在传奇性的夸张中求"信"，把艺术的真实建立在生活真实的基础上。相比之下，电视剧这样顺应通俗化和大众化的改编，虽然更能吸引观众的眼球，但无形之中，也将原著中"日常生活化"这一重要的美学追求遮蔽了。

通过以上分析，可以看出，"十七年"文学经典影视改编作品，在新媒介时代融入了影像特点及消费心理等当代因素，赋予了这一特定时期经典文本以新的叙事形态，显示了不同艺术媒介相应的艺术思维和审美规律。比较"十七年"文学经典原著文本与影视剧文本的差异，可以看出如下不同（见表5—1）：

---

① 刘勰：《文心雕龙·辨骚》，上海古籍出版社1984年版。

表 5—1   小说、电影、电视剧的文本比较

对比项	小说原著文本	电影文本	电视剧文本
英雄人物	理想化	理想化	平民化、人性化
反面人物	相对脸谱化	相对脸谱化	人性化、复杂化
创作手法	革命现实主义	革命浪漫主义	一般现实主义
叙述风格	传奇性（庄重、严肃）	革命正剧	传奇性（游戏、诙谐）
叙述视角	英雄视角（仰视）	英雄视角（仰视）	平民视角（平视）
故事结构	英雄的全面胜利	英雄的全面胜利	英雄遗憾地死去
审美倾向	作者中心	作者中心	观众中心
生产主体	个人	集体	集体
生产投资	个人的时间与精力	国家计划	市场调控
国家权力	强有力、直接干涉	强有力、直接干涉	宏观、间接
艺术自律	强烈	强烈	较弱
市场权力	基本缺席	基本缺席	占主要地位

小　结

　　"十七年"文学经典在 20 世纪中国文学艺术史和意识形态中有着非同一般的地位和影响，它是与革命历史"正典"相互印证的历史文本，具有至高无上的"崇高性"与"神圣性"；改编"十七年"文学经典有其当前艺术创作赖以展开的出发点，以及特殊的社会历史文化背景与文化艺术语境。以上两点决定了"十七年"文学经典的影视剧改编，不同于一般经典名著改编的特殊之处。所以，将"十七年"文学经典改编为同名电视剧需要改编者有更加深厚的艺术素养、更加成熟的艺术技巧和更加敏锐的艺术眼光，只有这样，改编者才能在现行的艺术生产体制中娴熟地驾驭手中之笔，镜中之影，才能找到"十七年"文学经典影视改编剧清晰的、良好的艺术定位，也才能在社会效益和经济效益的天平上保持平衡并获得双赢。

　　本章先从宏观上对"十七年"文学经典的改编现状从叙事结构、人物设置、叙事视角和艺术风格诸方面做一番深入的考察；再从微观上

选取代表着"十七年"时期三种不同类型的文学经典《红旗谱》《林海雪原》与《青春之歌》，作为改编的典型，从叙事的角度，分析其从文学文本到电影文本再到电视剧文本三种媒介的转换与其异同。从中可以看出，"十七年"文学经典影视改编作品，在新媒介时代融入了影像特点及消费心理等当代因素，赋予了这一特定时期经典文本以新的叙事形态，显示了不同艺术媒介相应的艺术思维和审美规律。

第六章　被消费的"革命"：视觉文化与改编的误区

新世纪以来，中国社会的转型赋予文艺创作以新的文化语境。随着市场经济的逐步完善，商业意识催生下的消费主义大众文化蓬勃兴起。另外，科技的进步促使新媒介蓬勃发展，中国社会逐渐步入视觉文化时代。在此语境下，"十七年"文学经典的影视剧改编策略也发生了巨大的改变，时代精神的融入、大众文化风尚与审美趣味的变化，都对影视改编产生了极大的影响。其中，有创新和突破，也有不同程度的失误与背离。

第一节　阅读的革命——观看的革命

世纪之初，"十七年"文学经典的改编，面临着视觉文化、大众文化和消费主义文化的三重语境。从被阅读的革命到被观看、被消费的革命，当文学经典遭遇图像霸权，在改编这一表层的技术手段之下，蕴含着的是中国社会、历史的文化变迁。

一　图像化与视觉文化时代

18 世纪，手握鹅毛笔的黑格尔在《美学》中写下这样一段话："艺术的感性事物只涉及视听两个认识性的感觉，至于嗅觉、味觉和触觉则完全与艺术欣赏无关。因为嗅觉、味觉和触觉只涉及单纯的物质和它的可直接用感官接触的性质。"① 可以看出，黑格尔认为艺术品的"感性的形状和声音"，是能够通过人的视听感官，"从人的心灵深处唤起反应和回响"，"满足更高的心灵的旨趣"。而与此相反，嗅觉、味觉和触觉"这三种感觉的快感并不起于艺术的美"。

黑格尔的这段关于艺术审美的论断，在之后的一个世纪却悄然发生了改变。虽然艺术的接受主体仍然运用"视听两个认识性的感官"，作用于艺术品的"感性的形状和声音"，但是，其目的却不在"满足更高的心灵的旨趣"，享受审美的愉悦，而旨在获得感官的刺激与满足。于是，接受者与艺术品之间的关系，不再是审美观照的关系，而演变为感官满足的关系，这就是视觉化时代的艺术现实。视觉化时代的来临，结束了黑格尔艺术审美的时代，终于，艺术品也如同物质商品一样，沦为人类的欲望对象。

随着电影、电视等视觉艺术的诞生，预示着一种全新的视觉文化将取代传统的印刷文化。而这两种新媒介的"机器属性"最大的特点就在于能够对艺术品进行"技术复制"。本雅明认为，技术复制能够复制一切传世的艺术品，甚至最终以复制品取代艺术品独一无二的存在地位。这是对传统艺术的"大动荡"②。20世纪后，随着信息化社会的来临，传统的"技术复制"在信息技术和电子科技的帮助下，对艺术品的复制由机械的手段转向数字技术的手段，这使得复制的速度和效率大大提高，最终使得成批量复制成为可能。于是，在视觉化时代，大众面对艺术自然无须再有黑格尔时代的沉吟品茗，静心赏鉴，而只需调动你的感官耳目，尽情享受"视觉盛宴"即可。

与西方发达国家相比，在现代化历史进程中的中国，虽然发展相对滞后，但随着改革开放的不断深入，尤其在最近30年，开始以一种前所未有的速度，走完了西方国家一个世纪所走过的历程，在经济上逐渐融入全球一体化的过程中，在文化上也进入到以图像和视觉为中心的时代。

市场经济体制的来临，消费主义和大众文化的兴起，使中国人压抑

---

① ［德］黑格尔：《美学》第一卷，朱光潜译，商务印书馆1979年版，第48页。

② ［匈］巴拉兹：《电影美学》，何力译，中国电影出版社2003年版，第28页。

已久的物质欲望和消费热情一夜之间被点燃,感官享乐和休闲消费成为被推崇的生活时尚。这种消费的时代风尚影响到大众对文化的需求,深刻、崇高、痛苦的哲学凝思和终极追问等精英文化所提倡的命题一时间无人问津,世俗、琐屑、感官的愉悦与享受等大众文化诉求,使人们屈从自己的本能,沉溺于瞬间的感觉享受,拒绝深刻的追问和思考。大众传媒和电子科技的兴盛,更加助长了消费文化之风,成批量复制的电影、电视及各类"图像",满足了大众的这种文化消费欲望。于是,中国的"视觉文化"时代也宣告来临。

西方学者断言:"我们生活在由图像、视觉类像、脸谱、幻觉、复制、模仿和幻想所控制的文化中。"① 中国学者也惊觉:"我们正处在一个视像通货膨胀的'非常时期',一个人类历史上从未有过的图像富裕过剩的时期。"②

二 当经典遭遇图像霸权

在由商品和市场刺激起来的消费文化语境中,"十七年"文学经典借助现代传媒和电子技术被批量复制成影视剧和其他图像产品,成为"视觉文化"的观看对象。从印刷文化到视觉文化,从被阅读的革命到被观看的革命,这个被称为"改编"的过程,实际上是将文字书写的革命"视觉化"的过程。改编后的视觉化产品——影视剧,已经不同于"十七年"经典文本本身,而是以其为资源,重新构造的消费主义和大众文化时代的精神图像。

"十七年"文学经典这种从文字文本到影像文本的转换,不仅是媒介和形式的转换,更重要的是一种思维方式的转换。读者面对文字符号,不仅要读懂,而且要充分调动以往的经验,运用想象的作用,在脑海里将小说中的人、事、物、环境等文字描写还原成生活的物象。从这个层面说,文字符号对读者来说只是一种抽象的,具有象征意味的所指,最终具象的获得,还需要读者的还原和创造。

所以,读者的阅读活动是充分调动了主观能动性的自由活动。从古

---

① [美] T. 米歇尔:《图像的理论》,陈永国、胡文征译,北京大学出版社 2006 年版,第 2 页。

② 周宪:《反思视觉文化》,《江苏社会科学》2001 年第 5 期。

至今，中国传统美学强调的"境生于象外"、"言外之意"、"留白"等观念就是强调把创造阅读的最高境界——"意境"的主动权交给读者。但文字符号一旦转换成影像符号，立刻发生巨大的变化，观众所面对的再也不是抽象的具有象征意味的能指，而是具象化的物质实体，此时，观众已经不可能拥有对具象化的物质实体进行审美再创造的可能性。这意味着观众完全丧失了审美的主体地位，由能动的艺术创造者沦为被动的电视收看者：观众只能被动地接受影像所给定的东西，而不能创造新的东西。电视图像的"给定性"实际就是一种"图像的霸权"。

观众接受主体地位的变异与丧失，使"十七年"文学经典遭遇"图像霸权"。导致接受中出现一系列问题。

（一）"十七年"文学经典"历史感"的丧失

"十七年"文学经典作为革命历史题材小说，是一种历史性的存在，它所表述的革命是距离当下十分遥远的存在，观众只能借助想象去理解它，因而带有强烈的神秘性；而"十七年"文学经典作为革命历史文本参与了中国革命史的建构，因而又具有了崇高性。因此，观众对于具有神秘性和崇高性的文本必然产生神圣的敬意和"膜拜价值"[1]。但是，当它被改编成影视剧，并随着电视剧走进我们的生活成为日常生活的一部分后，这种神秘性和崇高性顿时荡然无存。古老的戏剧只有依靠"间离效果"产生的"陌生化感觉"才能让观众保持审美的观照，而电视与观众的亲密无间，使得这种距离感不复存在。当观众从电视剧中看到幻想中神秘、高大的革命者，变成具象的活动影像，而这种具象实体又是由日常生活中熟悉或者不熟悉的演员来扮演的，于是，观众会调动出对演员的日常生活印象（有好有坏）与电视剧做对比。由此，革命者身上的神秘感消失了，他所参与的那一段"革命历史"的神圣性也被瓦解。

（二）典型环境中的典型人物，无法体现

恩格斯说："在我看来，现实主义的意思是，除细节的真实外，还要真实地再现典型环境中的典型人物。"[2]"十七年"文学经典作为现实

---

[1]　杰姆逊认为"原真性"艺术品对人类具有"膜拜价值"。

[2]　参见恩格斯《致玛·哈克奈斯》，载《马克思恩格斯列宁斯大林论文艺》，人民文学出版社1980年版，第135页。

主义形态的小说，非常重视典型环境和典型人物的塑造。它严格遵循现实主义的创作方法，将革命的现实主义与革命的浪漫主义相结合，因而十分注意"真实地描写现象以体现本质，真实地描写个别性以体现普遍性"①。并对社会生活进行集中概括，以求"比普通的实际生活更高，更强烈，更有集中性，更典型，更理想，因此就更带有普遍性"②。

环境的典型性，往往在于对革命氛围的广泛性营造。在小说中，构成革命环境和氛围的主要人物、次要人物、主要场景和次要场景都是相互联系的统一整体，是革命历史的有机组成部分。但是，在电视剧中囿于篇幅结构，观众趣味，抑或突出主演，制造情节亮点、看点的考虑，经常会出现环境和主体倒置，人物关系喧宾夺主，随意增删人物的现象。这种对典型环境的破坏与割裂，使得作为现实主义小说的"十七年"文学经典最根本的艺术属性被阉割。另外，观众在面对不断闪动的直观图像时，往往来不及思考，也无法借助想象去探究影像背后的意义。于是，银幕上的中国革命失去了典型环境的固有依托，展现在观众眼前的不过是由一系列人物和情节连缀起来的"视觉图像"。因此，在观众的观影过程中，电视影像对典型环境的破坏和割裂具有一种无法修复性。

人物的典型性，在现实主义小说中十分突出。"十七年"文学经典特别强调通过革命者的革命行动和语言，彰显出他们的崇高精神品质。于是，在小说（包括电影）中，我们常常可以读到革命者的内心独白（多为表现英雄内心矛盾与思想斗争的名言警句和豪言壮语），这种非情节化的手法与人物性格构成有着紧密的关系，它能够赋予人物以神圣的"韵味"和"灵光圈"③，因此，让读者产生对英雄的"膜拜价值"。但是，"在对艺术品的机械复制时代（视觉时代）凋零的东西就是艺术

---

① 蔡仪：《文学概论》，人民文学出版社 1979 年版，第 260 页。
② 毛泽东：《在延安文艺座谈会上的讲话》，载《毛泽东论文艺》，人民文学出版社 1983 年版，第 59 页。
③ "灵光圈"来自于马克思、恩格斯对"被夸张了的拉斐尔式的画像"的评价。参见《马克思恩格斯全集》第七卷，人民文学出版社 1972 年版，第 313 页。"韵味"，也被译为"灵光"。参见张玉能《关于本雅明的 Aura 一词中译的思索》，《外国文学研究》2007 年第 5 期。

品的韵味"①。于是，在改编剧中，批量复制的结果导致人物"独一无二""原真性"的丧失，英雄身上的神圣性也消失殆尽。

另外，"对电影来说，关键之处更在于演员是在机械面前自我表演，而不是在观众面前为人表演"。"电影演员的成就受制于一系列视觉监测机械。……这种机械作为本质的必然性，会把演员的表演分割成一系列可剪辑的片段。"而"这种面对机械并受制于机械的，片段的、不连贯的、道具式的表演，虽然最终也在荧幕上展现了他活生生的整个形象，但却必须以放弃他的韵味为条件"②。于是，改编剧中英雄人物应有的形象和性格，被演员的表演切割和代替。观众从银幕上看到的就不可能是原著带有"原真性"的人物和情节，而是某些演员和明星的形象；原著中的典型环境中的典型人物也不再具有"典型性"，而是蜕变为与一般常人无异的"普通人物"。

第二节　改编的误区

在视觉时代，面对消费主义和大众文化的历史语境，"十七年"文学经典的影视改编采用了种种的叙事策略。在小说原著文本与改编文本的多重比较中，可以看出，在特定的"十七年"时期，改编基本遵循着从属于政治的原则，因为当时的要求就是政治标准第一，艺术标准第二；新世纪以后的影视剧改编作品，遵循的是从属于市场的原则。这两种倾向，都是二元对立非此即彼的单向思维的行为实践。在"十七年"文学经典影视改编剧的艺术生产中，必须维护好四种调节系统的生态平衡关系，一旦打破，势必会导致从以政治权力的行政方式取代艺术自律的审美方式，走向以市场权力的逐利方式取代艺术自律的审美方式，其结果，便违反了马克思主义的"人类之所以需要以审美方式把握世界乃是为了坚守精神家园、实现人的自由而全面发展"的宗旨。

---

① ［德］W. 本雅明：《机械复制时代的艺术作品》，王才勇译，浙江摄影出版社 1993 年版，第 56 页。

② 同上书，第 64 页。

目前, 理论界将影视剧改编中存在的误区大致概括为以下三点: (1) 没有了解原著的核心精神, 没有理解原著所表现的时代背景和社会本质; (2) 片面追求收视率和娱乐性, 编织过多的情感纠葛, 强化爱情戏, 增加浪漫情调; (3) 在主要人物形象的塑造上, 刻意挖掘和体现 "英雄人物" 所谓的多重性格与 "反面人物" 所谓的人性化和性格化。[①] 可以看出, "十七年" 文学经典影视剧改编作品在 "历史精神" 和 "现代性" 的追求上是存在缺陷的, 具体表现为以下几个方面。

一 人性论与人物塑造

在前几章中, 本书以《林海雪原》作为蓝本, 将其在不同历史时期不同版本中的 "人物" 塑造做过深入的考察。《林海雪原》成书后, 相继被改编成评戏、电影、话剧、样板戏、电视剧等多种叙事文本, 不同的审美观念形成了不同的艺术实践, 考察各个叙事文本对相同故事的不同阐述, 对同一人物的不同塑造方式, 有助于进一步理性审视当下文化语境中的 "十七年" 文学经典影视改编现象。

小说中的 "人物" 是时代的镜像, 原著为受众提供了一个典型的革命历史的理想范本。1955 年曲波开始写作《林海雪原》, 后记中表达了 "以最深的敬意, 献给我英雄的战友杨子荣、高波等同志"。小说对英雄人物的创造切合新中国文艺的新方向、新政策, 即重视社会政治效用, 注重塑造先进人物和革命英雄典型, 主要写生活的光明面, 以歌颂为主等。一元的政治意识形态使革命英雄传奇小说的创作, 在某种程度上呈现出被主流话语所控制的情形。

1960 年, 电影选取了 "智取威虎山" 一段充分演绎, 整体风格以革命乐观主义态度对人物进行了理想化的塑造, 王润生打造的杨子荣形象机智、勇敢, 豪气冲天, 以气拔山河的气势打垮了猥琐、狡猾、凶恶的土匪势力。革命样板戏《智取威虎山》则在理想化的演绎上达到了极致, 以至于 "神化", 杨子荣也由此变成了 "高大全"、"三突出" 的典型, 脸谱化的设计使得人物成为政治观念的 "传声筒", 成为一种

[①] 国家广播电视总局:《关于认真对待 "红色经典" 改编电视剧有关问题的通知》, 2004 年 4 月 9 日 (http://www. people. com cn/GB/14677/22114/33943/33945/2523858. htm)。

符号化的存在。有人对此做了一个形象化的比喻："如果说小说里的杨子荣被拔高为大兴安岭的一棵松，电影里被拔高到大兴安岭的山巅，在样板戏中他则被高高地捧上了天。而当下的电视剧则把这位被捧上天的英雄从神坛上一下拉到了真实的平凡人间。"

可以看出，鉴于特殊的社会历史背景和文化艺术语境，"十七年"文学经典在人物塑造上带有或多或少的概念化、符号化的痕迹。但是"十七年"文学经典客观存在的历史局限并不是改编剧走向另一种局限的理由，相反，它更应该是一种清醒的明鉴。然而，考察新世纪之后的影视剧改编，更多地体现为一种对"人性"的误读。

就一般意义上说，人之所以为人，是由其自然属性和社会属性共同决定的。但人与动物的最大区别，在于其具有动物所不能具备的社会属性，因而人性的内涵就不止"饮食男女、吃喝玩乐"等动物性的欲望本能，而更重要的是人类在社会活动和他人关系中所表现出的行为情感、思想意识等诸多方面的特征。"十七年"文学经典创作于特殊的革命年代，意识形态和主流文艺的规约使得"人性"的本能欲望与人伦爱情等自然属性的诸多表现成为创作的禁区。于是，在影视改编中普遍地采用了对"人性""人情"进行恢复和强化的策略。但是，改编者没有意识到这种对"人性"的复归是不能够脱离具体的历史语境存在的。原欲和本能等人类的自然属性并不能代替人的全部内涵，自然属性必然附着于社会属性之上，并通过人的社会交往和社会意识表现出来。因而，不能用人的自然属性代替人的社会属性，也不能用抽象的普遍的人性，取代特殊历史时期的阶级性。

因此，影视改编对"人性"的误读表现在三个方面。就第一个方面而言，它往往和片面理解刘再复的"人物二重性格组合论"[①]以及福斯特的"圆形人物"和"扁形人物"[②]相关联。"人物二重性格组合论"在20世纪80年代是以"矫枉"的面目出现的。然而，撇开其理论内在的缺陷不谈，具有反讽意味的是，"人物二重性格组合论"在"十七年"文学经典的影视改编剧中的表现却好似离开了一种概念化又

---

① 刘再复：《性格组合论》，上海文艺出版社1986年版。

② ［英］爱·摩·福斯特：《小说面面观》，苏炳文译，花城出版社1984年版。

走向了另一种概念化。在某些影视改编剧的创作者看来，人物的性格似乎都是非美即丑、非善即恶，然而成功的人物形象必须是善恶兼备、美丑共处的。因此，塑造正面人物就要展示他的"人性弱点"，写反面人物就要开掘其身上的"人情味"和"人性美"，似乎只有这样的人物才是"真实可信"的，才是具有"人性深度"的"圆形人物"。但是，人物的塑造首先是要令人信服，如果脱离了小说原著文本中人物的特定时代，而不能令人信服，那么充其量塑造的只是伪装的圆形人物。电视剧《红色娘子军》的导演袁军曾放言，"南霸天"最易脸谱化，因此，电视剧要对此做出很大的调整和修正："必须首先给南霸天摘掉脸谱，再给他设计一些人的正常行为，比如，南霸天对母亲和长辈的尊敬，南霸天对下属的态度和南霸天的智慧等。该人物代表着恶势力，代表着剥削阶级，可这些都应该由人来具体体现。南霸天内心是魔、行为是鬼，可他首先还是个人，是人就会有人该有的特征：吃喝玩乐、喜怒恩怨、七情六欲……如果真能做出这些，这个人物也就立住了。"① 此番"高论"实难恭维。不仅如此，福斯特还尤其重视平面人物和圆形人物的交替使用以及他们之间的相互平衡，而且即使是扁形人物，他还有容易辨认和容易记忆的两大长处，这里显然淹没了刘再复和福斯特理论的积极意义。

第二个方面，陷入了抽象人性论的泥淖。在"人性论"的问题上，马克思主义经典作家虽然充分肯定了人的本能和欲望，诸如七情六欲、喜怒哀乐、名誉、金钱、地位，都是人的"感性存在"的表现，但是却坚决反对抽象的人性论，反对费尔巴哈式的"抽象的人的崇拜"。马克思主义美学向来都强调只有具体的人性、没有抽象的人性，而且，也从来不以人性去说明历史，相反，要以历史来说明人性。所以，对"人性"的表现，必须放置在特定的历史环境和社会关系中，"首先要研究人的一般本性，然后要研究在每个时代历史地发生了变化的人性"，而不能把抽象的欲望、本能、情爱等关乎普遍人性和人情的教条，生搬硬套地框定在人物身上，并对抽象的概念进行验证与演绎，最

---

① 白宇伟：《新版〈红色娘子军〉不避讳谈感情》，《北京晚报》2004年3月18日第12版。

终，使得"十七年"时期历史的、鲜活的、具体活动的人物形象，蜕变为黑格尔所说的"孤立的性格特征的寓言式的抽象品"①。

毋庸置疑，艺术创作倘若把意识形态批判模式泛化，文艺的人性内容就会完全被阶级性的内容所取代，而艺术作品中的人物形象也就注定了流于苍白、教条和无力。但是，从抽象的人性论来观照丰富多彩、整体性的人，从深厚广阔的社会历史文化冲突中剥离出赤裸裸的人性，好像只有写到"好人不好，坏人不坏"、"变英雄为凡夫""坏蛋也有温柔敦厚的一面"，这才抵达了形象的"本真"，其结果必然导致艺术作品中人物脱离社会历史发展和具体情境而成为抽象概念化的人，而不是具体生动的有血有肉的人，因而也就无法脱离"从概念出发"的泥淖。雷达先生曾指出，人物处理虽颇为复杂，但在理解和表现尚不能"失之肤浅和简单化"，"不要以为注入一点小资情调，作一点翻案文章，颠覆一下原有的人物关系，来个大逆转，让高大降为平庸，坚贞变为放荡，刚强变成窝囊，就算完成了人性化处理，显然是错了"②。

第三个方面，爱情书写的泛情化与滥情化。如果说，将所谓的"浪漫情调"误会为投合了现代人的时尚心理，那么实际上就步入了误区。在小说《沙家浜》中，阿庆嫂被描写成风流成性甚至可以令人丧失理智的女人，而胡传魁则是有一股义气和豪气的江湖莽汉。在电视剧《林海雪原》中，"槐花"是杨子荣未过门的媳妇，且座山雕的儿子还是杨子荣初恋情人槐花的骨肉。《苦菜花》中母亲冯大娘与汉奸王東芝有着青梅竹马般的暧昧关系。据说电视剧《红色娘子军》中，洪常青和吴琼花的爱情纠葛成了主线，有"现代"的感情冲突，甚至连电视剧的宣传海报上也赫然印着吴琼花与洪常青激情拥吻的剧照。据称，该剧要以现代"成功男士"的标准来塑造洪常青，其家境是富商，本人是儒商，参加革命后成为众多革命女子的追逐对象。应该说，"十七年"文学经典影视剧改编过程中的泛情化甚至是滥情化，显然偏离了小说原著的精神和改编原则。在改编剧中，由于改编者没有领会原著中"典型环境中的典型人物"，于是"浪漫情调"也变成了一种硬贴的标

①　《马克思恩格斯全集》第二十三卷，人民文学出版社 1972 年版，第 669 页。
②　雷达：《当今文学审美趋向辨析》，《当代作家评论》2004 年第 6 期。

签。而且，在"十七年"文学经典影视改编剧中，由于违背了小说原著文本所具有的艺术真实，同时又没有将人们现实中的观念、情感以及审美趣味和原著中的人物关系有机结合起来，因而，所谓的"爱情书写"只是表象，"浪漫情调"无法嵌入到文本的核心，也无法普及到文本整体性的美，其结果势必引发文本内部一系列的畸变和内爆，这反过来使得"爱情书写"钝化为对人物个性的生硬稀释。

二　世俗性与意义消解

"世俗性"是一个与"神圣性"相对的概念。在西方，随着文艺复兴运动的蓬勃兴起，以普通人的"世俗性"日常生活来对抗宗教神学对人性的束缚，成为西方社会现代化过程的重要表现形式。但进入后现代社会，"世俗性"在消费主义文化催生下，其固有的"人性的合理性欲望"被无限放大，无形中消解了现代化过程中建立起来的科学与理性，甚至革命理性。于是，高度强调欲望和本能的"世俗性"生活对一切理性，包括革命的本质与理性构成了意义的消解。"十七年"文学经典的影视改编中的"世俗性与消解意义"的倾向，正是受到了这种消费主义文化和后现代主义思潮的影响。

对于现代中国革命的性质，毛泽东早有论断，他认为"革命是暴动，是一个阶级推翻另一个阶级的暴烈的行动"，而"不是请客吃饭，不是做文章，不是绘画绣花，不能那样雅致，那样从容不迫，文质彬彬，那样温良恭俭让"①。可见，革命是改变历史方向，推动历史进程的重要动力，具有超越世俗日常生活的神圣性。

虽然革命具备有别于"世俗性"的"神圣性"特质，但从广义上来讲，革命也是世俗生活的一部分，尤其现代中国革命的主体力量是普通的工农大众，所以，革命活动常常体现在他们的日常生活当中。"十七年"时期的文学，许多的作品如《红旗谱》，都是以描写革命中的日常生活见长。然而，这样的描写方式并不是单纯的"世俗化"写作，而总要与一定的阶级斗争和革命活动相联系，并赋予它神圣的革命和政

---

① 毛泽东：《湖南农民运动考察报告》，载《毛泽东选集》第一卷，人民文学出版社1991年版，第17页。

治意义，使其具备某种典型的意味。如《红旗谱》中的"脯红鸟事件"和"反割头税"并不是单纯地展示民间玩鸟和杀猪的世俗日常生活，而是将其作为构成典型化人物和环境的材料，展现朱老忠与地主阶级的斗争，赋予日常生活高出"世俗化"的革命意义和价值。"日常生活"典型性的构成结果，使得在与革命活动相关联的过程中，超越了"世俗性"，达到了"神圣性"的深层意义。

然而，在影视改编中，改编者常常基于这样或者那样的目的，将原著小说文本中的革命活动，从具有确定所指和行动意图的情节中剥离，将具有"典型意味"和"神圣性"的革命活动，还原或者低置为一种"世俗化"的生活常态。或者，为了适应电视剧文本"长篇幅、大容量"的结构特点，增加或者突出了大量的与革命活动有关的日常生活场景和主要情节，如婚丧嫁娶、青楼夜宴、交际应酬、情爱恩仇等等。于是，经过"世俗化"处理的小说原著文本，往往由带有强烈政治性和革命性的"红色经典"文本，演变成政治色彩淡薄、革命意识薄弱的"灰色世情书"。如《苦菜花》，被改编成电影时片长106分钟，而改编成电视剧则变成了20集。为了"稀释注水"，增加了很多原来小说文本中没有的生活场景、故事情节和人物角色。然而，如果抛开文本抗日的环境和革命历史背景，几乎与一部民国时期的家族剧没有多少区别。原著小说中的母亲形象，也已经由"英雄"蜕变为一个与汉奸发生情感纠葛的世俗女子。

综上所述，"十七年"文学经典的影视改编剧，将革命所作的"世俗化"处理，与小说原著文本的根本差别表现如下：革命活动的"神圣性"是一个阶级整体意志的体现，是关乎阶级统一的价值和意义（翻身求解放，实现共产主义）的指涉，革命的"历史性"过程呈现为一种有意义的历史。而日常生活的"世俗性"是一种以物质生活的方式呈现的自然形态，关乎人们的衣食住行等各个方面，主要是以满足个体的生活需要为目的。因此，它的"共时性"特征决定它无法构成统一的有意义的历史，也无法构成革命传统那样的统一的精神文化传统。如果硬要将具有典型意味、特定意识深度的革命活动变为缺乏深度的"世俗化"的常态生活，势必消解了革命意义的沉重，丧失了典型的美感与价值。

三 历史感与消费历史

在历史与现实的双重视域中，"十七年"文学经典的影视改编剧不能走向历史感的消失。所谓"历史感的消失"或历史意识的平面化，在詹姆逊看来，是后现代艺术的重要特征之一。如"怀旧影片的特点就在于它们对过去有一种欣赏口味方面的选择，而这种选择是非历史的，这种影片需要的是消费关于过去某一阶段的形象，而并不能告诉我们历史是怎样发展的"。在怀旧影片中，"历史"作为类象，它没有了历史的连续性，而成为可以随意调用的"文明碎片"①。这实际上也就是消费历史。

在影视改编中，改编者所持何种历史观念，显得十分重要。虽然，对今人来说，革命历史已经成为一种遥远的存在。但是，"十七年"文学经典的"原生性"特质，使它成为影响大众思想观念、行为规范的道德"范型"和革命传统教育的文化"经典"。如前所述，"十七年"文学经典中反映的现代中国革命历史，不论是抵御外辱的抗日民族解放战争，还是解放人民的革命战争，都是以为民族求解放、为人民谋幸福为崇高目的的，这是革命历史本身具有的"原生价值"。而"十七年"文学经典作为一种可以与中国现代革命历程互为参照的历史文本，又具有某种"元典"意义。它代表的是深深植根于民众心中的整个现代中国革命历史和革命文化传统，而不是一般意义的革命题材的文学作品。所以，"十七年"文学经典的改编，不仅仅要忠实于小说原著文本的形式与艺术，更重要的是忠实于原著参与构建的革命历史和革命历史文化传统，着力表现"十七年"文学经典的"原生性"与"元典"意义。

由此，任何一点在改编中的变动，都可能构成对革命精神和传统的亵渎。包括革命进程中的错误与局限，革命者的缺陷与幼稚，甚至是某些"极左"和"极恶"的东西，也会基于发展的观念，被认为是革命历史进程中不可避免和缺少的构成部分。正因为这些根深蒂固的历史观念和历史意识的影响，大众既反感过于理想化的革命和过于纯净化的革

---

① ［美］弗·詹姆逊：《后现代主义与文化理论》，唐小兵译，北京大学出版社 1997 年版，第 198 页。

命者，也同样讨厌过于日常化的革命和世俗化的革命者。"十七年"文学经典的影视改编，注定遭遇批评和接受的悖论：那些看似满足消费文化要求、尊重大众趣味的改编，改动越大，遭遇的批评和否定就越激烈；相反，那些尊重原著文本的改编，则受到更多的表扬和肯定。

在此悖论中，相当多的改编者将"十七年"文学经典中的革命者和革命行为，从特定历史时代的价值关系中抽离出来，不去表现他们为民族、国家所做的牺牲和奋斗，而是悬置和抛开这种价值目标，以欲望化的世俗眼光消费这段历史，将革命者以消费主义时代俊男、靓女、明星、硬汉的时尚眼光，塑造成大众文化的"偶像"。这意味着他们把牺牲和奋斗创造的精神价值留在了历史深处，而徒留其靓丽的躯壳，供今天的大众在消费革命历史的同时，也享受他们的革命形象（视觉图像）。如《红色娘子军》被改编成展现吴琼花与洪常青之间浪漫爱情的青春偶像剧，《烈火金刚》也变成中国版的《加里森敢死队》，至于在某些改编剧中对"十七年"文学经典的解构、戏说，把历史作为消费对象，把历史涂改得面目全非，翻案文章也做得太离谱而由此招来"误读原著、误会群众、误解市场"的严厉批评是不奇怪的，因为，这往往背弃了基本的历史真实和那些已经被证明是属于规律性的东西。

从深层意义上说，这种消费主义的眼光，最终导致了对"十七年"的历史精神的"祛魅"。其根本目的，就在于颠覆、解构、淡化、削平在"十七年"文学经典文本表象下隐含的历史本质和革命理性，使改编后的影视剧将历史描写成一种不具备任何普遍性和真理性，失去本质规定、毫无规律可循的，纯粹由一堆随机偶然现象所堆积的，戴着"革命"面具的欲望对象，以满足今人追奇猎异的感官需求和消费主义理念。

透过以上的改编误区，可以看到："十七年"文学经典改编的影视剧在性质上是"改编作"，而所有"改编作"首先要面对的就是"从历史出发"和"从现实出发"的二律背反：一方面，"改编作"客观上存在"从历史出发"的需要，因为改编者无法回避小说原著文本依然存在的内容和形式，具体而言，影视改编剧必须面对具有"超时间性与空间性"的"十七年"文学经典，并了解其"核心精神"，理解其所表现的时代背景和社会本质；另一方面，影视改编剧又要"从现实出发"，要在时间与空间变异的时候发现"十七年"文学经典的"不现实性"，并赋予它作为一个时代的新生命。因此，可以说，影视改编剧必须把握好小说原著文本的核心精神，并忠实原著参与构建的革命历史和革命历史精神；同时又必须把握好改编剧的现实性，而任何偏执一方的做法都会陷入"从概念出发"的窠臼和陷阱。换言之，"十七年"文学经典的影视改编剧只有将两者有机结合起来才能既符合艺术创作的规律，也才能破解先在的"从概念出发"。这就是改编的艺术辩证法。

影视改编剧的"核心精神"反映在"十七年"文学经典中，都是通过对典型人物与典型环境、历史观与生命观、历史事件与人物个性、史与诗的特殊理解和处理，把大众的视野引向今天正直接传承着的那段革命的辉煌历史和今天还记忆着的那些英雄的人们。因此，在某种意义上，"十七年"文学经典的核心精神及其反映的时代背景和社会本质就是对那段革命的辉煌历史和英雄人物所蕴含、表现出来的"历史精神"的传神写照。所以，"十七年"文学经典影视改编剧要把握的"核心精神"就是这种"历史精神"。但由于不同的媒体形式有着不同的艺术特点和规律，如前所述，电视剧《林海雪原》有着更为丰富而强烈的戏剧冲突、曲折的充满悬念的故事和活泼多变的叙述方法和叙事视角，这和小说原著文本、电影文本相比就有了明显的不同。另外，既然是"改编"，那么，改编剧就必然以现代人的眼光来看待历史和历史精神。因而，也就相应地有现代人看待历史和历史精神的现实性，以及对这种"现实性"的艺术表达方式。电视剧《钢铁是怎样炼成的》提供了成功的经验：它既基本尊重了小说原著的精神，真实地反映了那段历史中人们的生活状态和价值观念，同时又站在现实的"彼岸"对小说原著文本进行了艺术升华，在画面、色彩、造型、场面调度和镜头设计等方面精雕细刻，体现了现代意识和电视魅力，形成了一定的风格。然而，无法回避的一点还有，艺术改编是一个复杂的难题，尤其是"十七年"文学经典的影视剧改编，它有着与众不同的质的规定性，在忠实原著、慎于翻新和艺术新变之间存在着一些微妙的"度"，如前所述，在人物设置上，电视剧《林海雪原》增加了槐花和老北风，《小兵张嘎》增加了佟乐、刘燕、石磊；在内容含量上，小说文本相对淡薄的情节、线索往往又与电视剧文本的要求和特征产生矛盾……这些因素所带来的是非曲直除了必须还原到具体文本，进行具体分析，还有待于艺术经验的积累和人们的审美定式与审美观念的转型；最后，还要看作品是否能经受住观众、市场的历史考验。

另外，"十七年小说"影视改编剧对"现实性"的追求，就是"意识形态主旋律"和消费主义"娱乐化"需求在当代社会历史条件和文化艺术条件下的视域融合。具体说来，它是当代人站在新的认识高度、思维水平和审美趣味上来审视社会与历史，把握其精神内核，体现出当代人的价值判断、历史思维和审美追求，并对社会和历史现象作出当代性阐释。因此，在某种意义上，改编的"现实性"就是视觉化的记忆传承和艺术表现，与人们现实生存的历史反思和接受方式的辩证统一。由此可见，"十七年"文学经典影视改编剧存在的误区其实就是改编者在"意识形态主旋律"和消费主义"娱乐化"需求之间的游离偏向。

第三节　改编的多维视角

在前两节内容中，主要分析了"十七年"文学经典影视改编在视觉化时代、大众化和消费主义文化语境中的改编误区。但是，这绝不意味着"十七年"文学经典不能改编，而关键是如何改编。由于"十七年"文学经典是特定历史时期的产物，因此它不可避免地具有自身的历史局限性。所以，过去被遮蔽和掩盖的部分是可以为当下影视剧的二度创作提供充分的想象空间和创作余地的，它们都可以成为"十七年"文学经典影视剧改编的新思维。具体说来，这些情形可以细分为以下几种表现：

（1）由于时代的局限，使得原本按照艺术发展逻辑有可能发生的情节、倾向等被悬搁或被取消。另外，由于时代的制约，使得有些历史关系和人物关系被无形地遮盖而没有得到艺术的表现。诸如此类的"纠偏"，也有可能成为改编剧的艺术生长点。

在电影《英雄虎胆》中，王晓棠扮演的女特务阿兰给观众的印象是可以被我党争取过来的对象，但是最后还是被一枪打死了。著名演员于洋解释说，电影当初的确是按"争取过来"设计的，也拍摄了相关的内容镜头，但后来都删了。这种情况显然也可能为电视剧改编提供回旋的余地。

又如，小说《红岩》原著文本给读者提供了这样一段历史真实：中共白公馆特支书记齐晓轩在牺牲前不久曾向难友们口授了一份给党的意见书。这份意见书共有 8 条，其中"①要防止领导干部成员的腐化……⑥要重视党员特别是领导干部的经济、恋爱和生活作风问题；⑦要整党整风；⑧要惩治叛徒特务"，这几条最近多次被一些报刊文章转载，认为对共产党的反腐败斗争具有重要的预警作用和警世意义。而当下现实生活中存在的许多腐败现象，竟是被齐晓轩在那时就不幸言中的！60 多年前，一个共产党员在国民党的监狱中，时刻面临死亡的威胁而毫不顾个人的安危，总结实际斗争的血的教训，中肯地向党进言。但是，电视剧中并没有为齐晓轩如此重要的行为提供令人信服的前因后果方面的依据，显得比较突兀。而且，也没有就此加以强调，只是被轻轻地一笔带过，没有深挖其中的内涵，非常可惜。

（2）改编剧选择"文戏"的"浪漫情调"，而没有选择"武戏"的宏大制作或激烈的视觉风格固然有其制作成本上的考虑，然而，即便是情感的表现，现代的艺术视野也应该还有诸如对战争的反思、对现实的殷切关怀和对未来的普世期望，以及对亲情的缱绻、爱情的追求和友情的称颂。

应该说，对影视剧创作而言，这其中存在着大量的细节和真实亟待呈现。如，"十七年"文学经典中普遍以"昂扬乐观"的基调，对战争和敌对阶级进行调笑和嘲讽，最终使其虚弱本质暴露无遗。这种艺术表现与中国传统的"乐感文化"有关，充分体现出作品乐观与向上的美学追求。但从另一角度看，昂扬乐观的基调，势必造成悲剧性的消解。作品中个人的悲欢离合往往溶化于历史的伟大进程之中，文本采用的乐观、高昂的格调，胜利的喜悦，在某种程度上掩盖了战争的残酷、非理性和破坏性。"十七年"的两部电影《地雷战》和《地道战》全片洋溢的是喜剧的气氛和昂扬的乐观精神，表现的是武工队员代表的人民革命战争把日本鬼子打得屁滚尿流的伟大胜利。但作为两部电影原型的冀中反扫荡战争，其真相是相当残酷、激烈和血腥的。渲染艺术的喜剧性显然是"十七年"文学"乐观明朗"基调的内在要求，也是特殊历史语境的需要，更是中国文化的传统。赵树理曾说过："有人说中国人不懂悲剧，我说中国人也许不懂悲剧，可是外国人也不懂团圆。假如团圆是中国的规律的话，为什么外国人不来懂懂团圆？我们应该懂得悲剧，我们也应该懂得团圆。"①赵树理的话切中了中国的传统和现实，很有道理；但是，更近一步反思，中国的影视创作也可以拓宽视野，借鉴西方文学对"悲剧"的深刻表现，来丰富作品，使之更具有表现力。对"悲剧性"的体现，虽然"十七年"文学留下了足够的空间和余地，但目前的影视改编剧中仍然没能得到足够的开掘。

（3）"十七年"文学经典中关于革命者爱情生活的描写可谓匠心独具，虽然在这些作品中，爱情描写始终不是被描写的重点，而且往往因为这样那样的原因屡受指责，改了又改。如《野火春风斗古城》中的杨晓东和银环、《林海雪原》中的少剑波和白茹、《敌后武工队》中的魏强和汪霞、《铁道游击队》中的刘洪和芳林嫂，对这些革命同志之间的爱情描写往往大同小异，有着惊人的相似性和一致性。然而，尽管如此，以含蓄、羞涩、温情和奉献为主要特点的革命时代的爱情依然赢得了广大的读者，曾经成为那个特殊时代特殊的精神营养，滋润、激励和抚慰着一代青年，并且作为曾经存在的爱情佳话，深深吸引和感动着后来的人们。少剑波和白茹的爱情在小说中写得非常朦胧，而且真实地表现了初恋那种非常可贵的感情。"万马军中一小丫，颜似露润月季花。体灵比鸟鸟亦笨，歌声赛琴琴声哑。双目神动似能语，垂鬓散涌瀑布发。她是万绿丛中一点红，她是晨曦仙女散彩霞。"《林海雪原》中年轻的首长默默写给心爱的女战士的这首小诗曾经打动了许多人，并在许多地方悄然流传，诗中传达出来的种种真挚和纯洁，今天仍然让人怦然心动。按理说，这给电视剧改编留下极好的创作空间，但是在电视剧《林海雪原》中少剑波与白茹的爱情却表现得太直白、太明显，没有被充分开掘。少剑波与白茹的爱情戏本来可以引发当代青年人对爱情、对人生的思考，但小说原著文本中这些本来就不多的爱情戏在改编时被简化得索然无味。我们看到，电视剧舍弃了革命者之间美好、纯真的爱情，反而执着于男女间非正常的感情纠葛、情爱欲望，让观众大失

---

① 赵树理：《从曲艺中吸取养料》，《人民文学》1958年10月号。

所望。

最后，还可以做进一步的感想：当代电视剧制作者们在珍重"十七年"文学经典及其影视改编剧的同时，似乎更应该通过自觉的艺术实践，将镜头更多地聚焦到现实的普通人身上，并以其敏锐的洞察力、博大的同情心和真诚的现实精神，表现普通人，特别是蓝领工人、城市平民，以及农民的真实生活和细腻感情，潜心发掘他们内心世界的真善美和时代精神，让广大观众从中能感受到生活的朴素哲理和对生活的信念，感受到社会转型时期人们的现实状况和悲欢离合。

小　结

本章探讨了在视觉化时代，大众化和消费主义文化语境中改编存在的误区。

"十七年"文学经典文本的丰富性、多义性、局限性和辩证性是艺术再创作彰显美学意义和价值的重要视点与维度。一方面，任何一个产生过广泛影响的文本，在不同的时代会显现出不同的价值层面，产生新的精神需求。因而，如果继承与创新的关系处理得当，改编剧就能给出新的解释和新的意义，并开辟出新的美学境界。著名演员孙道临曾说，不同时期，不同的艺术家，可以对巴金的作品做出不同的处理。如果说，电影《家》控诉了封建制度的罪恶，那么，话剧《家》则更强调人们要像觉慧那样奔向光明。另一方面，艺术问题本身相当复杂：主观与客观、世界观与创作、作家宣称的思想与作品实际的形象系统、错误的观念与充满血肉的人物、当时的美与现在的美等，都有可能构成多重价值的内在矛盾和冲突。因此，高明的改编有其双方面的基础：既对"十七年"文学经典进行深入细致的研究、理解和体悟，又用深邃的历史眼光和深厚的文化功底去挖掘"十七年"文学经典的思想文化内涵，将持久的文化底蕴与现实的社会需要结合起来，从而创造性地发掘"十七年"文学经典的闪光点，做出既符合原著的历史精神又具有当今历史高度的艺术把握。

第七章 改编的新思维——中国式的 影视类型化探索

"类型化"制作无疑是当前影视文化产业的重要发展路径，也是当下消费主义"娱乐化"背景的必然选择，"十七年"文学经典影视改编剧作为一种特殊的准类型化电视剧，在改编中体现出明显的"类型化"倾向，并催生出一种影视新类型——"谍战剧"。"谍战剧"作为一种特殊类型的革命历史题材影视剧，吸取了"十七年"文学经典改编的经验教训，在对国共两党的历史书写和类型化策略诸方面的表现与运用上呈现出全新面貌，最终完成了对"十七年"文学经典影视剧的类型取代。具备商业类型特征的"谍战剧"，在高潮后也暴露出问题和弊端，但只要处理好"历史真实与艺术真实"的关系，纠正对正史的歪曲和戏说，避免创作的同质化倾向，达到类型的突破和创新，"谍战剧"仍然具有强大的生命力和发展空间，"谍战剧"的新发展对探索中国式的民族影视类型化道路，有着深远的意义。

第一节 改编的当代意义：准类型化与类型化追求

在影视创作逐渐产业化的今天，"类型化"无疑是影视生产的重要途径之一。"十七年"文学经典影视改编的诸多策略使用，已经显露出其作为当下一种准类型化电视剧对于"类型化"制作模式的追求及初步实践。

从"十七年"时期的文学经典原著小说，到改编后的电影文本，再到今天的影视改编剧，"红色经典"对类型化的追求和探索一以贯之，从未停歇。回顾"十七年"时期的小说创作，可以看到，虽然在意识形态的规约下，它们遵循着统一的文学规范，但其文本内部存在着叙事张力，其表层的政治权力话语与深层的审美自觉经过不断的博弈，最终使得"十七年"文学经典具有了内涵的多义性和风格的多样性。而风格是一部作品独特性的标志，也是形成类型的重要特征。在本书第五章中，已经把"十七年"文学经典最具代表性的三种类型——革命英雄传奇小说、知识分子成长小说和家族革命史诗小说作为典型进行了详细的分析。其中，革命英雄传奇是在新世纪被改编得最多的一种类型，细究其中原因，恐怕必归根于它的"传奇性"特质。"1958年在讨论《林海雪原》等小说时有批评家指出，'这样一种类型的小说'，'它比普通的英雄传奇故事要有更多的现实性'，'又比一般的反映革命斗争的小说更富有传奇性'。因而可以将它们称之'革命英雄传奇'。"①陈思和先生也认为《林海雪原》中隐含了民间传统文化的因子，指出小说"具有奇特的想象力和浪漫的审美趣味。对历史的纪实性再现和富有民间特色的传奇性共同构成了小说的风格：信而态纵，奇而不诞"②。

一　"十七年"文学经典的准类型化

的确，以《林海雪原》《铁道游击队》《烈火金刚》《敌后武工队》等为代表的革命英雄传奇小说，它们在"十七年"时期的广泛流传和风行，显然跟中国深厚的传奇文学传统有着密切的关联。我国古代的传奇文学兴起于唐代，最早的唐传奇作者，如沈既济、王度等都是史官出身。他们从《史记》等传记文学汲取营养，又将魏晋的"志人""志怪"等短小精干的篇幅加以扩充和改编，最终形成情节离奇曲折、人物丰满鲜明、篇幅结构较大的小说类型。发展至明清，传奇小说的创作臻于成熟并达到了顶峰，出现了《水浒传》《三国演义》《西游记》等艺术成就极高的作品。而对于"十七年"时期，在革命战争年代成长起来的"中心作家"，他们虽然不乏战争、革命的亲身经验，但大多数

---

① 洪子诚：《中国当代文学史》，北京大学出版社1999年版，第129页。
② 同上。

缺少现代阅读和叙事经验，文学素养也不够深厚。于是，中国传奇文学的丰厚资源成为他们效法和借鉴的对象。对于这一点，"十七年"时期的"中心作家"都坦言他们在创作中主要受到的还是中国古代传奇文学的影响，如曲波就承认："我读过《钢铁是怎样炼成的》等文学名著……但叫我讲给别人听，我只能讲个大概，讲个精神，或者只能意会不能言传。可是叫我讲《三国演义》《水浒》《说岳全传》，我就可以像说评词一样地讲出来，甚至最好的章节我还可以背诵。"① 由此可见，"十七年"中心作家对内汲取古典文学营养，接受中国传奇文学传承，最终形成了革命英雄传奇文本特有的"传奇性"气质和叙事模式。而这类小说之所以畅销并广受欢迎，根本原因就在于它的"传奇性"和"模式化"。从宏观上概括，革命英雄传奇小说对传奇叙事的模式借鉴通常表现为以下几种：

（一）暴力复仇模式

综观中国古代传奇，暴力复仇的叙事主题已然成为一种传统。无论从晋代的《干将莫邪》到唐宋的《谢小娥传》，还是从元代的《赵氏孤儿》到明清的《水浒传》，中国古代传奇中的复仇叙事通常使用"善"、"恶"二元对立的方式来架构情节和完善故事，一般表现为"善"的一方凭借和占据传统道德礼仪的主流标准向"恶"的一方进行正义性的暴力惩罚和制裁。如《干将莫邪》中铸剑名手干将在耗费心力为楚王铸成雌雄二剑后，反被诛杀，其子赤成人后与侠士山中客联手，杀死楚王，最终为父报仇。在"十七年"时期的革命英雄传奇中广泛地借鉴和使用了这种叙事主题；但是，也发生了一些调整和变化。在新的语境下，马克思主义革命理论和斗争学说深刻影响和全面介入作家的思维和创作，民间传奇叙事中的"复仇"概念被"革命"主题置换，于是，原有"善""恶"二元对立的旧有模式被阶级与阶级之间（剥削与被剥削/压迫与被压迫）的新斗争模式所取代，呈现为"复仇—暴力—革命"的新样式。如《林海雪原》中的革命仇恨最初也来自于家族仇恨，在小说开端的第一章《血洗夹皮沟》中，作者就营造了浓重的复仇氛围：土匪残忍地将土改工作队的所有成员全部杀害，其中就包括少剑波

---

① 参见曲波《关于〈林海雪原〉》，载《林海雪原》，人民文学出版社1964年版。

的亲姐姐。小说是这样描述的："六男三女都用刺刀剖开了肚子，肝肠坠地，没有了一只耳朵，只留下被刺刀割掉的痕迹！……他咬紧牙关，没有眼泪，悲切的心变成冲天的愤怒……"这一切的声音似乎都在说："小波！别流泪！杀敌！报仇！"面对残暴、血腥的场景，少剑波和战士们胸中燃起了熊熊的复仇火焰，小说写道："悲痛，此刻已完全变成了力量，愤怒的火焰，从剑波的眼睛里猛喷狂射！"可见，"夹皮沟"一场的设置，有效地将"剿匪"的政治任务转化为内在"复仇"的人伦道德要求，传统的"复仇"主题被包裹于现代意义的"革命"框架中。由于作者有意无意间在叙事模式、人物塑造等方面向传统传奇小说靠拢，受众极易会联想到中国古代侠客快意恩仇、见义勇为、诛奸除恶、施财济困、疾恶如仇的性格特征，并被其英雄魅力所感染；在表层的传奇叙事中，潜在地将现代革命主题置换为传统道德命题，即在善恶、忠奸、正邪等道德冲突上展开敌我之间的斗争。由此，现代阶级理论以普通大众喜闻乐见的叙事方式和人物形象，获得广泛的认同，并由此询唤起读者的阶级共性和革命认同感。

《红旗谱》从其故事内核上考量，也属于一部被革命叙事改造过的传统复仇小说。从第一章一直到第十三章，始终围绕着严、冯、朱三大家族的仇恨和矛盾展开，不论是朱老巩大闹柳树林，朱老忠避难闯关东，还是脯红鸟事件和反割头税运动，这些核心事件的展开，都离不开家族仇恨这一中心主旨。但是，从第十四章开始，随着共产党员贾湘农的出场，他对运涛、江涛、朱老忠的革命影响，以及之后运涛投身北伐革命等情节的设置，成功地将故事的主旨从家族仇恨上升为阶级、民族仇恨，并最终将《红旗谱》这一民间流传的家族复仇叙事成功地转换为中共领导下的农民革命叙事。此外，《铁道游击队》《敌后武工队》《平原游击队》《烈火金刚》等等也蕴含着诸多的复仇内核。《铁道游击队》中，在鲁汉英勇牺牲之后，队长王强也满含着强烈的复仇情绪，并为此付出了惨痛的代价。《敌后武工队》中几乎每一位革命者都有着至亲好友惨死于敌手的悲惨经历。

在这些革命英雄传奇小说中，"血债血偿"的传统暴力主题被阶级革命的现代主题借鉴和置换，从而使得"复仇"脱离了个体化的行为和意义，走向集体和阶级的革命新高度。"中心作家"们把古代传奇中快意恩仇的侠客精神与现代人除暴安良的心理需求融汇、对接，赋予传统暴力复仇模式以现代阶级革命的全新内涵。

（二）以少胜多模式

"以少胜多"这是一种在古代战争小说中使用频率颇高的一种叙事模式。在这类故事中，交战双方往往被设置为一强一弱。通常正义的一方居弱势，非正义的一方居强势，但结果却往往出现反转，力量较弱一方取胜。这种模式被大量应用到革命英雄传奇故事的讲述中，如《林海雪原》中"智取威虎山"、"攻占奶头山"等战役，都是依靠仅仅几十个人的"小分队"在极短的时间内，突袭和消灭数倍于我的凶悍土匪。《铁道游击队》《烈火金刚》《敌后武工队》中也经常出现"以少胜多"的精彩描写。当然，这种描摹的目的并不在于对战役本身的真实还原，而在于用一种夸张、渲染、烘托的手法来展现英雄身上的传奇光环，以达到增强大众革命信心、鼓动大众革命勇气的目的。很显然，这种脱胎于古代传奇的特殊叙事模式为严肃的革命历史勾勒出更加广阔的浪漫想象空间。

"以少胜多"中的"少"注定了在战役中"正义"的一方必定是以小部队的个体形式出战，如《林海雪原》中三十六人的小分队，《铁道游击队》中二三十人的短枪队，《烈火金刚》中为数不多的民兵组织。人少但最终获胜，决定了这些英雄必定个个身怀绝技、能力过人。如《烈火金刚》中肖飞身佩驳壳枪进出敌营如入无人之境，《铁道游击队》中老洪手扶火车把手，迎风挺立，手举短枪杀敌无数等场景的精彩描写。除了敌我"外力"的武力较量，《林海雪原》中少剑波智斗妖道、杨子荣舌战小炉匠等"内力"、智慧的较量也比比皆是。这些武斗、智斗等惊险场面的描写，虽然继承了古代传奇侠士仗剑行侠的故事套路，但对于作者来说，绝不单纯为了赢得"惊险"、"悬念"、"激烈"等表面感官的刺激，实则是想要通过借鉴民间隐形的武侠要素，实现对英雄人物的再创造，从而体现出英雄个体的智慧、品德、风度、力量。于是，我们在《林海雪原》的英雄谱系中看到了孙达得日行百里的雪上本领，栾超家绝壁攀岩的超凡绝技，刘勋苍克敌制胜的勇猛顽强。在他们身上，隐约能见《水浒传》中各路梁山好汉的影子，如孙达得如同"神行太保"戴宗，栾超家神似"鼓上蚤"时迁，刘勋苍活脱脱"倒拔垂杨柳"的鲁智深。而这些革命英雄传奇小说在人物设置上，多次采用了《三国演义》等传奇故事中的"五虎将"模式，如《烈火金刚》中的肖飞、史更新、孙定邦、丁尚武、孙振邦，《铁道游击队》中的王强、刘洪、鲁汉、林忠、小坡，《林海雪原》中的杨子荣、少剑波、栾超家、刘勋苍、孙达得等。可见，由于对武侠文化及民间英雄传奇因素的大量汲取，革命英雄传奇小说中的人物具备了古代传奇英雄的典型化特征。

但是，值得注意的是，"十七年"革命英雄传奇中的英雄群体，作者在赋予他们传统英雄侠义本色和超群能力的同时，也不忘用阶级性和革命信仰来锻造其革命英雄的内在品格。在《铁道游击队》《烈火金刚》《红旗谱》等小说中，主人公逐渐在革命理论的浸染、教育下荡涤了原始的江湖草莽气息，实现了从普通民间侠士向坚定革命者的蜕变。如《铁道游击队》中政委李正初到游击队，发现这些草莽式的铁路工人虽然豪爽、勇敢、义气，但是却普遍具有好酒、打架、赌博等旧有不良社会习气，于是下决心对其进行改造，最终，经过一番洗礼之后，铁道游击队真正成为一支纪律严明、作风过硬的革命队伍。很显然，李正代表了主流意识形态的意志，按照一个先进政党的要求"清除"了革命者的江湖痼疾，完成了对英雄的净化和改造。《红旗谱》中的朱老忠身上集中体现出20世纪中国农民由草莽好汉到革命英雄的真实成长轨迹：他虽然疾恶如仇、刚正不阿，但由于缺乏正确思想的引导，始终囿于个人的仇恨，几度陷入失败的境地；直到共产党员贾湘农的出现，使他将侠义精神转化为阶级情感，从自发的反抗走向了自觉的革命斗争，彻底由一个江湖草莽蜕变为一名具有阶级觉悟的共产党员。

由此可见，"十七年"革命英雄传奇中的英雄人物，在古代传奇中的"剑客"、"游侠"的原始性格之上，更赋予了他们新时代的革命素质，使之成为具有阶级意识和政治觉悟的革命英雄。

（三）英雄美人模式

自明清以来，在《好逑传》《儿女英雄传》《绿牡丹全传》等为代表的古代传奇中，英雄在仗义行侠的江湖经历中，总少不了一段"儿女情长"的感情经历。"儿女"与"侠义"的融合、交汇，使得原本崇尚道义、追求神勇的刚性叙事，变为侠骨柔情式的传统既定审美。但值得注意的是，"英雄美人"的爱情虽然几经波折美好，但始终被置于英雄侠士的"江湖大义"或者"复仇大业"的重责之下，并接受其道德人伦、行为规范的约束。

而在"十七年"时期，由于特定文化语境的规约，使得爱情话语的生存空间变得相当有限，表现手法也逐渐隐晦。于是，在"十七年"的爱情书写中，通常惯用的手法是将爱情话语纳入国家、民族、阶级等宏大主题之中，否认基于普遍人性之上的"小我"，从而构建起基于阶级立场之上的革命伦理，最终获得爱情叙事的合法身份。在这一过程中，"十七年"革命英雄传奇的"中心作家"纷纷开始从古代传奇小说中获取借鉴，对"英雄美人"这一传统爱情模式进行了符合时代精神的转换，并注入全新的革命理念和内容。《红旗谱》的作者梁斌在谈创作时曾经直言不讳："书是这样的长，都写的阶级斗争，主题是站得住的，但是要让读者从头到尾读下去，就得加强生活部分，于是安排了运涛和春兰、江涛和严萍的爱情内容，扩展了生活的视野。"[1] 当然，跟古代传奇小说中的"英雄美人"模式相似，正如侠士的情感必须符合"江湖大义"的规范，革命者爱情的滋生发展，也必然伴随着革命活动的进程和革命者的成长展开。如《红旗谱》中运涛和春兰的爱情，曾经被村里的乡邻议论阻挠，运涛甚至被老驴头手持铁锹追打，之后逃离故乡；但是，当他南下参加了北伐革命，当上连长之后，他与春兰的爱情也终于名正言顺、开花结果。而春兰这个原本胆小、内向的乡村姑娘这时候居然敢于把"革命"二字绣在自己的胸襟，向十里八村公开展示。运涛的弟弟江涛，他与出自书香门第的小姐严萍的爱情更是建立在共同的革命理想和革命工作之上，他们一起发动"二师学潮"，游行、宣传革命，虽然江涛被捕，但二人的爱情火种随着革命的深入一直熊熊燃烧，直到革命胜利。

《林海雪原》中也不乏对于少剑波与白茹缠绵悱恻爱情的描写，可以看出，其人物的设置很大程度上脱胎于传统才子佳人小说。少剑波作为小分队的核心人物，外貌健美英俊，内里智勇双全，待人彬彬有礼，显君子之风骨。而在他身旁，作者设置了天真可爱、温婉美丽、多情善

---

① 梁斌：《漫谈〈红旗谱〉的创作》，《人民文学》1959 年第 6 期。

良的女卫生员——白茹这一女性形象。二人的相识过程就伴随着矛盾和误解,一开始少剑波很担心和怀疑这个看似柔弱的"丫头片子"能否接受和适应漫漫雪原极度严寒带来的严峻考验,所以,在内心并不欢迎她的加入。但随着二人在革命工作中的接触,看到白茹的勇敢以及治疗冻伤的特殊本领,甚至具备为小分队建立防冻保健卫生制度的能力,白茹逐渐成为小分队不可或缺的重要一员。之后,少剑波对白茹的情感,随着剿匪工作的深入慢慢发生着变化。在智取威虎山获得成功之后,少剑波按捺不住自己的感情,专门为白茹赋诗一首:"万马军中一小丫,颜似露润月季花。体灵比鸟鸟亦笨,歌声赛琴琴声哑。双目神动似能语,垂髻散涌瀑布发。她是万绿丛中一点红,她是晨曦仙女散彩霞。"无疑表露了自己的心迹。一段诗情画意的英雄美人之恋将刀光剑影、血雨腥风的林海雪原变成了五彩斑斓、风光旖旎的温柔之乡,将充满残酷、艰险的"剿匪"之路变成了滋生、孕育儿女情长的浪漫之途。但是,应当明确的是,与古代传奇小说中传统的"英雄美人"和"才子佳人"的爱情模式相比,《林海雪原》中少剑波与白茹的爱情有着本质上的区别,这不单单表现为表层展现的现代女性对爱情的觉醒意识和主动追求,即白茹率先向少剑波发射爱情的"信号弹",而更重要的是二人爱情发生的环境和基础发生了变化,他们不再是单纯的"英雄美人"和"才子佳人",这里至关重要的是二者志同道合的革命者身份。他们的爱情不同于一般的风花雪月,而是发生在残酷、血腥,不同寻常的极端战争环境中,而在此基础上滋生和培养起来的革命爱情,不仅跟意识形态的询唤保持高度一致,而且也更加能够直击人心。

而在《铁道游击队》中,刘洪和芳林嫂的爱情更是在历经重重挫折之后才终成眷属,这与古代传奇中"英雄美人"模式极为类似。刘洪负伤之后,得到了芳林嫂的细致掩护和悉心照料,在这一过程中,他感到自己的内心和情绪发生了不同寻常的变化,他周身似被火点燃,并持续燃烧。面对芳林嫂的体贴和关爱,他平生第一次感受到来自女人的爱情。然而,面对情感,刘洪对如何处理这段关系焦虑不已,他害怕自己和芳林嫂的爱情影响革命大业。在"十七年"的英雄传奇中,"英雄美人"的模式也会随着意识形态的要求发生调整和变化,通常为了凸显革命者的大无畏精神和自我牺牲精神,革命者的爱情与革命事业之间势必会发生剧烈的矛盾和冲突，为了革命事业的成功和千千万万人的利益，革命者往往会成为情感上的自我牺牲者。刘洪起初对爱情的压抑和控制正来源于此，最终，直到得到政委李正的首肯之后，刘洪才放下心理负担，接受跟芳林嫂之间的感情。

此外，在《野火春风斗古城》《敌后武工队》《烈火金刚》等作品中，杨晓冬与银环、魏强与汪霞等也同样演绎着侠骨柔情式的革命爱情。可见，古代传奇小说中的"英雄美人"模式在特殊的文化语境中被重新规约，在革命叙事的参与下被赋予了全新的时代内涵，侠士成为革命英雄，佳人成为革命伴侣，令人羡慕的侠骨柔情被转换成值得赞美的革命爱情。

从以上分析可以看出，"十七年"的革命英雄传奇自觉或不自觉地从古代传奇小说和民间文化传统中汲取了丰厚的营养，面对新的文化语境和体制的规约，对古代传奇小说的叙事模式进行了自我转换和自动更新：赋予传统的草莽英雄以现代革命意识，使其转化为坚定的革命战士；超越个体的家族仇恨，使其转化为集体的阶级革命；凝聚个人的"儿女情长"，使其转化为志同道合的革命爱情。而这些散落于古代小说叙事中的"模式"和"元素"，在很大程度上中和甚至突破了"十七年"特殊政治文化语境下革命叙事的单一形态，从某种程度上说，是对意识形态的一种合理性越轨。而读者们正是从这种越轨中看到了有别于现实的另类生活方式，并由此展开某种想象，从而获得精神上的一种自我愉悦和满足。这跟好莱坞类型电影带给观众的慰藉和安抚机制别无二致，如出一辙。虽然，中美两国的意识形态不同，但抛却了政治体制的差异，电影的文化、娱乐功能性与主流价值观的互动关系实则大同小异。好莱坞类型电影同样面临文化的二元冲突，观众在影院里的观影体验同样是对现实生活的超越和越轨，并从中获得快感和抚慰。

综上所述，正是基于革命英雄传奇小说中的"传奇性"和"模式化"因素，使它天然地具有某种类型化的基本素养和特性，因而成为新世纪以来"十七年"文学经典影视改编剧最重要的基础和资源。

二 "十七年"电影的准类型化

在"十七年"时期，大量的电影佳作都由小说改编而来，而这些经由小说改编的电影作品也呈现出某些商业类型片的特征。近年来，不少学者和批评家开始以类型研究的另类眼光重新审视"十七年"电影。如"胡克、孟犁野、郦苏元和李道新等弃置纯由意识形态或政治、大众文化向度楔入的旧有治学方法，重申戏剧和惊险样式的类型存在。电影类型在论述中成了调解融合大众文化与意识形态领域的产物，论者更自觉地采纳类型概念、类型范式和观众接受学……类型研究与导演研究成为对'十七年'历史重新表述的方式之一"①。"十七年"电影所采取的准类型化的艺术手段是其赢得观众喜爱并跻身中国电影史经典位置的一个重要原因。据不完全统计，1949年至1966年新中国共出品777部创作影片，其中具有明显娱乐性和类型化倾向的影片约306部，占同时期创作影片总数的39.4%。②戈达尔也认为："'十七年'这些带有类型化、娱乐化倾向的中国电影在叙事功能上与好莱坞电影有异曲同工之嫌，可谓一语中的。"③可见，对电影类型化模式的实践和运用并非当下商业电影的专属，早在"十七年"时期，这一方式已经被创作者巧妙而隐秘地加以使用，并最终跟意识形态话语相融合，以达到对受众的娱乐和审美需要加以弥补和满足的终极目的。

抛开"十七年"单一封闭的文化环境和非市场化的电影体制，"十七年"电影的准类型化的艺术手段运用确实表现出创作主体明显的类型化追求。在"十七年"电影中，那些引人入胜、脍炙人口的片子，如《林海雪原》《野火春风斗古城》《冰山上的来客》《红旗谱》《红色娘子军》《铁道游击队》等均具备了反特片、游击战争惊险片、地下战争惊险片的类型特征，融汇了剿匪、反特、惊险、悬疑、动作等类型元素，在人物主题、叙事剪辑、摄影配乐、场面调度等方面都表现出程式化和准类型化的美学特征。这些影片，虽然都是以革命历史为表现对象的创作，但是由于在主体部分加入了浓重的观赏性成分，致使意识形态

---

① 丘静美、朱晓曦：《类型研究与冷战电影：简论"十七年"特务侦察片》，《当代电影》2006年第3期。

② 资料来源于中国电影资料馆、中国艺术研究院电影研究所编《中国艺术影片编目 (1949—1979)》，文化艺术出版社1981年版。在这些类型化影片中，戏曲舞台艺术片为83部，美术片为81部，其他共142部。

③ 陈侗、杨小彦选编：《与实验艺术家的谈话》（外国部分第一辑），湖南美术出版社1993年版，第270页。

色彩大为减弱，其中惊险曲折的悬念设置、民族地域风情的添加、烂漫爱情的描绘、新老明星的加盟，突破了主流电影模式的框架，确立了"十七年"电影隐含的娱乐性功能和类型化倾向，使得商业片的类型元素在红色政权的缝隙下得以变相运用。

纵观整个中国电影发展史，类型化发展最为充分的是早期中国电影，主要的电影商业类型如武侠神怪片、都市言情片、古装伦理片等，在当时足以跟好莱坞的商业类型片分庭抗礼。另一类型化程度极高的电影市场则非香港莫属，其类型片的主体是喜剧片和动作片。而对于"十七年"电影来说，广受观众喜爱和追捧的类型模式有：惊险片、喜剧片、古装片、时装爱情片、戏曲艺术片、动画片等等。其中，惊险片是"十七年"电影类型化发展中最为完整和成熟的样式，在电影史中已经被公认为"十七年"类型化电影创作的高峰。

惊险片作为"十七年"时期一种重要和相对完整的类型片样式，早在20世纪60年代初就被我国电影史研究者所关注，如羽山的《惊险电影初探》一书就对其展开了较为深入的学理性研究。之后，历经几十年的剖析，学界逐渐达成共识，普遍将"十七年"惊险类型影片分为地下斗争惊险片、反特惊险片和游击战争惊险片三大亚类型。

在反特惊险片中，有相当一部分改编自当时的同名畅销小说，在社会上引发极大的反响。反特惊险片从其类型本质来看，实际上是警匪片、间谍片、推理片的意识形态化变种，也是新中国最早出现的类型化影片。在"十七年"时期的反特惊险片中，敌对一方的间谍在新中国的政治术语中被赋予了一个特殊的称谓——特务。这在当时的特殊环境中是一个被视为与新生政权和人民大众相敌对的政治贬义词。反特惊险片最早的拍摄活动始于1949年新中国成立前夕，东北电影制片厂创作了以侦破国民党间谍案为主要题材的反特影片《无形的战线》；之后，私营进步电影公司——昆仑影业也于1950年拍摄了同样题材的影片《人民的巨掌》；同时，上海电影制片厂也投拍了早期反特片《斩断魔爪》。新中国成立初期拍摄这类反特题材电影的政治目的比较明显，大多是为了配合新生政权正在轰轰烈烈进行的镇压反革命的政治运动，所以，意识形态的色彩极其浓厚。早期的反特片类型化程度不高，主要发挥的还是其宣教性的政治功能。

　　真正意义上具有娱乐功能的反特惊险片，成型于 1954 年与 1955 年间，其标志性的代表作品是上海电影制片厂创作的《山间铃响马帮来》和长春电影制片厂拍摄的《神秘的旅伴》。虽然这两部电影同属反特题材，但由于加入了大量商业要素，如惊险波折的悬念设置、唯美浪漫的情感表现、边疆少数民族神秘的风俗人情、知名演员的加盟参演等等，极大增强了其视听观赏性，同时，其意识形态性则被大大削弱。这两部反特片开始确立起"十七年"时期电影内在的娱乐性功能和类型化倾向。虽然"十七年"时期的电影始终无法市场化，但从今天的眼光看，这两部电影出现的意义正在于使得隐含的商业元素在意识形态的规约下得以变相和灵活的运用，成功突破了主流电影模式的既定框架。

　　由于《神秘的旅伴》和《山间铃响马帮来》在观众中造成的极大反响，直接催生和带动了 1956 年至 1959 年间的反特惊险片创作的新高潮。同时，文学界受苏联"肃反小说"的影响也兴起"反特"题材畅销小说的创作热潮，这也为反特惊险片的繁盛提供了扎实的艺术根基和丰厚的文学养分。由此，绝大多数反特惊险片基本都由同名小说改编而来。之后，在很短的时间，出现了诸多反特惊险片的亚类型样式，如推理悬念侦破片《羊城暗哨》《国庆十点钟》《前哨》《古刹钟声》等，以及"无间道"模式的惊险反特片《寂静的山林》《虎穴追踪》《英雄虎胆》等等，这些都是当时极受观众喜爱和追捧的影片。可以说，高潮时期的反特惊险片除了在情节、节奏、冲突等方面吸引观众外，还十分善于在虚构的假定性戏剧情境中，让观众进行超越意识形态的越轨体验。如在《英雄虎胆》中，通过特务特殊暧昧的接头黑话和光怪陆离的时髦生活，实现了对自我现实空间的暂时脱离，达到了对外部隔绝世界的期待和审美满足。所以，当于洋所饰演的侦察科长曾泰和王晓棠饰演的特务阿兰小姐，身着摩登的格纹衫、喇叭裤，手握红酒杯，共跳一曲伦巴舞时，无数的年轻观众为之倾倒。实际上，为了拍好这场戏，该剧组的"服化"还专门辗转托人到香港为于洋和王晓棠购买新潮和时髦的服装；片子播出后，年轻姑娘们都拿着剧照要求裁缝缝制跟"阿兰小姐"同样的时装，成为当时风靡一时的时尚潮流。另外，在这些影片中，毫无例外地对我方"侦察人员"的俊朗外貌和内在气质进行竭尽全力的铺排和渲染，成为当时反特片的重要景观。如《羊城暗哨》

中冯喆所扮演的侦察员王练，以及《英雄虎胆》中于洋所饰的侦察科长曾泰，他们在剧中不仅外表英俊偶悦、风度翩翩，而且内里有胆有谋、智慧超群。《英雄虎胆》中的阿兰小姐更是风情万种、妩媚动人，以至于著名节目主持人崔永元在《电影传奇》中，介绍和谈到《英雄虎胆》时，回忆起孩童时代的自己之所以喜爱和迷恋这部电影的根本原因，很大程度上是来自对"特务"阿兰小姐的痴迷和爱恋。因此，反特惊险片同样具有明星效应，而这种明星效应对观众所产生的影响绝不亚于所谓的好莱坞巨星大腕。

"反特惊险片"在20世纪60年代进入其发展的成熟期，《秘密图纸》《跟踪追击》《铁道卫士》等都是这一时期的经典之作。尤其值得一提的是，堪称"十七年"时期反特惊险片集大成者的作品——《冰山上的来客》就出现在这一历史阶段。

《冰山上的来客》出自于长春电影制片厂一位当时尚不知名的青年导演赵心水之手，但这丝毫不会影响它在"十七年"时期反特惊险片中的杰出地位。这部电影是一部集反特片、歌舞片、言情片、风光片等影片类型于一炉的"类型杂糅"的新型类型片，称得上是我国现代类型电影的开山之作。整部电影一开场就牢牢抓住了观众们的眼球：残酷刑场上侥幸逃脱的少女，在大漠中苦苦挣扎，她究竟是谁？之后的命运又该如何发展？片头过后，呈现出来的是塔吉克民族独特、欢快的婚礼现场，主人公阿米尔和古兰丹姆依次出场，并顺势抛出"真假古兰丹姆"这一贯穿全剧的大悬念，之后的反特剧情始终围绕着这一悬念展开，直到影片结尾才真相大白。电影中将传奇的爱情故事与惊险刺激的反特案情交织、融汇，在壮美与伤感的复调式的抒情风格中，展现了帕米尔高原的奇幻风光和塔吉克族充满魅惑的民情风俗。其中，一系列具有塔吉克民族特色的民歌插曲的出现，适时地对电影情节和人物塑造起到了很好的烘托和渲染作用。如我方情报员卡拉弹奏着热瓦普，为了掩护真古兰丹姆撤离，牺牲在山口的岩石上，此时天空骤然大雪纷飞，洁白的雪花落在卡拉光洁的额头和手中沾满热血的热瓦普上，与此同时，民歌《塔吉克的雄鹰》旋律响起："光荣啊，祖国的好儿女；光荣啊，塔吉克的雄鹰……"庄严、激昂的乐曲将观众的情感一瞬间推向高潮。此外，《花儿为什么这样红》《高原之歌》《戈壁滩上的一股清泉》《戈壁滩上风沙弥漫》等一系列充满民族特色的优美电影插曲，在阿米尔与真古兰丹姆相认、"暴风雪"一班长牺牲、敌我决战等重要情节的展开和铺排上发挥了十分重要的作用。这些由新中国电影音乐大师雷振邦为电影量身谱写的插曲，在影片公映后也传唱一时，成为在20世纪60年代中国大陆青年中风靡一时的流行歌曲。由此可见，影片《冰山上的来客》中许多隐形的商业构成要素，对今天中国创作自己本土的新类型电影仍有宝贵的启迪和借鉴作用。

惊险片的另外一种亚类型是"游击战争惊险片"，也可以把它称作是新中国的传奇英雄类型片，这一类型脱胎于"十七年"时期虚构性较强的革命英雄传奇小说。《新儿女英雄传》和《吕梁英雄》是最早的两部游击战争惊险片，它们都改编自同名的畅销小说。早期的游击战争惊险片类型化程度还不高，直到20世纪50年代，随着影片《铁道游击队》《平原游击队》和《渡江侦察记》的公映，才标志这一影片类型的成熟。

这一类型的影片大多以传奇性极强的虚构的战争故事和扣人心弦的打斗场面面，来突显英雄超越常人的非凡胆识和高超技艺。如《铁道游击队》中扒火车、炸桥梁，驰骋于千里铁道线上的飞虎队群雄；《平原游击队》中手持双枪，跃马飞驰，智勇双全的游击队长李向阳；《渡江侦察记》中轻跃飞舟、独当一面的巾帼英雄刘四姐……他们都成为当时一代青少年为之倾心的英雄偶像。在惊险、刺激的传奇故事之外，这类影片还往往穿插、演绎着动人的爱情故事，如刘洪与芳林嫂的患难之恋，李连长与刘四姐的水乡之情等等。虽然，两性之间的爱情表现得既暧昧又模糊，但这也成为"十七年"电影情感表达的特殊风格，具有一种含蓄、淳朴、自然之美。

除此之外，电影插曲的设置、反面人物的漫画式的夸张设计、动作性极强的表演方式、明快的电影节奏等等，都使得这一类型影片的包装更具魅力。以至于这一类型很快成为家喻户晓的热门电影类型，并常映常盛；其长久以来累积的观影人数和次数，在世界电影史中都是一个极为罕见的惊人存在。20世纪60年代以后，《林海雪原》《地雷战》《地道战》《苦菜花》《三进山城》等一系列影片的逐步兴起，更是不断推动着游击战争惊险片的持续发展。

"地下斗争惊险片"是"十七年"时期惊险片的又一种亚类型。不过，这类影片偏重于对敌我双方潜伏于地下的间谍战进行描绘和展现，但它们同样具备"反特片"的传奇性和虚构性特质，如《地下尖兵》《地下航线》《51 号兵站》等就是当时极为成功的地下斗争惊险片类型。尤其是在 1963 年，根据作家李英儒同名畅销小说改编的影片《野火春风斗古城》的公映，将地下斗争惊险片的创作水准全面提升并推向高峰。影片不仅塑造了杨晓东这一智勇双全、能力超群的地下党员形象，而且将传统中国电影中的家庭伦理片的情感魅力与地下革命斗争的惊险、悬念融汇交织，赋予影片以崭新的内涵。剧中杨晓东与银环的爱情故事隐含于革命叙事之中，镜头语言的抒情化与情节铺排的传奇性相得益彰，母子、姐妹、战友、两性、敌我错综复杂的关系设置产生出强烈的戏剧冲突，从而使其具有极强的观赏性，成为"十七年"时期又一部不可多得的"类型大片"。

由此可见，"十七年"电影的许多类型构成要素，对中国创作自己本土化的新类型电影，包括电视剧仍具有重要的借鉴意义。

新世纪以后，在消费主义语境下，文化产品逐渐成为商品，影视的产业化之路也势在必行。于是，"十七年"文学经典在改编中的类型化追求成为必然。然而，与一般的类型化电视剧不同，"十七年"文学经典的影视改编剧类型化程度并不充分，充其量只能被称为一种准类型化的电视剧。究其原因，根本在于它自身的特殊性。作为具有中国特色的一种特殊的电视剧类型，一方面它承载着对革命历史进行书写和讲述的重要责任和使命；另一方面，作为正典性的作品，它与革命历史本身具有某种同构性，并作为意识形态的一部分存在。所以，其影视改编不仅要受到意识形态的强大影响，还要接受大众集体无意识记忆的考验。因此，认清"十七年"文学经典的历史特殊性在改编中非常关键，也至为重要。然而，当下影视生产市场化的运作方式和资本的急功近利性导致了编创主体们根本无暇顾及"十七年"文本的特殊性，为了追求收视率和娱乐效果，他们将从好莱坞电影中学到的"类型化"概念简单而随意地移植到对"十七年"文学经典的影视改编中。哪知产业化是一把双刃剑，不顾历史语境、受众审美记忆，而单纯从市场角度所选取的改编策略必将招致失败。可以看到，对类型化表皮的追求，使得编创人员只知道往里面无休止地添加各种商业元素，如大写感情戏，使得革命爱情泛滥化；随意增加情节，使得故事情节妖魔化；革命英雄也变身为好莱坞的硬汉，"多智而近妖"。如在电视剧《林海雪原》中随意添加情感戏，槐花的出现，竟然使杨子荣、座山雕之间出现了三角关系；《苦菜花》和《青春之歌》中也无中生有地给主要人物添加了大段的感情纠葛。这种为了夺人眼球而偏离原著精神的改编，手段低下而庸俗，获取的不是赞许，而是观众的反感。更有大量的所谓"抗日神剧"，英雄们不费吹灰之力就手刃"鬼子"的桥段，简单而粗暴，早被观众所唾弃。

可见，大量娱乐因素的渗透使得改编剧与观众长期积累的原始阅读体验和审美感受相去甚远，自以为符合观众胃口的所谓"看点"竟成了批评的"焦点"，这可能是改编者没有想到的。

实际上，改编的类型化选择和倾向并没有错。但是，"类型研究指出，成功的类型片必须理解产销双方所共同关注的重大议题与文化情绪，并以观众喜闻乐见的方式回应历史与文化背景"①。类型片必须建立在量的积累之上，其内部的运作机制必须使得它与观众、现实生活，尤其是和现实的社会心理保持着密切的互动关系，并且还要适时地进行创新和突围。但是，改编者们却忽视甚至回避"十七年"文学经典的历史特殊性，对于必须涉及的历史观念，由于急功近利的商业心态影响，也很难在深度和厚度上下功夫。改编者虽然苦心孤诣地期望能够借鉴好莱坞的类型模式来打造新世纪的革命文化，但是，在文化策略上却陷入了深深的误区，他们在根本上忽视了"类型化"的本土性及其本土化原则，其结果是，改编剧只是学其形而失其质，陷入了"东施效颦"的尴尬困境。

由于东西方影视文化传统的根本性不同，中国影视在商业类型的设置上，显然不能对好莱坞亦步亦趋。"人不能拔住自己的头发离开地面"，我们只能从中国影视传统的文化架构中去寻找资源。如前所述，在"十七年"文学及电影中早已蕴含着丰富的类型化模式和叙事策略，

---

① 丘静美、朱晓曦：《类型研究与冷战电影：简论"十七年"特务侦察片》，《当代电影》2006年第3期。

它不仅遵循了一般影视类型化的普遍规律，而且在长期实践中形成了自身本土化的风格，这给我们当下的创作提供了宝贵的经验和启迪。但可惜的是大部分改编者却宁愿放弃自己的文化传统，舍近求远，舍本逐末。这种舍弃自身文化资源，照搬好莱坞模式的做法，不仅缺乏创造力，也注定了改编的失败结局；而尊重本土文化传统，注意与观众现实社会心理严守一致的改编，往往才能获得认可和成功。所以，当下的影视创作必须走一条扎根于本民族历史和文化传统的影视类型化道路。这也是"十七年"文学经典影视改编的出路与新方向。

第二节　谍战剧——催生的新类型

　　"谍战剧"可谓是新世纪头十年间，继"十七年"文学经典/"红色经典"影视改编剧之后，中国革命历史题材电视创作的又一重大现象。"从 2003 年的《誓言无声》到 2006 年掀起高潮的《暗算》，再到 2009 年创造收视神话的《潜伏》，乃至当下正在热播中的《黎明之前》《借枪》《旗袍》《风声传奇》等等。时至今日，这一类型的作品累计播出的有六十几部之多。"① 从节目收视方面看，据中国青年报社会调查中心 2009 年 10 月对 1732 人进行的调查显示："69.7%的人半年内至少看过两部谍战剧，23%的人看过的谍战剧超过三部。"② 各地方卫视也抓住这股"谍战风"，纷纷在黄金时段上马热播，浙江卫视甚至在 2011 年借打造"红色谍战季"造势，播放了《借枪》等一大批谍战电视剧，以吸引观众眼球。之后，《悬崖》《剑谍》《青盲》《风语》《伪装者》等更是屡次掀起收视狂潮，一度成为卫视热播剧，网络点击量也蔚为可观。细究谍战剧如此热播的原因，一方面，在庆祝新中国成立 60 周年的历史节点，献礼剧构成了近几年电视剧市场的主题，据不完全统计，献礼剧不下 200 部，其中谍战题材剧占 20%；另一方面，不得

---

　　① 刘咏戈：《半年内播了 50 余部谍战剧　遍地都是假夫妻》，2009 年 10 月 26 日，新华网（http://www.tj.xinhuanet.com/movieteleplay/2009-10/26/content_18044268.htm）。

　　② 吴晓东：《荧幕"叠影"重重，69.1%的人认为多数在跟风》，《中国青年报》2009 年 10 月 29 日第 7 版。

不承认,"十七年"文学经典/"红色经典"影视改编剧的热播及引发的争议,直接催生了谍战剧这一新鲜电视剧类型的出现。可以说,谍战剧的大规模涌现及其话题效应,很大程度上都与之前如火如荼的"十七年"文学经典/"红色经典"影视改编有着千丝万缕的关系。下面,就从政策管理、历史书写、类型拓展、问题与展望四个方面就其对谍战剧的影响作深入的探讨与分析。

一 政策管理:国家、市场、观众的多元博弈

从政策管理方面来说,2004 年左右电视剧市场上出现了"十七年"文学经典/"红色经典"的改编热潮。但是,伴随着《林海雪原》《红色娘子军》《苦菜花》等电视剧的热播,这股改编热在社会上引发了广泛的争议。改编中出现的娱乐化、人性化、消费历史等等问题,遭遇来自民间、媒体、学界和政府的重重质疑:大众普遍对改编剧持否定和反感的态度;媒体也毫不留情地指出改编的问题所在,认为改编是对"十七年"文学经典的无情虐杀。"虐杀招数一:无'情'不成戏;虐杀招数二:随意注水稀释;虐杀招数三:歪曲英雄形象;虐杀招数四:反面人物人性化。"① 学界则在 2004 年左右一连紧急召开数个改编研讨会,从学理的角度研讨和分析改编的症结所在。于是,广电总局于2004 年 4 月发布了《关于认真对待红色经典改编电视剧有关问题的通知》,之后"十七年"文学经典/"红色经典"的改编热潮逐渐降温。

然而,改编剧的淡出,并不意味着市场对这一类型影视剧的拒绝和遗忘;相反,从受众层面看,普通观众对革命历史题材影视剧的热情依然有增无减。观众的审美趣味最终决定了影视剧的生产供应,观众对电视剧的收视、购买的终端消费活动才是各种影视类型兴起的决定力量,如果没有观众的收看与接受,影视产品的艺术价值和商业价值均无法实现。投资商、制片人,包括具体的编创者都必须重视大众的趣味选择。革命历史题材电视剧作为一种特殊类型的影视产品,虽然具有虚构性,但就其表现内容来说仍然包含了大众对于中国近现代史的"集体回忆"

---

① 顾小萍、邢虹:《〈林海雪原〉导演:说我毁坏红色经典太不公平》,《南京日报》2004 年 4 月 28 日第 10 版。

和审美期待。从他们对"十七年"文学经典影视改编剧的关注可以看出，当下观众对于革命历史题材影视剧的需要与渴望，他们对远去的革命岁月仍旧怀抱着"怀旧"和"追忆"的心态，在缺乏英雄的时代，仍旧怀揣呼唤英雄的理想！但是，这种心态和需要在改编剧身上却未能得到实现和满足，观众看到的是被歪曲的革命历史和变了味的英雄。而谍战剧的出现，恰时给观众的观赏欲望找到了最适合的宣泄渠道。从《暗算》到《潜伏》，再到《剑谍》《悬崖》《夜隼》《摩西密码》《青盲》《风语》《伪装者》等，观众对谍战剧的观影热情一路高涨。

　　此外，改编剧热播的背后，深藏着一整套市场化运作的经济理念。在当前电视剧生产体制下，政府部门虽然也有资金注入，但电视剧的资本运作中绝大多数还是社会团体和民间私募资本。为了获得商业利益，实现高收视率和社会关注度，制作者必然人为地制造"卖点"以追求市场利润的高回报。于是大肆动用所谓商业化策略，导致改编剧产生诸多问题和弊端。谍战剧虽然也是极具商业化潜质的影视类型，但在国家权力调控下，市场经历了改编剧的挫败后，及时吸取经验教训，回避了改编中的诸多偏颇和问题，明确了革命历史题材影视剧创作的边界和底线，即在对革命历史进行重新书写的时候，捍卫经典的"正典性"是不可动摇的核心，创作必须高度与国家导向保持一致，不容歪曲，因为"它是中国 20 世纪 50 年代至 60 年代以革命为主题的文化生产，是建立革命文化霸权和话语体系的有机部分。'红色经典'作为革命文化霸权或领导权的主要产品，其大规模的生产是为国家利益服务，为国家统治的意识形态合法性服务，其对象是中国全部人口，目的是在全民形成新的价值体系和社会凝聚力。既然国家权力把'红色经典'作为历史本质叙述的唯一合法的想象，因此，它必然极力维护'红色经典'的核心价值，不允许对此进行任意变更"①。而谍战剧与改编剧同样是反映抗战、解放、建国前后那一段革命历史的电视剧，在时代设置上具有"同构性"。另外，对于革命历史的表现与书写，也关系到国家政权的"合法性"。因此，谍战剧在对革命历史的书写上吸取了改编剧的教训，目前为止，基本达到了大众和官方的双重满意。

---

① 侯洪、张斌:《"红色经典"：界说、改编及传播》，《当代电影》2004 年第 6 期，第 82 页。

最后，国家政权在遭遇了改编剧对主流文艺政策的"触动"和"反叛"后，为了净化影视环境，打击影视界庸俗、色情、暴力、恐怖等不正之风，逐渐加大了对电视剧市场的宏观调控和管理。2004 年 4 月 19 日，广电总局下发了《关于加强涉案剧审查和播出管理的通知》，规定"所有电视台的所有频道（包括上星频道和非上星频道）正在播出和准备播出的涉案题材的电视剧、电影片、电视电影，以及用真实再现手法表现案件的纪实电视专题节目，均安排在每晚 23：00 以后播放"，"各省级电视剧审查机构对涉案题材的电视剧、电影片、电视电影要加强审查把关，特别是对表现大案要案，或表现刑事案件的电视剧、电影片、电视电影、电视专题节目中展示血腥、暴力、凶杀、恐怖的场景和画面，要删减、弱化、调整"①。但涉案剧退出黄金档，并不意味着观众对此类型电视剧情节冲突感强、悬念丛生的审美需求的退位。而谍战剧既有惊险智斗、悬念设置、逻辑推理的特性，又恰时回避了现实矛盾，它的出现恰逢其时地填补了空白，满足了观众对涉案剧的需求。正如许多谍战剧的制作人员坦言，"之所以选择谍战剧是对涉案剧的一种替代类型，那些在涉案剧中经常出现的惊险、侦探、悬疑等手段也完全适用于谍战剧。"② 郑凯南作为谍战剧《古城谍影》的出品人，也这样说："'谍战剧'打的正是涉案剧的'擦边球'：一方面，它具备了涉案剧的悬疑、侦破等一系列吸引眼球的特点；而更重要的是，它不受规定的限制，可'自由'地出入黄金档。"③ 可见，广电总局针对"红色经典"、涉案剧所颁发的一系列文件和要求，在一定程度上发挥了国家权力对文化产品的宏观调控作用，确保了之后的谍战剧基本在其所框定的范围中运行，贯彻了主流意识形态的要求。谍战剧将市场消费文化与政治主旋律文化熔于一炉，争取到了广阔的类型叙事空间。

二 历史重构：当下语境的逆向推演

改编剧出现的意义在于使得 20 世纪 80 年代被大众拒绝和排斥的

---

① 国家广播电影电视总局：《关于加强涉案剧审查和播出管理的通知》，2004 年 5 月 26 日，国家新闻出版广电总局（http：//www.sarft.gov.cn）。

② 国家广播电影电视总局：《被限涉案剧变身"反特剧"畅通播出》，2007 年 3 月 21 日，《新民晚报》（http：//media.news.hexun.com/2112429.shtml）。

③ 李君娜：《"反特剧"成银幕新宠》，《解放日报》2006 年 1 月 25 日第 8 版。

"革命历史"重新得到了认同。这种对革命历史的讲述与重演，抛去"怀旧"与"追忆"，更深层地体现了对曾经断裂历史的修补与弥合，是一种在解构中完成的对历史记忆和历史书写的建构。而谍战剧在时间的设置上，多聚焦于新中国成立前后这一历史阶段，表现的是在国家新生政权即将诞生的时期，国共两党之间在正面战场之外斗智斗勇的"暗战"。通过再现国共两党的那一段历史，讲述革命的激情和单纯的信仰。因此，在谍战剧身上很明显具有一种意识形态功能，它实际上是继承和代替了改编剧的功能，在对革命历史的"另类"讲述中强化着国家政权的权威性。

然而，虽然与改编剧一样，谍战剧继续着对红色革命的历史书写，但其书写方式在新的历史形势下，已经发生了很大的改变。两者相比，改编剧涉及的面更广：第一次国内革命战争、抗日战争、解放战争，正面战场与地下斗争，都是站在宏观的视角上，书写大革命历史（对历史的宏观书写）。而谍战剧多聚焦于抗日战争和新中国成立前后这一段历史，而熟知中国当代史的人都知道，这一段正好是国共两党内战史，其选取的视角也从正面战场转移到了地下斗争，以国共两党之间的谍战故事代替正面战场的三大决战，来呈现 1949 年的国共大对决。

在影视创作中，国共两党内战史的书写方式随着政治形势的变换，经历了多种变化。在改编剧中，由于历史所赋予的冷战思维的影响，国共两党鉴于意识形态的二元对立，必然以敌对阵营的面貌出现，表现的是正面战场上你死我活的斗争；随着冷战的终结，特别是 2005 年以来两岸关系缓和，逐渐步入对话与交流的历史转折期，这使得曾经确认无疑的二元对立的意识形态出现松动。于是，对于这段历史的书写又出现了新变化。有一些谍战剧专门选取抗日战争作为故事发生的背景，这成为新的创作趋向。如《雪豹》《火线三兄弟》等，往往以带有世俗气或草莽气的抗日英雄的成长来讲述革命历史，其民族英雄的身份选取使得抗战历史具有得以正面讲述的合法性。于是，通过整合国家民族对外抗敌的这段历史，在国族意义的高度使得国共两党之间的意识形态分歧得以暂时缝合。不过这种以国族叙事来替换阶级叙事的策略选择，造成影视剧的叙事视角始终聚焦于抗日战争这段国共合作的历史，从而导致对国共两党内战历史予以回避，使得这段历史无法被正面书写和真实还原。

在此情况下，谍战剧开始从内部突围，出现了新的动向。《潜伏》《黎明之前》《悬崖》等作品的视角开始聚焦于国共两党的地下斗争，从而化解了双方在正面战场上的尖锐交锋，将正面战场的斗争转为地下斗争，使得国共两党的内战史，借助隐秘战线的斗争得以呈现与阐释。可见，这一新的创作路径恰逢其时地解决了对于国共两党历史进行正面书写可能性的问题。这种意识形态功能使得1945—1949年之间国共两党的内战历史，借助隐秘战线的斗争得以阐释与书写。

谍战剧在对国共内战历史的书写上，为了缝合两党的意识形态裂痕，通常采用了以下方法：

（一）国共"兄弟"的同构书写

谍战剧在对国共内战历史的书写上，为了缝合两党的意识形态裂痕，通常采用了将国共作为"兄弟"进行同构的书写方式。

《黎明之前》中国民党军情八局的刘新杰，其真实身份是中共党员，他与局长谭忠恕可谓生死兄弟。剧中谭忠恕宴请刘新杰，二人畅饮之后齐声高歌，共同追忆起抗战中常德会战的残酷。电视剧用这一典型场景告诉观众一个事实：抗战中，国民党军队在正面战场进行了殊死抵抗。谍战剧的这一影像表达，在一定程度上与胡锦涛主席的讲话相互印证，"中国国民党和中国共产党领导的抗日军队，分别担负着正面战场和敌后战场的作战任务，形成了共同抗击日本侵略者的战略态势"①。这里，表现国共两党斗争的常规手法和惯用思维，被一种新的历史书写方式所取代：国民党和与之对应的正面战场的历史原貌被重现，国共联合抗日的历史事实被进一步强化，成为构建民族国家统一的关键所在。这种将国共作为"兄弟"进行同构的书写方式，在谍战剧中有大量体现。如《人间正道是沧桑》中，杨立青和杨立仁虽然分属于国共两个敌对阵营，信仰不同，但在家庭里却是血浓于水的"同胞兄弟"；《悬崖》中的中共特工周乙，潜伏在汪伪政权的特务科，却可以跟同样潜伏下来的国民党特工联手，一起在隐秘的战线共同抗日；《暗算》中戴

① 胡锦涛：《在纪念中国人民抗日战争暨世界反法西斯战争胜利60周年大会上的讲话》，2005年9月3日，人民网（http://politics.people.com.cn/GB/1024/3665666.html）。

主任与钱之江的关系，也早已超越了上下级的界限，以英雄之心相互敬仰与珍惜；《潜伏》中的余则成与李涯之间虽然是敌对阵营，但都是忠于各自信仰的人。《伪装者》中的明台，身份为国民党军统特工，却也能在国家危难之际，与中共地下党"锄奸"小组成员程锦云联手，成功爆破了汪伪政权运送日军高官的专列"樱花号"。之后，明台被程锦云发展成为中共地下党的潜伏工作者。明台的兄长明楼其真实身份是中共地下党南方局的特派员，但是却有着双重的伪装身份：他既是国民党军统的特工，又是汪伪政府的要员。为了配合正面战场取得胜利，明楼启动"丧钟敲响"行动，用超人的智慧扭转乾坤，与其弟一起获取情报，为第二战区的胜利赢得了转机。

从这个意义上来说，借助"兄弟"同构的书写方式，将国共之间在正面战场的斗争转换为地下斗争的特殊视角选取，已然修复或回避了国共之间的意识形态对立，成为谍战剧对国共两党历史新的书写方式。

（二）"你我"交织的镜像结构

"谍战剧"在人物关系的处理上，以一种新的"你我"交织的镜像结构，打破了长期以来革命历史题材影视创作常规的二元对立模式。其重要特点是不再以阶级性作为区分善恶的标尺，即我方（共产党）不再一贯的"高大全"，对方（国民党）也不再一贯的"假丑恶"。如在《黎明之前》中，故事始于共产党员秦佑天的叛变，随后，共产党员董乾坤顾及儿子和母亲的安全，最终也无奈变节，导致共产党员边日南的牺牲。《悬崖》《借枪》等谍战剧中也都有类似共产党员叛变的情节出现。而在对国民党的影像书写上，也跳出了以往谍战剧塑造反面人物刻板单一，故意扬其短而抑其真的脸谱化手法，开始探索一条更加真实、客观、可信的塑造国民党正面形象之路。如《黎明之前》中，局长谭忠恕少了领导者的专横，多了普通人的温情；他周到安排牺牲下属的后事，甚至在中共党员钱宇牺牲后，还亲自为他购买棺木；在与共产党的交锋过程中，始终表现出一种相互尊敬的态度。这些人物塑造方式，改变了以前对于国民党军方或其情报人员冷酷、无情的反面刻画，使得人物更加立体、可信。以上对人物关系"你我"交织的镜像结构处理，显示出谍战剧有意识地消融国共之间曾经一度的对立关系，尝试从对人性的客观审视的角度来探索历史的真实，强化了人的自然属性和普遍价值观，以此达到对国家民族统一的认同和对惯常阶级对立话语的修正。最终，在对人性的审视中，国家民族内部的矛盾和阶级之间的对立被淡化，传统的角色正邪对立模式也自然被逐渐消解。

三 类型拓展：人物、结构的叙事锻造

此前，"十七年"文学经典影视改编中所使用的诸多改编策略，已经遭遇了社会各界的议论，终于招致了某些作品最后被批评甚至禁播的命运。但是，谍战剧的出现，在吸取了改编剧的经验教训的同时，其实也继承了某些商业性的改编策略。从这个角度说，对改编剧的戏说并没有被真正禁止，它在谍战剧身上又重新复活。但是，这些在改编剧身上被大众诟病的改编策略，运用到谍战剧身上后，却反而没有招致批评和质疑。到目前为止，从大众到官方乃至社会各界的反馈来看，都以肯定的意见居多。为什么会出现这样的情况？谍战剧是如何表现这段革命历史，做到既符合政治要求又满足大众消费的呢？实际上，谍战剧是用类型化的元素，融入对革命历史的书写，造就出了新的革命历史传奇。

前面已经分析过，之所以禁止改编剧戏说，首先是为了维系其所具有的革命历史叙述的正典位置。"十七年"文学经典是革命年代的产物，它的存在与革命历史具有同构性，几乎等同于革命历史本身，所以它具有某种神圣不可侵犯性，任何对原著的戏仿与解构都意味着对于革命、国家等宏大主题的严重冒犯。而谍战剧诞生于当下，与"十七年"经典文本与生俱来的"原生性"特质不同，虽然它也有一些是改编自"十七年"时期的作品，如《羊城暗哨》《永不消逝的电波》《英雄虎胆》等，但其绝大部分作品都是当代的新作，从这个意义上说，它与革命历史之间的同构关系较为疏远与淡漠。虽然与"十七年"经典文本一样，二者都是对革命历史的重现与复述，但"十七年"经典文本承载的是"历史性"的正史讲述，而谍战剧更多的是虚构性的野史讲述，这就为谍战剧从人物到结构的叙事更新留下了巨大的空间。

谍战剧之所以能够在 2007 年以后取代改编剧，几乎成为唯一的红色剧样态，还在于这些"谍中谍"的故事实现了改编剧所"无法完成的任务"。下面就来看一下谍战剧是如何完成这些在"红色经典"中"无法完成的任务"的。

(一) 英雄的"有名"与"无名"

在改编剧中所呈现出的英雄形象,一般都是在正面战场上与敌人英勇厮杀、骁勇善战的"有名"革命者。而谍战剧中的英雄所指则由地上转入地下,甚至深入到"敌人的心脏",表现的是一群有勇有谋、有信仰、有理想,并且具有知识分子气质的"无名英雄"。改编剧对英雄的塑造,通常将个人英雄主义的故事放置于对意识形态的宣传之中,实际强调的则是革命、阶级、人民、信仰等宏大主题,英雄的个人才能是不被凸显的,英雄只有在融入国家、民族、集体之中,才能实现其作为英雄的个人价值。而"谍战剧"突出的是智勇双全的"孤胆英雄"的形象,这些英雄具有超强的智慧和个人能力,而且这种个人能力往往被夸张甚至神化。如《暗算》《解密》讲述的都是各种具有特殊才能的人解密敌方深奥密码、破获敌方隐秘电台的传奇故事;《潜伏》中的余则成接受过中统特务专门的谍战训练,而翠平则是一个弹无虚发的神枪手。这些谍战故事非常巧妙地将英雄个人的超常能力与国家、民族的利益结合起来。于是,当下的"谍战剧"在个人传奇故事中,将英雄神化般的超能力与国家、民族的利益亲密同构,从而改写了改编剧中国家、集体、组织、体制等对英雄个性自由的剥夺、压制与遮蔽。这群"地下尖兵"既在特殊的革命工作中将个人的超能力发挥到极致,同时又心甘情愿地为国家、民族的利益甘当"无名英雄"。而这种将个人意志与国家利益进行有效询唤的意识形态机制就来源于一种叫作信仰的力量。

谍战剧中的英雄在国家、民族利益至上,牺牲奉献精神以及对政治信仰无比忠诚方面比改编剧更为突出。谍战剧很少让英雄获得政治工作和感情生活的双重圆满,主人公经常要做出非此即彼的选择。于是,在《特殊使命》《潜伏》《黎明之前》中常常可以看到男主人公为了完成卧底任务而放弃或者牺牲爱情的场景。在改编剧中,常常以"疾病自虐"或者"亲情自虐"的方式衬托英雄的信仰,而在谍战剧中经常以"爱情自虐"的方式将英雄的形象塑造推向神化。而英雄的"牺牲"与"自虐",究其深处,是来自于一种精神的力量,一种信仰的力量。"地下斗争"这一特殊的革命环境对英雄无论在能力还是信仰上都提出了更高的要求,因而也赋予了革命者相比改编剧更为动人的魅力与坚强品质,因而,更能赢得和感动观众。

在地下工作者钱之江和解密专家安在天身上,人们看到了为信仰而牺牲的精神,"信仰是目标,寄托是需要,是无奈,是不得已。信仰是你在为它服务,而寄托是它在为你服务"①,这句关于"信仰与寄托"的台词被广为传颂。在"爱和信仰的简史"②——《潜伏》中,余则成由军统特务最终成长为一名坚定的共产党员也是依靠信仰的力量。麦家在接受采访中也曾强调:"人生多险,生命多难,我们要让自己变得强大、坚忍、有力,坦然、平安、宁静地度过一生,也许唯一的办法就是把自己'交出来',交给一个'信仰'。"③看来,在一个缺乏信仰的年代,并不意味着人们对信仰的追求也消失了。相反,随着改编剧的销声匿迹,大众对"英雄"和"信仰"的追寻依然坚定,在谍战剧中信仰如同涅槃的凤凰,在烈火中又一次复活了。

另外,谍战剧在塑造英雄时,沿袭了改编剧中的"世俗化"与"平民化"的类型策略。但观众对于这种以虚构性的方式讲述的另类革命史,并不反感,究其原因正在于它并不具备之前改编剧在革命历史上的正典地位,因而不存在对英雄的颠覆和冒犯。所以观众对这样具有平民特质的英雄还是较能接受的,并没有出现之前改编剧中的批评与诟病。如《潜伏》中的余则成是一名军统特务,在面对革命爱人左蓝的策反时,他说:"我没有什么信仰,如果说有的话,我现在信仰良心,赶走日本以后,我信仰生活,信仰你。"他是在"爱情"与"良心"的引导下,一步步走向革命,最终拥有共产主义信仰的。谍战剧中英雄的情感世界也成为描写的对象,"日常化"和"人性化"的处理方式也更适合今天观众的审美。如《潜伏》中余则成与翠平情感的"日常生活化"等等。但是,谍战剧对爱情的表达从来不会过火,都是作为地下斗争主线的点缀存在,因而没有引起观众的反感。

---

① 刘小枫:《密……不透风——关于〈暗算〉的一次咖啡吧谈话》,《南方周末》2007年4月5日第15版;《柳云龙信仰·理想〈暗算〉里激情燃烧》,2007年12月6日,城市快报(http://epaper.tianjinwe.com/cskb/cskb/2006-12/28/content_ 111555.htm)。

② 《〈潜伏〉导演姜伟:"信仰"贯穿〈潜伏〉始终》,2009年4月10日,天天新报(http://ent.sina.com.cn/v/m/2009-04-10/09162464811.shtml)。

③ 麦家:《历史就像从远处传来的"风声"——谈小说〈风声〉和电影〈风声〉》,《南方周末》2009年10月28日第16版。

（二）叙事结构的类型化

谍战剧为了满足观众对于悬疑、推理、惊险、动作、犯罪等诸多影视元素的需求，充分发挥其电视剧类型优势，采用使类型杂糅与混合的策略，将侦探剧的逻辑、推理、悬念等观赏元素与惊险片中主人公历险与脱险的陡转情节相融合，并植入主流意识形态所倡导的关于国家、民族、革命的历史讲述，宣扬牺牲奉献等积极向上的价值观念，成功地将国家意志和观众趣味有机结合起来，形成了一些新的类型设置。谍战剧一般运用的是反特片中敌我双方阵营打入与反打入的基本情节架构，但这在当下又有了新的拓展：

（1）夺宝战：谍战片中的"宝"，一般被设置为一个秘密计划、一份潜伏特务名单、一份重要的口供或者一张重要的图纸。如《潜伏》中的"黄雀计划"，《黎明之前》的"木马计划"等等。

（2）卧底战：将敌我双方阵营的打入与反打入结合起来，英雄担负着双重的责任：一边是我方进入敌方进行卧底，另一边必须从敌人内部找出在我方卧底的内奸，二者的纠缠使得情节较电影更为复杂化和曲折化。如《潜伏》中余则成一边要完成党交给的任务，一边还担负着寻找国民党潜伏特务"佛龛"的重任。

（3）谍报密码战：将破译敌我双方的密码，或者查获隐秘的电台作为事件的核心来表现，这种充满着智慧和神秘感的特殊活动，很能引发观众的好奇心和猎奇感，因而也成为谍战剧惯常采用的方式。在《暗算》《风声传奇》等剧中被大面积使用。

四　问题与展望：历史误读和同质旋涡

作为典型的商业影视剧，相比改编剧，谍战剧在类型上已经有了长足的拓展，但它在本质上属于大众艺术，其本身具备的通俗性特征，意味着该类型模式的可复制性，复制则难免出现泛滥，造成作品质量的下滑。2013年以来，与大量谍战剧在数量上激增相反的是，观众的热情似乎在减退。广电总局也发文对谍战剧创作中存在的问题和不足发出警告。谍战剧究竟出现了哪些问题呢？

（一）历史真实的还原

在谍战剧的精品之作中，创作者对于如何处理"历史真实"和

"艺术真实" 的关系问题十分注意, 如《潜伏》中的余则成, 就综合了
"龙潭三杰" 中李克农、钱壮飞的人物和故事原型。这部作品尽管是虚
构的, 但取自真实人物真实事件, 符合历史真实和生活真实, 因此受到
观众喜爱。总的说来, 成功的 "谍战剧" 虽然在故事的表层, 以虚构
的野史的方式来讲述革命历史, 但是, 在影像的背后, 却是以真实的历
史事件和真实的历史人物作背景进行剧本创作, 因此可以清晰、真实地
反映历史。然而, 在那些简单复制的谍战剧中, 对历史的表现却出现偏
颇, 造成对历史的误读。如《江南锄奸》中对肖一鸣叛变革命事件的
表现, 虽然基本符合历史事实, 但是, 在唐敏仪这一人物设置上却出了
问题。唐敏仪作为中共的特工, 及时挖出肖一鸣这个叛徒; 但是, 历史
上唐敏仪的原型是中共情报战线 "龙潭三杰" 之首的钱壮飞。钱壮飞
突然由男性变成了女性, 岂不混淆视听, 给不熟悉中共历史的观众造成
误导。总之, 谍战剧中过多虚构手法的渲染和使用, 如利用错综复杂的
关系挑拨离间、削弱敌人力量, 使用陷害计策清除叛徒, 不择手段地获
取情报等等, 对那些缺乏历史知识的观众, 尤其是青年一代, 容易造成
影像与历史重合错位, 导致其历史观和价值观出现偏离和误差。尤其在
当下, 普通观众对正史的阅读不多, 他们对于党史的认知和理解, 基本
通过影视剧的观看获得; 谍战剧虽然以虚构为主, 但如若对历史过多的
夸大、虚构、戏说, 势必淡化、神化甚至歪曲正史, 影响正史的传承。
另外, 历史上党的地下战线活跃的诸多无名英雄, 都有其历史原型, 他
们为国家民族的独立做出了重要的贡献, 但我们也要认识到, 共产党取
得新民主主义革命的胜利是历史发展的必然, 既有隐秘战场的斗争, 也
离不开正面战场的浴血奋战, 是千万人民用热血和生命换来的, 因此,
谍战剧不能片面夸大地下战场的作用, 而无视其他战线的功绩, 影响观
众对历史的正确认识。

（二） 同质化的倾向

同质化是目前谍战剧的最大软肋。谍战剧的制作, 普遍陷入一个固
定模式——"特务多为美娇娘, 动作枪战齐上场, 故事单薄史料挡,
假的妻子真的郎, 敌我之间恋爱忙, 钩心斗角本事强, 对白肤浅旁白
扛。" "相似其实也是一种无奈, 都是讲潜伏与反潜伏的, 在剧情上肯
定有重复的地方。" 《誓言今生》《黎明之前》的导演刘江说: "关键不

在于细节是否雷同，而是切入的角度、表现的方法是否有自己的特点。谍战剧中能称得上经典的，只有《暗算》《潜伏》《黎明之前》这几部。拍得不好，不是因为没有好题材，而是资源没有利用好，没有把握正确的历史观和价值观，很多创作者对间谍这个职业也不够了解，缺少技术方面的专业支持，观众看了都不相信。"

可以看出，谍战剧的创作在经历了喧嚣和热闹之后，逐渐走向了理智与冷静。相关专家与创作者在北京多次研讨，旨在探寻谍战剧的出路问题，普遍得出共识：谍战剧之所以陷入同质化旋涡，原因在于谍战剧已步入类型瓶颈；谍战剧要获得长足、持续发展，就必须突破旧有思维模式，要推陈出新，在遵循类型剧制作规律的同时，更要打破类型桎梏，注意故事架构，加强创作者的历史知识和制作水准，抵制简单复制，提倡独立创新；做到既要从史出发，尊重历史，又要迎合观众审美需求，既要体现社会主义核心价值观，又要注意讲述方式，做到让普罗大众喜闻乐见。

一半是海水，一半是火焰。作为商业类型影视剧的谍战剧，经历了高潮也暴露出问题，但是只要认真处理好"历史真实"与"艺术真实"之间的关系，纠正对正史的歪曲和戏说；避免创作的同质化倾向，做好类型基础上的不断探索、创新，也许观众会有审美疲劳的可能，但是只要人们还崇拜英雄、崇尚信仰，渴望了解历史，谍战剧就是永不消逝的电波。

通过以上的分析可以看出，改编剧催生出谍战剧这一新的电视剧类型，它最终以类型电视剧的定位完成了改编剧不可能完成的任务。这一替代现象从深层看，更多的是市场权力经过与国家权力的角力和调整，最终寻找到一种双方都能够各取所需的电视剧类型。一方面，国家政策的出台和限定使得改编剧被限制，涉案剧退出黄金档，于是，市场权力在国家控制下不得不寻求符合规范的表达，寻找新的电视类型进行取代，而新的类型必须既不违反管理部门的相关规定，又能够满足观众对于悬念、推理、侦破、惊险、动作等方面的观赏兴趣。谍战剧恰恰既具备了以上类型的特征，又将对革命历史的书写和革命英雄的正面表现融入其中，这样，在播出时不但不会受限，还会因为其具备的主旋律性得到政策的倾斜与支持。另一方面，在当下中国政治稳定、经济繁荣的

"大国崛起"时代，作为执政党的中国共产党以更加从容和自信的姿态去书写自己的革命历史，在影视剧中就需要用表现革命和英雄的手段去宣扬和教育大众，让国人了解曾经的革命历史，用英雄的牺牲呼唤"信仰"与"崇高"。这样，政策管理、历史书写、类型拓展等几方面的需求和改编剧中反特类型的历史观赏经验积淀，比较好地结合在一起，形成了继改编剧后绵延至今的谍战剧潮流。

最后，附表 7—1，从中我们可以看出 2009 年谍战剧的热播盛况：

表 7—1　　　　　2009 年谍战剧收视表现（18：00—24：00）

电视剧名称	进入前 10 名的频道数	总频道数	进入前 10 名的城市数	总城市数
《潜伏》	78	136	9	80
《勇者无敌》	32	72	7	80
《剑谍》	25	58	5	80
《蓝色档案》	25	49	2	80
《秘密列车》	23	67	3	80
《迷雾重重》	23	49	3	61
《绝密 1950》	19	24	3	80
《幽灵计划》	18	37	2	80
《最后的 99 天》	18	34	0	80
《地下地上》	17	24	3	80
《延安锄奸》	15	39	0	80
《敌特在行动》	13	40	0	80
《秘密图纸》	10	12	0	80
《红色电波》	9	16	0	80

数据来源：CSM 媒介研究。

小　结

"十七年"文学经典影视改编剧作为一种特殊的准类型化电视剧，在改编中体现出"类型化"追求的成败得失，并在其影响之下催生出新的影视类型——谍战剧。谍战剧的大规模涌现及热播，很大程度上与之前"十七年"文学经典的改编有着千丝万缕的关系。本章从政策管理、历史书写、类型拓展、问题展望四个方面就其对谍战剧的影响做了深入的探讨与分析，得出结论：谍战剧在英雄塑造上和类型拓展上，对探索中国式的民族影视类型化道路上，有着深远的意义。

结语 改编·文化的思考

　　纵观世界影视大潮，影视对文学作品的改编已经成为一种重要的艺术生产方式。在美国好莱坞，获奥斯卡奖的电影80%都来自于对文学作品的改编；在我国，无论是新中国成立前还是新中国成立后产生的大量优秀电影，也大多来自文学改编。特别是新时期以来，但凡在国际、国内取得巨大反响的电影、电视剧也都是改编自文学作品，从20世纪90年代初开始，电视剧的改编工作至少占了整个电视剧产量的三分之二，可以说，小说已经成为影视剧创作的重要资源。新世纪以后，革命历史题材的"十七年"文学经典也被时代、国家、大众和市场同时看中，改编为辐射面和传播力度都更为广阔的现代影视艺术作品。然而，在图像化时代、大众文化和消费主义滋生的社会文化环境中，"十七年"文学经典也难免在改编中沦为一种大众文化商品，这是一种文化的宿命。但这绝不意味着可以无视"十七年"文学经典的历史特殊性、思想和艺术特质，随意将其变为后现代的文化时尚抑或纯粹的感官消费品。为了悦众获利，对文学经典和传统文化进行的戏说调侃、解构消费这些在改编中出现的问题已经向大众敲响了警钟。它提醒我们，大众文化商品同样需要打造精品，而高品质的大众文化商品，往往也承载着通过现代传媒和文化时尚，打造民族文化、表达普遍的人类意识和民族精神的任务。因此，"十七年"文学经典的影视改编不仅仅是一个产业或者技术层面的问题，更深层地说，它是关系到中国现代文化重构的重大命题。从这个意义上说，"十七年"文学经典的影视改编热潮带给我们的有以下思考：

　　（1）在全球化时代社会转型的背景下，文化消费主义的兴起与市场利益的竞争，使文化艺术生产直接同经济利益挂钩，这在"十七年"文学经典的影视改编中有着显著的体现。然而，即使在文化市场已经形成，影视文化逐渐走向产业化的今天，文化产业仍然是特殊的产业，文化产品仍然是特殊的商品，它除了具有商业价值，能带来巨大的商业利润之外，更重要的，还承载着建立人类精神家园、处理人类精神事务、彰显进步价值观念的责任和义务。"当代中国的艺术文化正处在一个转折性的发展关头。随着中国政治、经济、军事等综合实力的提升，艺术文化的自觉意识、主体意识也自然显现出来。'第三极艺术文化'是转型期中国社会发展的需要。一方面，以扩大物质生产、加快消费为主的发展方式不可能无限延伸，忽视艺术文化力量的社会将面临精神缺钙的危险。提出'第三极艺术文化'并自觉加快其发展步伐，是强化民族凝聚力、促进社会安定繁荣、提升综合国力、应对全球化挑战与机遇的策略。"① 因此，文化的生产和建设活动是关乎着世道人心、浸润心灵，引导人类走向进步的精神工程。

正是基于上述看法，"十七年"文学经典以影视剧改编的方式在世纪初的再造，在社会主义文化领导权的重建过程中，具有不可替代的重大作用。

（2）"十七年"文学经典的影视改编，彰显出对无产阶级左翼文化遗产的研究与继承问题的重视。无产阶级左翼文化的兴起和终结，是20世纪最重要的文化事件。当疾风骤雨的革命成为过去之后，作为遗产的"十七年"文学经典所体现的无产阶级革命文化并没有成为过去。特别是在中国现代性的发展过程中，英雄主义、集体主义、浪漫情怀、理想主义和批判性资源正在不断被耗尽。"蕴涵在民族文化之中的民族理想人格：献身精神，牺牲精神，奋斗精神等不朽的精神品位，正是中国文化的底板色彩，在中国人的心里保存着永久的记忆。而百年来中国人不畏强暴，前赴后继之可歌可泣的无数英雄人物和故事，印证着：从古到今的民族精神，影响着国人坚持走自己的路。"② 毫无疑问，"十七年"文学经典中凸现出中国人民反剥削、反压迫、反迫害，求生存、

---

① 黄会林：《第三极艺术文化观》，《大连大学学报》2010 年第 5 期。
② 同上书，第 63 页。

求自由、求幸福的伟大革命斗争史，展示了中华民族英勇奋斗、自强不息的崇高民族精神，表现了中华儿女为了建立理想社会制度而敢于牺牲的高尚品质，这些都是中华民族文化历史中丰富的精神资源。

今天，被商品和消费浸润的大众，虽然享受着前所未有的丰裕物质生活，但是在精神上仍然对英雄主义文化充满着渴望和崇拜。在革命文化逐渐淡化和远离的时代，人们转而从金庸的武侠小说和好莱坞的战争大片中，寻找英雄的身影和信仰的替代。因此，"十七年"文学经典中蕴含的中国革命文化并没有过时，重提革命文化传统的重要性对当下影视的创作仍具有深意。

另外，中国无产阶级文化在实践过程中，已经注意到民族性的问题，并形成了自己独特的民族风格，"十七年"文学经典中蕴含的传统文化和民间因素就是最突出的表现。那么，在当下的文化生产就有必要继承无产阶级文化中的合理因素，这不仅有利于建立文化的历史联系，丰富自己的现代文化传统，同时，也是获得文化独立性、占领文化市场的手段之一。

（3）"十七年"文学经典的影视改编，体现了改编者对传统资源的再开掘。中国是一个历史文化大国，20世纪以来，在建立新文化的过程中，也形成了巨大的文化破坏性格。我们曾批判一切、打倒一切、摧毁一切，这个破坏的文化性格在今天虽然得到了遏制，但仍然阻碍着文化建设的意识。其实，曾被打倒、推翻、摧毁的传统文化，特别是革命传统文化，在今天仍然是不可忽视的重要的文化遗产和可以重新激活的重要文化资源。中国艺术文化的发展"要植根于中国数千年的文明传统"。"文化软实力的核心是中国文化精神。中华传统文化中'仁者爱人'、'天人合一'、'知行合一'、'道法自然'等价值观，构建了中国文化之魂，以强烈的文化色彩、底板、主调，展现出民族的心理、个性、品格特色，即便是在当今社会，它们依然闪烁着灿烂的智慧之光。这些传统价值观对世界的和平与发展，可以产生不可估量的作用，为解决好人与人、人与自然、民族与民族、国家与国家、地域与地域之间的关系，提供很多有价值的资源。……从中国文化的源头梳理下来，5000年来老祖宗留下的宝贵文化遗产，如女娲补天、夸父逐日、精卫填海、夏禹治水、愚公移山等神话故事；如万里长城、千里运河的雄浑传奇；

如《易经》的'天行健、君子以自强不息；地势坤，君子以厚德载物'；孔孟的'仁者爱人'；汉唐文化的绚丽缤纷；如'赵氏孤儿'的大义凛然，岳飞、文天祥的慷慨就义等等。"①

因此，对"十七年"文学经典中所蕴含的传统民族文化资源的重新发掘就具有了新的意义。世风代变，但"十七年"文学经典中所蕴含的人类共通的崇高精神、基本的价值尺度不会改变，在价值观、伦理观日渐混乱的今天，重新回望传统并将其激活，肯定是一条令人感到鼓舞的道路。

别林斯基说过，一个民族的文学是本民族的感性的本能的世界观。同样，一个民族的影视艺术也应该成为本民族的感性的本能的世界观。譬如日本的动画片就流淌着"武士道"精神，韩剧流淌着高丽民族认同并消解整合过的从我们中国传过去的儒家伦理精神。众所周知，中国的文化传统由三大部分组成：一是古代文化传统，二是近现代呈现为各种方式的中西交融的传统，三是现代的以新文化为标志、以我党为领导的革命传统。这个革命传统中的"十七年"文学经典——革命精神和革命伦理是人类宝贵的精神资源，一定要倍加珍惜，倍加尊重，而不能盲目篡改，因为，必须明白一点，对经典的亵渎就是对人类民族尊严和文化尊严的亵渎。

---

① 黄会林：《第三极艺术文化观》，《大连大学学报》2010年第5期。

参考文献

一 著作类

夏衍：《夏衍电影文集》，中国电影出版社 2000 年版。

夏衍：《写电影剧本的几个问题》，中国电影出版社 1980 年版。

夏衍：《漫谈改编》，《电影论文集》，中国电影出版社 1979 年版。

夏衍：《杂谈改编》，《电影论文集》，中国电影出版社 1979 年版。

黄会林、绍武：《夏衍传》，中国戏剧出版社 1985 年版。

罗伯特·斯塔姆：《文学和电影——电影改编理论与实践指南》，北京大学出版社 2005 年版。

罗伯特·斯塔姆：《电影中的文学——现实主义、魔幻与改编艺术》，北京大学出版社 2005 年版。

陈犀禾：《电影改编理论问题》，中国电影出版社 1988 年版。

胡菊彬：《新中国电影意识形态史》，中国广播电视出版社 1995 年版。

倪震主编：《改革与中国电影》，中国电影出版社 1994 年版。

乔治·萨杜尔：《世界电影史》，中国电影出版社 1995 年版。

李道新：《中国电影批评史》，中国电影出版社 2002 年版。

程季华主编：《中国电影发展史》，中国电影出版社 1963 年版。

李少白：《电影历史及理论》，中国电影出版社 1991 年版。

罗艺军主编：《中国电影理论文选》，文化艺术出版社 1992 年版。

彭吉象：《影视美学》，北京大学出版社 2009 年版。

胡智锋：《电视传播艺术学》，北京大学出版社 2004 年版。

陈旭光：《当代中国影视文化研究》，北京大学出版社 2004 年版。

陈犀禾、吴小丽：《影视批评：理论与实践》，上海大学出版社 2003 年版。

史可扬：《影视批评方法论》，中山大学出版社 2009 年版。

王宜文：《引鉴·沟通·创造——20 世纪前半期中外电影比较研究》，北京师范大学出版社 2001 年版。

郝建：《影视类型学》，北京大学出版社 2002 年版。

洪子诚：《中国当代文学史》，北京大学出版社 1999 年版。

陈思和：《中国的当代文学史教程》，复旦大学出版社 2004 年版。

罗伯特·C. 艾伦、道格拉斯·戈梅里：《电影史：理论和实践》，中国电影出版社 1997 年版。

斯坦利·梭罗门：《电影的观念》，中国电影出版社 1983 年版。

基多·阿里斯泰戈：《电影理论史》，中国电影出版社 1992 年版。

孟繁华：《众神狂欢——当代中国的文化冲突问题》，今日中国出版社 1997 年版。

陆扬、王毅：《大众文化与传媒》，上海三联书店 2000 年版。

陈晏清：《当代中国社会转型论》，山西教育出版社 1998 年版。

袁方等：《社会学家的眼光——中国社会与现代化》，中国社会出版社 1999 年版。

马歇尔·麦克卢汉：《理解媒介——论人的延伸》，商务印书馆 2000 年版。

黄会林主编：《中国影视美学丛书》（共八册），北京师范大学出版社 1995—2001 年版。

黄会林：《中国影视美学民族化特质辨析》，北京师范大学出版社 2001 年版。

二 论文类

程惠哲：《电影改编研究》，《文艺理论与批评》2007 年第 3 期。

周斌：《论新中国的电影改编》，《当代电影》2009 年第 9 期。

原小平：《论"十七年"时期的现当代名著改编》，《渭南师范学院学报》2009 年第 1 期。

高卫红：《全球化语境下看小说文本与电影世界——百年中国电影

改编理念浅探》,《电影文学》2007 年第 13 期。

陈林侠:《二十世纪文学改编与影视改编的命运》,《理论与创作》2007 年第 1 期。

丁帆、王世沉:《十七年文学:"人"和"自我"的失落》,《唯实》1999 年第 1 期。

马立新:《红色理性与主题意蕴》,《菏泽师范专科学校学报》2004 年第 3 期。

马廷新、张玉玲:《论十七年文学的反现代性》,《山东理工大学学报》(社会科学版)2004 年第 6 期。

张器友:《要准确评价"文革"前 17 年文学与政治的关系》,《文艺理论与批评》1997 年第 4 期。

洪子诚:《关于五十至七十年代的中国文学》,《文学评论》1996 年第 2 期。

雷达:《当今文学审美趋向辨析》,《当代作家评论》2004 年第 6 期。

丘静美、朱晓曦:《类型研究与冷战电影:简论"十七年"特务侦察片》,《当代电影》2006 年第 3 期。

黄会林:《影视改编艺术谈》,《戏剧艺术》1999 年第 1 期。

黄会林:《第三极艺术文化观》,《大连大学学报》2010 年第 5 期。

黄会林:《守住民族文化本性,创造不可替代的"第三极文化"》,《山西大学学报》2010 年第 6 期。

黄会林:《受众:艺术创作的起始与归宿——关于电视剧传播与生存的思考》,《现代传播》2003 年第 5 期。

黄会林、王宜文:《新中国"十七年电影"美学探论》,《当代电影》1999 年第 5 期。

赵学勇:《消费时代的"文学经典"》,《文学评论》2006 年第 5 期。

赵学勇:《消费文化语境中文学经典的处境和命运》,《陕西师范大学学报》(哲学社会科学版)2006 年第 5 期。

张法:《"红色经典"改编现象读解》,《文艺研究》2005 年第 4 期。

陆绍阳、张岚：《"红色经典"改编的背后》，《中国电视》2004 年第 9 期。

仲呈祥、周月亮：《论经典作品的电视剧改编之道》，《文艺研究》2005 年第 4 期。

戴清、宋永琴：《"红色经典"改编：从"英雄崇拜"到"消费怀旧"——电视剧〈林海雪原〉的叙事分析与文化审视》，《当代电影》2004 第 6 期。

彭文祥：《"红色经典"改编剧的改编原则与审美价值取向分析》，《当代电影》2004 年第 6 期。

陈剑澜：《"红色经典"改编问题》，《文艺研究》2005 年第 4 期。

张志忠：《定位与错位——影视改编与文学研究中的"红色经典"》，《文艺研究》2005 年第 4 期。

何延锋：《解析红色经典》，《中国电视》2005 年第 3 期。

刘艳：《红色经典改编刍议》，《中国电视》2005 年第 10 期。

附录　本书所论主要作品版本及被改编情况

1. 《保卫延安》

小说初版：人民文学出版社 1954 年 6 月版。作者：杜鹏程。

其他版本：人民文学出版社 1956 年 1 月版；人民文学出版社 1958 年版；人民文学出版社 1979 年 4 月版；人民文学出版社 2005 年 1 月版；人民文学出版社 2009 年 7 月版。

影视改编：

电视剧《保卫延安》，编剧：王元平、刘嘉军、王东升，导演：万盛华，主演：唐国强、耿乐、潘雨辰、姚居德等，陕西电视台 2008 年摄制。

2. 《红日》

小说初版：中国青年出版社 1957 年 7 月版。作者：吴强。

其他版本：中国青年出版社 1959 年 9 月版；人民文学出版社 1959 年 9 月版；中国青年出版社 2004 年 7 月版。

影视改编：

电影《红日》，编剧：瞿白音，导演：汤晓丹，主演：张伐，天马电影制片厂 1963 年摄制。

电视剧《红日》，编剧：王彪、赵锐勇，导演：苏舟，主演：尤勇、耿乐、李幼斌，浙江长城影视公司 2007 年摄制。

3.《林海雪原》

小说初版：作家出版社 1957 年 9 月版。作者：曲波。

其他版本：人民文学出版社 1962 年 9 月版；人民文学出版社 1964 年 1 月版；人民文学出版社 1997 年 5 月版；人民文学出版社 2004 年 3 月版；人民文学出版社 2009 年 7 月版。

影视改编：

电影《林海雪原》，编剧：刘沛然、马吉星，导演：刘沛然，主演：张勇手、王润身，八一电影制片厂 1960 年摄制。

京剧《智取威虎山》，上海京剧院 1958 年改编，申阳生执笔。

话剧《智取威虎山》，北京人民艺术剧院 1958 年首演，导演焦菊隐。

评书《林海雪原》，袁阔成改编并演播。

电视剧《林海雪原》（1986 年版），集体改编，薛士贤执笔，总导演：朱文顺，主演：林达信、张继波，吉林电视台 1986 年摄制。

电视剧《林海雪原》（2003 年版），编剧：王德忱，导演：李文岐，主演：王洛勇等，北京中视广经文化发展有限公司 2003 年摄制。

4.《红旗谱》

小说初版：中国青年出版社 1957 年 12 月版。作者：梁斌。

其他版本：中国青年出版社 1959 年 9 月版；人民文学出版社 1959 年 9 月版；中国青年出版社 1965 年版；中国青年出版社 1978 年 4 月版；中国青年出版社 2000 年版；人民文学出版社 2009 年 7 月版。

影视改编：

电影《红旗谱》，编剧：胡苏、凌子风、海默、吴坚，导演：凌子风，主演：崔嵬，北京电影制片厂、天津电影制片厂 1960 年联合摄制。

电视剧《红旗谱》，编剧：桂雨清，导演：胡春桐，主演：吴京安、巍子等，天津电影制片厂、中央电视台 2004 年联合摄制。

5.《青春之歌》

小说初版：作家出版社 1958 年 1 月版。作者：杨沫。

其他版本：人民文学出版社 1960 年 3 月版；人民文学出版社 1978 年版；北京出版社、北京十月文艺出版社 1998 年 1 月版；北京出版社、北京十月文艺出版社 2004 年 9 月版；人民文学出版社 2007 年 11 月版；人民文学出版社 2009 年 7 月版。

影视改编：

电影《青春之歌》，编剧：杨沫，导演：陈怀皑、崔嵬，主演：谢芳，北京电影制片厂 1959 年摄制。

电视剧《青春之歌》（1998 年版），编剧：陈建功、李功达，导演：王进，主演：陈炜、陈宝国、丁君等，北京文化艺术音像出版社，中国国际电视总公司、北京恒万广告艺术公司、北京北极光影视艺术中心联合摄制。

电视剧《青春之歌》（2006 年版），编剧：李炜、张健，导演：张晓光，主演：童蕾、成泰燊、谢君豪等，海润影视制作有限公司、上海国际文化影视有限公司制作，上海银润文化传播有限公司发行。

6.《苦菜花》

小说初版：解放军文艺出版社 1958 年 1 月版。作者：冯德英。

其他版本：解放军文艺出版社 1978 年 3 月版；解放军文艺出版社 1990 年 4 月版；解放军文艺出版社 2001 年版；春风文艺出版社 2003 年 1 月版；人民文学出版社 2009 年 7 月版。

影视改编：

电影《苦菜花》，编剧：冯德英，导演：李昂，主演：曲云等，八一电影制片厂 1965 年摄制。

电视剧《苦菜花》，编剧：兰之光，导演：王冀邢，主演：陈小艺等，中国电影集团公司 2004 年摄制。

7.《红岩》

小说初版：中国青年出版社 1961 年 12 月版。作者：罗广斌、杨益言。

其他版本：中国青年出版社 1963 年 7 月版；中国青年出版社 2000 年 7 月版，2004 年 7 月北京第 74 次印刷。

影视改编：

电影《烈火中永生》，编剧：周皓，导演：水华，主演：赵丹、于蓝等，北京电影制片厂 1965 年摄制。

歌剧《江姐》，改编：阎肃，作曲：羊鸣、姜春阳。

京剧《江姐》，改编：阎肃，主演：张火丁。

京剧《华子良》，改编：卫中、赵大民，导演：谢平安。

评书《红岩》，袁阔成改编并演播。

快板书《劫刑车》，李润杰改编，张志宽演播。

电视剧《江姐》，编剧：谭力，导演：彦小追，主演：丁柳元、胡亚捷等，中央电视台与重庆电视台 2010 年联合拍摄。

8. 《小兵张嘎》

小说初版：1958 年以中篇小说的形式发表，同年同名电影剧本诞生。作者：徐光耀。

影视改编：

电影《小兵张嘎》，编剧：徐光耀，导演：崔嵬、欧阳红樱，主演：安吉斯、张莹、李健等，北京电影制片厂 1963 年摄制。

电视剧《小兵张嘎》，导演：徐耿，主演：谢孟伟、杜雨、张一山等，北京润亚影视公司 2004 年摄制。

动画电影《小兵张嘎》，导演：孙立军，2006 年北京电影学院动画学院出品。

9. 《烈火金刚》

小说初版：中国青年出版社 1958 年 9 月版。作者：刘流。

其他版本：中国青年出版社 2005 年 8 月版；2009 年 1 月版。

影视改编：

电影《烈火金刚》，编剧：江浩，导演：何群、江浩，主演：申军谊、葛优、梁天等，珠江电影制片厂 1991 年摄制。

10. 《铁道游击队》

小说初版：上海文艺出版社 1954 年 1 月版。作者：知侠。

其他版本：人民文学出版社 2005 年 1 月版；解放军文艺出版社 2007 年 7 月版，时代文艺出版社 2009 年 5 月版。

电影《铁道游击队》，导演：赵明，主演：曹会渠、秦怡等，上海电影制片厂 1956 年摄制。

电视剧《铁道游击队》，导演：王新民，演员：赵恒煊、史兰芽等，内蒙古电视台和山东电视台 2010 年联合摄制。